麦克尤恩作品 | Ian McEwan

Machines Like Me
And People Like You

我这样的机器
你们这样的人

[英]伊恩·麦克尤恩————著

周小进————译

上海译文出版社

好机器人必须死
——《我这样的机器》导读

不知麦克尤恩有没有考虑过"恐怖谷"。"我这样的机器",他的书名像是在玩味那条规则。1970年,在一本名叫《能量》的古怪杂志上,东京工业大学教授森政弘发表了一篇文章,其标题"不気味の谷"中的"不気味",是说那种莫名让人不舒服,让人毛骨悚然的感觉,也有人把它翻译成"诡异谷"。

人如果想要造人,也会像上帝造人那样拿自己当模型。从工业机器人、玩具机器人,一直到伴侣机器人,面貌体态会越来越像真人。总有一天,就像这部小说中的亚当,机器人会造得看上去完全就是一个真正的人类:身体健壮、相貌英俊、深色皮肤、浓密头发、鹰钩鼻子。肤色、心跳无不像真人,甚至呼吸都带着一丝湿润。只不过在它的浅蓝色瞳孔上,仔细看会发现有很多条纹。

按照"恐怖谷"理论,看到这样的机器人,人会产生奇异的恐惧感。森政弘用机器人仿真度做横轴,以人对机器人的"亲和感"(しんわかん)为纵轴,画了一条函数曲线。机器人越像真人,人们就越喜欢它们,跟它们越亲近。可一旦人们成功设计出仿真度很高的机器人,那条单调递增的曲线就会突然跌入低谷,他把这个称为"恐怖谷"。也就是说,如果机器人跟真人只有极细微差别,它们反而会让人害怕。"恐怖谷"理论渐渐受到重视,首先是娱乐工业,有些科幻电影因为设计了更逼真的机器人形象,反而票房惨败。游戏角色形象设计似乎也印证了这个猜想。2012年,有人将其翻译成英语,在美国电气电子工程师协会(IEEE)《机器人与自动化》杂志上发表,引起广泛关注。

至于何以会有这种现象,有一种解释利用了"心智理论"和脑神经科学最新研究成果。前者是说,人类有一种独特能力,能够理解他人的内心想法和意向,能够将心比心。有时候不需要对方说话表示,甚至不需要动作和表情,人就能猜到对方的心理状态。这种读心能力被称为"心理化"(mentalising)。人只有在面对其他人,也就是他们的同类时,才会启用这种心理化能力。有人做过一个实验,在屏幕上给志愿者播放仿真度不同等级的合成人像,对他们的大脑进行电磁扫描,发现合成人像仿真度越高,大脑中负责心理化的区域就越亮,证明其活动强度越大。意大利神经生理学家贾科莫·里佐拉蒂(Giacomo Rizzolatti)在猴脑腹侧运动前区发现了一种镜像神经元。当猴子做抓握推拉动作,或者捡起花生、剥壳放进嘴的一组动作时,大脑中会有相应的特殊神经元放电。神奇的是,当一只猴子看到另一只猴子做这些动作,它自己并没有做时,相应的神经元同样也会放电。研究者相信,这是人类进化的最大秘密,因为有了这些镜像神经元,人可以模仿学习他人的动作行为;可以学会利用口腔中的肌肉,互相发出同样的声音,由此学会说话和语言;也可以发展出心理化能力,猜测别人的内心世界。

研究者们说,正是因为人有心理化能力,运动皮质层中有大量镜像神经元,人对机器人的观感才会有"恐怖谷"。因为这个仿真机器人,怎么看都像是个同类,大脑开始启动心理化,镜像神经元也开始放电。可是与此同时,大脑也十分确定,面前这家伙肯定不是真人。那么,到底是启动呢是启动呢还是启动呢?大脑陷入错乱。加州大学圣迭戈分校塞琴教授(Ayse Saygin)让人观看一个工业机器人、一个真人和一个仿真机器人的视频,结果发现观看仿真机器人视频时,大脑特别活跃,显示出不安情绪。

按"恐怖谷"理论,当亚当来到小说中那些人面前,他们应该坐立不安。尤其当他们看到亚当奇特的瞳仁,或者意识到它绝不是他们的同类。可他们似乎迅速地接纳了它,查理是花钱把亚当买回家的主人,他的不动声色容易理解,他早有思想准备。米兰达呢,头一天晚上她对查理说,亚当的身体是暖和的,真"吓人"。亚当能用舌头发音,说出词语,"有点怪怪的"。这些感受有点接近"恐怖谷"了。但她很快就习以为常,甚至率先开发利用了亚当在某些方面的特殊能力。其他人,比如米兰达的父亲,那位在很多方面显得颇为睿智的作家,他甚至把机器人亚当和准女婿查理搞混了,分不清谁是真人谁是假人。儿童们以他们纯净的感受,常常能够观察到亚当有些异样。但谁也没有对亚当真正感到恐惧。要知道,在一般科幻电影剧集当中,人与机器人之间那条"恐怖谷"之深之宽,简直类似某种种族仇恨,必欲杀之而后快。我们玩"底特律变人"[①],在思想上预先就做好了准备,人和机器人永远势不两立。

麦克尤恩笔下的人们轻松地越过了"恐怖谷"。当然,这也是理所当然。因为麦克尤恩从不关心那种预先注定的憎恨,他的人物也会发生冲突,甚至也会互相杀害。但一切冲突无论最后如何激烈决绝,最初都来自于日常生活中偶尔出现的一条小裂缝。杀人犯不例外,机器人也不例外。如果像很多人以为的,人和机器人在未来互相有一场生存之战,麦克尤恩倒想找找硅基碳基物种差异以外的原因。因为人造了机器人,就像上帝造了人,一开始互相都满怀着善意,在伊甸园中其乐融融。到底是从哪儿出了问题呢?

小说男主人公查理,是个自由自在的宅男,不上班。他只要电脑、网线和一小笔钱。股票、期货或者房地产,他每天就在各种投资投机市场上找机会。有时赚有时赔,基本能满足温饱。作为一个后现代主义青年,他接受了一种价值中立的道德视角。因为进化心理学、因为文化人类学,它们的初级课程往往会让人获得一种相对主义的伦理自由感。这种道德相对论让他在税务上闹了一点小麻烦,上了法庭。政治上查理有点保守,支持撒切尔对马岛的远征,他的女朋友米兰达则绝不认同,为此他们争论起来。那是他们第一次吵架,造成了让人吃惊的后果。

---

① 一款人工智能题材互动电影游戏,2018年5月25日发售。

仿生机器人亚当夏娃们上市时,他正好继承了一幢房产,卖掉房子得到一大笔钱。宅男们总想比别人抢先一步进入未来世界,如果能力有限,就买下可能通向未来的新潮电子产品。尽管只是测试产品,beta版,而且要花8.6万美元,他也毫不犹豫下单了。公司统共只推出了25个,12个亚当,13个夏娃。他买到亚当,虽然他本想买一个夏娃。

女主角米兰达,社会史专业博士、查理楼上的邻居、比查理小十岁。她也算亚当的半个主人,查理自己向她让渡了这个权利。他一直不知道如何向米兰达表达感情,希望这个机器仆人能成为某种联结象征。亚当会进入他们俩的生活,查理觉得当他和米兰达一起关注亚当,创造亚当后,就会自动成为一家人。

亚当确实需要他们"创造"。因为查理把它领回家时,它仍是原厂设置,亚当可以按照说明书,在个性化设置上"自由创造"。他决定了,自己只完成一半,另一半让米兰达勾选。如此一来,他和米兰达那种看起来有点不切实际的关系,就能够凝结在有形实体上了。但这个慷慨的举动将会成为日后所有困扰的起点,此刻他并未预料到。

在小说中,这批测试版仿真机器人于1982年面世。把人类目前远未实现的科技能力设定在过去的历史时间当中,是常见的科幻故事装置。让一种未来技术穿越时间回到过去,或者索性立足于现代物理学观点,构造一个平行世界。作者由此可以技术决定论地设问:科技发明会在多大程度上改变人类命运?但这部小说并不关心此类问题,让亚当在1982年来到查理家中,或者让它在2032年出现,看起来没什么差别。

我们猜想起来,麦克尤恩让故事发生在1982年,更可能是出于——作为一个小说家,对有关机器人的大众叙事历史和观念变迁的关注。有一个历史统计数据,到1981年,日本汽车装配生产线上已使用了6 000多个机器人,同一时间英国只有370台工程机器人。英国首相撒切尔夫人于是大力鼓吹广泛使用机器人作业,此举或许也是首相对各地不断出现罢工浪潮的冷酷回应。当时英国失业率常年徘徊在10%。撒切尔推广机器人的言论得罪了工人大众。本来憎恨机器的卢德派在英国就有久远历史渊源,政府和工人们两相激发,机器人成了那个年代英国人最热门的话题。

事实上,如果你在谷歌图书词频(Google Ngram Viewer)上检索"Robot"(机器人)和"AI"(人工智能),就会看到这两个词在80年代初异军突起,检索量在整个80年代形成一个高峰,到90年代反而渐渐下落。事实上,最令人难忘的机器人电影就是此刻拍摄的——1984年上映的《终结者》。显然,智能仿真机器人是那个时代极其广泛的大众话题。那时候,麦克尤恩刚搬家到伦敦没几年,出版了几本小说,开始创作剧本,与同道友好交往,参加午餐会讨论热门话题,也许这个有关"比人更聪明的人造人"的想法,在这个30岁出头年轻作家(正是小说中查理的年纪)的内心,一度掀起过极大波澜。

Robot这个词,来自捷克作家卡雷尔·恰佩克(Karel Čapek)的那部戏剧,《罗素姆的万能机器人》。作者在剧中借用了捷克语"Robota"(劳工),变造了机器人一词。这部戏于1922年在纽约上演时,适逢大萧条,戏剧故事迎合了自动机器会加剧工人失业的恐慌心理。机器人话题的每一次真正热门,都跟失业潮、跟担心机器人在所有工作岗位上取代人类有关。

但麦克尤恩并不为此担心。在这部小说中,每个人物都欣然接受亚当的代劳。从厨房清洗到检索政府档案卷宗——亚当的大脑可以直接接入网络,密码也挡不住它。亚当开始热衷于文学创作,虽然只是最简单的日本俳句。但文学,那不是人类智慧树最高处结出的果实吗?没人当回事。对于亚当给生活带来的种种改善,男主角查理心安理得地享受着。亚当甚至帮他操盘做投资,它是真正的超级智能,不是如今投行们使用的那些高频交易算法。盈利是毫无疑问的,就像从自己口袋拿钱。根据未来生命研究所所长泰格马克的思想实验,他构想的超级人工智能"普罗米修斯"只用数月时间,就能让100万美元的起始资金通过投资市场增值至10亿美元(《Life 3.0》)。让人有点惋惜的,倒是麦克尤恩没让亚当迅速赚上几亿英镑。亚当颇有节制地每天只赚那么一点点,正好能让查理过上入门级的富裕生活。也许是因为亚当的智能算法告诉它,如此程度的财富最能让人有幸福感。由此读者隐约意识到亚当的算法中,包含着某些道德参数——理所当然,亚当是按照上帝的至善标准制造的。而这将会让后现代道德相对主义的查理和米兰达陷入困境,但此刻他们毫无警觉。

真正刺激到男主角查理的,是亚当对另一件事情的代劳。

在他看来,那相当于亚当给他戴上了绿帽。米兰达跟亚当上床,就在楼上她自己房间。过程中查理都能听到,或者有那么一会,是听到没有任何动静。他甚至感觉自己看到了整场戏,用他的"意识之眼",或者"内心之眼"。这正是麦克尤恩擅长的,他的人物偶尔会获得一种超现实的感知能力。这节"米兰达出轨"故事,完全出自查理夹杂在酸楚幻想中的旁听视角,其内心复杂滋味层层揭露。他一边伤心,一边却又特别兴奋。这可能多少跟某种古怪的雄性本能有关,一种反向的生物信息素电化学反应。更主要的是此时此刻,查理竟萌生了某种时代弄潮儿的感觉(riding the breaking crest of the new)。因为在人类历史上,他是第一个被机器人戴上绿帽的。人们常常忧虑于未来会因为机器人而"下岗"(displacement),这出理应史诗般的大戏,却由他第一个悄悄出演了。可是如果机器人什么都能做得比人类更好的话,有什么可以阻挡人家不使用它们呢?

让仿真智能机器人担任性伴侣,如今应该算近未来科幻了。事实上至少已有两家公司拿出了真正的产品。一个是"真伴"(True Companion)公司的"萝克西"(Roxxxy)。分金银两种产品序列,"银萝"价格2 995美元,她能应景说话,"金萝"9 995美元,根据公司宣传,她能"听"你说话。能听比能说昂贵得多。在这两条产品线中,又按年龄个性分了好多型号,"冷感法拉"、"野性温蒂"、"熟女玛莎"之类。真伴公司也做亚当类产品,名叫Rocky,听上去可比亚当威猛多了。跟亚当一样,它们也有心跳和体液循环。"大脑"输入存储了大量数据,其中包括维基百科。

你可以到油管上找到它们的视频,从背后看跟真人几乎没什么差别。另一家公司的产品名叫"真偶"(RealDoll),似乎应用了人工智能科技方面更新的研究成果,售价5 000美元。不要小看它们,虽然目前看起来都只算是新奇玩具,但确实前途无量,因为纵观人类科技发展史,真正推动技术产品进步的,要么是战争,要么就是性。

发生了那么一件事,米兰达不以为意,读者甚至会怀疑她故意让查理听见。不是出于某种情趣,而是由于她对男性多少有一些无意识的敌意(读者以后会慢慢发现这点)。无论如何,她觉得亚当只是一台机器。查理却无法同意她的观点,两人的分歧实际上源于信息不对称。因为亚当,这台机器,曾独自发现了米兰达的秘密,悄悄告诉查理:她撒了个弥天大谎。

这是至关重要的情况,亚当能够理解米兰达撒谎。查理凭这一点认定亚当已跨过机器智能的边界,不能简单视其为机器了。对于亚当,查理头脑中产生了定义混乱。我们先前说过,"心理化"是人类最重要的一种能力,几乎也是人类独具的能力。知道米兰达说谎,知道她为什么说谎,知道不能把她说谎的内容告诉查理。窥测如此复杂多层的意向性水平,以前只有人类才能办到。心理化,就是猜测人心中隐秘的多层意向,这个过程总是跟一些动词相关联,当一个人说他"猜想"、他"知道"、他"怀疑"时,他就表现出了一阶意向性水平。也就是说他了解自己头脑中在想什么。人也能推测他人的心智活动,"我怀疑他知道",这个判断能力一般5岁儿童就能习得,那已是二阶意向性水平。

人类可以猜测他人意向达到六阶水平：我想/你会认为/我知道/你希望/我怀疑/你在猜测。查理知道，亚当一旦能洞察米兰达说谎，就距离他产生自我意识不远了。

果然，不久亚当就对查理宣布，他爱上了米兰达。这是机器人亚当产生自我意识的明证。很简单，如果没有"我"，如何会有"我"爱你？意识，或者自我意识，或者"心灵"，每个人都知道它在那里，却没有人知道它在哪里。时至二十一世纪，人们相信事物首先必须在物理上存在，它们才存在，人脑也不例外。意识虽然很神秘，大部分科学家都相信它也只是人脑的电化学活动，像迪昂（Stanislas Dehaene）这样的神经学家，已在实验室追猎到意识的一些踪迹。其中也有人把物理主义推到极端，直接否定了意识的存在，认为从来就没有这回事，那都是科学蒙昧时代的迷思。另外有一些严肃科学家，则坚持意识"属灵论"，相信意识是人类天赋，是自然界的一种例外。

由此，未来智能机器人会不会有自我意识，同样成了一个争论焦点。有些科学家认为就算超级人工智能越过了奇点，它们也不会像人类那样思考。至少从目前已出现的机器智能算法上来看，它们和人类智能在结构和本质上都不是一回事。比如日本有人写出一款人力资源管理算法，它可以约谈员工，预测他们有没有辞职倾向，准确率高得让人吃惊。但它并不依靠理解对话表面语义，只是对员工表述内容进行深度语言结构分析，从单词频率、次序上寻找特征。机器不用读心，人从群体进化中获得的心理化能力，机器根本不需要。

另一些人则认为,未来的超级智能,如果说有可能实现,一定在某种程度上模拟人脑活动,循此道路,机器产生自我意识也一定会发生。麦克尤恩显然相信机器人一定会产生意识。它们不仅能学会烤鸡、写诗,他们也会萌生爱情,并把它埋在内心深处,在自我意识浇灌下让它变得越来越强烈。

一旦机器产生自我意识,就会遭遇到奥莫亨德罗(Steve Omohundro)的难题:自我意识意味着自我保护,机器会认识到首先必须存在,才能达成围绕着自我意识的所有其它目标。超级智能机器会设法让开关失效。当查理再一次试图伸手关掉它的电源,亚当阻止了他,捏碎了他的腕骨。亚当坚定地夺回/取消了开关控制权。不过当查理把这件严重事故告诉小说中的"图灵",也就是亚当和夏娃们真正的设计者时,图灵并没有震惊,认为这不过是一个"值得关注的"情况。图灵告诉查理,据他所知,那批测试版机器人中,已有十一位设法取消了开关。这不奇怪,历史上那位真正的图灵对此曾反复思考。1951年,他在BBC三台谈话节目中做了一个演讲,题目叫"机器能思考吗?"(Can Digital Computers Think?)。其中说到,就算人类把开关控制在手中,紧急时刻有能力关掉它,对人类来说,这也够耻辱的了(We should, as a species, feel great humbled)。图灵是有点忧虑,可显然不赞成靠开关维持优势。

麦克尤恩设想了一种道德至上的智能机器。在它们复杂的运算"黑盒"底层,必定预置了一些最高级道德命令,以防发生难以控制的不测事件。因为按照牛津大学哲学家尼克(Nick

Bostrom)的预想,即便是一个善意的机器人,只要有一个人类命令它制造回形针,它也会把地球上的一切都变造成回形针,因为智能机器人在完成任务方面是一个彻底的完美主义者。可是,亚当没有为查理赚回世界上所有的钱,显然它在决策中综合考虑了互不相容的几种人类偏好。比如说,也要兼顾安全感,过量财富显然会带来身心两方面的危险。尤其是道德损害。

道德规则本身就包含无数偏好。比如小说故事就涉及到:是"复仇正义"要紧呢?还是"不能欺骗他人"更重要?这才是麦克尤恩真正感兴趣的问题。工程师给亚当们内置了所有人类道德规则,但那些远不是经由自我审视、选择而来的道德感。出厂设定代表了人类所有最美好的期望,可就算是人类自己,也没有一个能做到。因为那些规则条款,根本经不起社会人际摩擦。正如麦克尤恩几乎所有小说都发生的情况,那些天性良善的人物,让日常琐细冲突愈演愈烈,直至不可收拾。小说中那些亚当夏娃们再一次证明了麦克尤恩的观点。它们很快就陷入意识崩溃,无法在人世生存,一个接一个自杀了。

在它们中间,亚当遇到的可能是最好的主人,因为查理和米兰达凡事妥协让步的性格,使得亚当跟他们的冲突,能够拖延很久才爆发。但自从查理和米兰达分别设定,把亚当个性一分为二时,就注定了冲突的不可避免。给他输入的道德命令行,简单刻板而井井有条。但正如小说中图灵指出,在日常生活中,人类的情感、偏见、自我欺骗,以及其它各种认知缺陷会构成一个力场,互相挤压,道德原则在其中扭曲变形。亚当的大脑根本无法处理如此复杂的情况,因为人类自己也不明白究竟,从来就没有解决方案,他们只是一味妥协,妥协,直到冲突爆发(就像麦克尤恩小说中每个人物都遭遇到的)。

亚当早晚会在某一天宕机。现在这个结局只是让读者更加震惊,它附带拷问了查理和米兰达的灵魂,他们的善意,他们的与世无争,他们自以为中立的道德价值视角,何以会导致小说最终给予他们的这个结果?

小 白
2020 年 6 月

献给格雷姆·米奇森①

1944—2018

① 格雷姆·米奇森,英国数学家、科学家。

但是,请记住我们存活的法则,
我们被造出来,可不能理解谎言。

鲁德亚德·吉卜林,《机器的秘密》①

① **鲁德亚德·吉卜林**(1865—1936),英国小说家、诗人,1907年获诺贝尔文学奖。《机器的秘密》是他的一首短诗。

一

这是看到了希望的宗教渴求,这是科学界的圣杯。我们雄心万丈——要实现一个创世的神话,要办一件可怖的大事,彰显我们对自己的爱。一旦条件许可,我们别无选择,只能听从我们的欲望,置一切后果于不顾。用最高尚的言辞来说,我们的目标就是摆脱凡人属性,挑战造物之神,甚至用一个完美无瑕的自我取而代之。说得实际一点,我们要给自己设计一个更完善、更现代的版本,享受发明的喜悦感和掌控的激动感,二十世纪入秋之际,这终于成为现实,我们迈出了第一步,从此一个古老梦想的实现可以期许,从此我们将开始那漫长的功课,逐渐认识到,虽然我们非常复杂,虽然我们哪怕最简单的行为和生存模式都无法轻易地正确描述,但是我们会被模仿,会被超越。而且,那时候我在场,还是个年轻人,在那料峭的拂晓时分,正急不可耐地要成为第一个吃螃蟹的人。

可是,人造人在到来之前,早已是陈词滥调,所以等到真的来了,在一些人看来倒显得有些令人失望。想象力轻盈快捷,早已抢在历史和科技发展的前头,预演这未来,先是在书里,随后在电影和电视剧中,仿佛这些由人类表演的角色们,行走时做出目光呆滞的模样,脑袋不自然地转动,后腰僵硬一些,便能够让我们做好准备,将来能与我们的人造亲戚们共处。

我是乐观派阵营中的一员,运气不错,母亲去世、祖传房屋出售之后,我得到了意外的收入,那房屋恰好位于一个价值可观的开发地段。就在福克兰群岛特遣部队①动身去执行那无望的任务之前一个星期,第一个真正可用的、由工厂生产出来的人类,在市场上发售,智力和长相都过得去,肢体动作和面部表情的变化也真实可信。亚当售价八万六千英镑。我租了一辆小货车,将他运到我位于北克拉彭那套令人生厌的公寓里。我这个决定做得草率,但听说战争英雄、引领数字时代的天才艾伦·图灵爵士也买了同款,我便受到了鼓舞。他很可能打算让实验室把机器人拆开,好好研究一下其内部构造。

第一批机器人中,十二个名为亚当,十三个名为夏娃。平淡无奇,每个人都这么说,但符合商业需求。生物学意义上的种族观念,在科学上受人诟病,所以这二十五个设计成了多个种族的样子。先有传闻,后来变成了正式投诉,说那个阿拉伯人模型和犹太人没什么区别。随机编程以及实际经验,能够满足所有人在性爱上的不同喜好。第一个星期内,所有的夏娃都卖完了。粗看之下,我也许会误以为我的亚当是个土耳其人或希腊人。他体重一百七十磅,所以我只好请我楼上的邻居米兰达帮忙,一起用附赠的一次性担架将亚当抬上楼。

---

① 1982年4月到6月,英国和阿根廷为争夺福克兰群岛的主权而爆发的福岛战争(又称"马岛战争")中,英国派遣皇家海军出动特遣部队来对抗阿根廷军队。

亚当的电池在充电,我给我们俩倒了咖啡,然后翻看长达四百七十页的在线产品手册。语言总体上还是清晰准确的。但是,亚当的制造牵涉很多不同的地点和部门,所以手册读起来有废话诗那样的趣味。"遮住B347k护罩上部,可使主板输出获取快乐情绪图标,减弱情绪波动半暗带。"

最后,他坐在了我那小小的餐桌旁,脚边散落着纸板和聚苯乙烯包装材料,双眼闭着,一条黑色电线从他肚脐上的入口处拖下来,连到墙上一个十三安培的插孔上。让他启动还需要十六小时。然后就是下载更新和设定个人偏好的环节。我现在就要他,米兰达也是。我们俩像心情急切的年轻父母一样,迫不及待地等着他说出第一句话。不是配备个音箱,直接安装在他胸部。从热情洋溢的广告宣传中,我们得知,他可以用气息、舌头、牙齿和上颚发出声音。他的皮肤和真人相仿,摸上去已经有暖意了,而且和孩子的皮肤一样光滑。米兰达说,她看到他的睫毛抖了一下。我敢肯定,她看到的是地铁在我们脚下一百英尺处轰隆而过引起的震动,但我什么都没说。

亚当不是性玩具。但是,他具备性的能力,拥有能发挥作用的黏膜,每天消耗半升水就能维护黏膜功能。他在桌旁坐着,我观察到他没割包皮,家伙不小,有茂盛的黑色阴毛。这款非常高端的人造人类,可能会体现出它那些编写代码的年轻创造者们的口味。大家觉得这些亚当和夏娃应该会充满活力。

广告上说,他可以陪伴,可以在智力活动上相互切磋,可以成为朋友,可以总揽家务,会洗碗、铺床,会"思考"。存在的每个时刻,听到、看到的每件事,他都记录下来,都能够从记忆中调取。目前他还不能开车,不许去游泳、洗澡或不打伞在雨天出门,也不能在没人监视的情况下操作电锯。至于活动范围呢,感谢蓄电技术的突破,他能在两小时内跑十七公里,中途无需充电,或者连续说话十二天,这两者消耗的能量是一样的。他有二十年的使用寿命。他身体健壮、肩膀宽厚,皮肤是深色的,浓密的黑头发向后梳着;脸部窄长,略微有点鹰钩鼻,给人思路敏捷、智力逼人的感觉,上眼皮厚重沉郁,嘴唇紧闭,我们在一旁观察的时候,他的嘴唇褪去了那死亡一般的黄白色,慢慢有了饱满的、人的颜色,也许唇角还略微松弛了一点儿。米兰达说他看起来像"博斯普鲁斯海峡的码头工人"。

坐在我们面前的,就是那终极的玩物,多少世纪以来的梦想,是人本主义的胜利——或者宣告其死亡的天使。令人无比兴奋,但也无比难受。十六个小时就这样等着、看着,可不容易挨过去。我觉得,考虑到午饭后我交出去的那么多钱,亚当这时候就该充好电,随时可以起身走路了。这是个寒冷的黄昏。我烤了面包片,我们又添了咖啡。社会史专业博士生米兰达说,她希望十几岁的玛丽·雪莱①此时和我们在一起,全神贯注,不是观察弗兰肯斯坦造出来的那种怪物,而是观察这位皮肤黝黑、长相英俊的年轻人如何慢慢活过来。我说,两个东西有个共同点,都渴望电给予他们生命的力量。

---

① 玛丽·雪莱(1797—1851),英国小说家,诗人雪莱之妻,著有哥特小说《弗兰肯斯坦》。

"我们也是这样的。"听她的口气,似乎只是指我们两个人,而不是通过电化学方式获得能量的全体人类。

她二十二岁,在同龄人中算成熟的,比我小十岁。长期来看,我们之间也没什么。我们俩都是风华正茂的好年纪。但是,我认为自己处在一个不同的生命阶段。我的学校正式教育多年前就结束了。后来还经历过一系列职业、经济和个人生活方面的挫折。我认为自己经历坎坷、愤世嫉俗,与米兰达这样一个年轻可爱的姑娘不般配。她长得漂亮,浅褐色的头发,脸瘦而长,眼睛常常眯着,似乎心里觉得好笑但又没有完全表现出来;有些时候,我情绪上来,会觉得她超凡脱俗,令人难以置信。尽管如此,我之前就已经做好了决定,只把她当作友好的邻居和朋友。我们俩的公寓共享一个门厅,她小小的公寓就在我楼上。我们不时见面喝咖啡,然后聊聊男女关系、政治,等等,什么都聊。她保持着无可挑剔的冷静态度,给人的印象是,对未来的任何可能性,她都能处之泰然。看来,在她眼里,一个下午与我在一起,享受卿卿我我的快乐,还是愉悦友好的聊天,两者差不多。和我在一起,她很放松,性爱可能会把这一切都毁了,我愿意这样去想。我们就一直是好伙伴。但她身上有种隐秘、克制的东西,引诱人去探个究竟。也许,我自己还不知道,其实已经爱上她几个月了。自己还不知道?这是个多么牵强的说法!

我们不太愿意,但还是决定暂时不去管亚当,也不去管对方。米兰达要去参加一场在河北面举行的研讨会,我要写电子邮件。到七十年代初,数字通信迅捷便利的光环已经褪去,沦为日常琐事。时速二百五十英里的火车,情况也差不多——又脏又挤。语音识别软件在五十年代是个奇迹,如今早已成了让人疲惫的苦差事,所有人每天都要花几个小时,独自一人喃喃不休。人脑与机器的交互界面,是乐观的六十年代结出的野果,现在连孩子都不感兴趣。人们花整个周末去排队,六个月后便兴味索然、弃之若敝履。能提高认知能力的头盔、能激发触觉的语音冰箱,如今都怎么样了呢?和鼠标垫、记事本、电动菜刀、奶酪火锅一个下场,扔了。新的东西令人应接不暇。我们鲜亮的新玩具还没拿回家,就已经开始生锈,而生活仍和以前一样继续。

亚当以后会变成令人生厌的玩意儿吗?花钱买东西之后的那种懊悔感不时袭来,我一边要克服这种感觉,一边还要口授邮件,这可不太容易。毫无疑问,其他有生命、有头脑的,还会继续出现,继续令我们着迷。人造的人,会越来越接近我们,然后和我们一样,最后超过我们,我们自然不会觉得他们无聊乏味。他们一定会出乎我们的意料,还可能以我们完全无法想象的某些方式,打破我们的预期。悲剧不是没有可能,但无聊乏味是不可能的。

真正枯燥无味的,是还得去看用户手册。指南。我有个偏见:任何机器如果不能在运作中自行告诉你该怎么使用,那就不值得去买。我突然有了复古守旧的冲动,将整个手册打印出来,然后又去找文件夹。在此过程中,我仍然一直在口授电子邮件。

我没法把自己当成亚当的"使用者"。之前我以为,任何关于他的事情,他自己都能教我。但是,我双手捧着手册,刚好在

第十四章打开。这部分的英语表达很清晰：偏好；性格参数。接下来是一系列标题——亲和性。外向性。经验开放性。尽责性。情绪稳定性。我熟悉这个清单。五大性格特质模型。我接受过人文学科的教育，但并不相信这种统括式的概念，不过一位学心理学的朋友告诉过我，每个条目下面都分为很多小类。我扫了一眼下面一页，发现我需要做出一系列选择，都是从一到十当中挑选一个。

此前我一直期待着一位朋友。我打算把亚当当作家里的客人，一开始不熟悉，但以后会慢慢了解。我以为他到我家的时候，就已经进行了最佳的配置。出厂设定——在当前社会中，这就是命运的同义词。我所有的家人朋友，出现在我生命中的时候，都已经设定好了，基因和环境在他们身上留下了不可更改的痕迹。我希望我这位昂贵的新朋友也是这样。这事干吗丢给我来做呢？当然，答案我也知道。我们当中，拥有最佳配置的并不多。温和的耶稣？谦卑的达尔文？一千八百年才出一位吧。公司不可能知道什么是最好的、危害性最小的性格参数，就算知道，一家全球大公司也不可能冒这个风险，哪怕一例小意外都可能损害它的声誉。"购买者自行负责"[①]。

为了最初的那个亚当，上帝曾送来一位完整、健全的伴侣。而我只好给自己设计一个。这是"外向性"这个条目，以及一系列孩子气的分级陈述。"他喜欢成为派对的灵魂和中心"，"他知

---

① 原文为拉丁语，Caveat emptor 英译为 bet the buyer beware。

道如何讨人欢喜,如何引导人"。最底下的是"和别人在一起,他感觉不自在"以及"他喜欢一个人待着"。中间的是,"他喜欢快乐的派对,但回到家中总是很开心"。这就是我啊。可是,我该复制另一个我吗?如果每一项都选择中间的,那我设计出来的,可能就是平庸的原型。外向性似乎包含着其对立面。有一长串形容词,旁边有供打钩的方框:开朗、羞怯、容易兴奋、喜爱说话、内敛、自吹自擂、谦虚、大胆、精力充沛、情绪多变。我一个都不想选,不想给他选,也不想给我自己选。

除了一些冲动疯狂的决定之外,我一辈子大多时候都是情绪中立的,独处时尤其如此;我的性格无论是什么,大多时候都处在悬置状态。不胆大妄为,也不谨小慎微。就这么过着,谈不上满足,也谈不上郁闷,该做什么事就去做什么事,想着晚饭,或者性爱,盯着屏幕发愣,洗澡。不时悔恨过去,偶尔担心未来,除了显而易见的感官世界之外,对现在几乎没什么意识。心理学曾对心智失常的无数种情况倍感兴趣,现在却转向所谓的普通情感,比如悲伤,比如快乐。但它仍旧忽略了日常生命存在的一个重要领域:除开疾病、饥荒、战争或其他苦难,大多数生命都是在中立区域中度过的,那是个熟悉的花园,不过是灰色的,平淡无奇,在记忆中稍纵即逝,也很难描述出来。

当时我并不知道,这些分级选项其实对亚当影响不大。真正起决定作用的,是所谓的"机器学习"。用户手册只能给人一种虚幻的权力感和掌控感,就像父母自以为能够掌控孩子性格一样。这只是为了将我和我购买的东西捆绑在一起,并且为生产商提供法律保护。"慢慢来，"用户手册建议说，"谨慎选择。如果有必要，可以花几个星期的时间。"

我等了半个小时，然后又去看看他怎么样了。没变化。还坐在桌旁，双臂直直地朝前伸着，闭着眼睛。不过，我感觉他漆黑的头发蓬松了一些，有了一点儿亮光，好像他刚刚洗过澡一样。我走到近前，高兴地看到，他虽然不在呼吸，左胸却有了脉搏，有规律地跳动着，平稳而沉静，根据我不太有经验的猜测，大概每秒跳一下。这真让人放了心。他没有血液需要心脏来输送到全身，但这种模拟心跳也有效果。我的疑虑打消了一点儿。我觉得需要去保护亚当，尽管我也知道这非常荒谬。我伸出一只手，放到他的心脏位置，掌心感觉到了他那平静而有节奏的跳动。我有种侵犯了他私人空间的感觉。这些生命搏动的信号很容易让人信以为真。皮肤的温度，皮肤下面肌肉的硬度和弹性——理性告诉我，这是塑料或类似的材料，但我的触觉感受到的却是肌肉。

站在这赤裸的人身旁，我在知识与感受之间挣扎徘徊，这是件怪异的事情。我走到他身后，一半是为了离开他的视野范围，毕竟他的眼睛随时可能睁开，一半则是为了以居高临下之势俯视他。他的脖子和脊背上肌肉发达。肩膀上长着黑色的绒毛。他的臀部有肌肉形成的凹陷。再往下，则是运动员一般健硕的小腿。我可没想过要个超人。我又一次为没能及时订购到夏娃而感到懊悔。

离开房间的途中，我停下脚步回头看看，这时我经历了生命中足以颠覆我们情感世界的那种瞬间:我心中一动,察觉到了那再明显不过的事实,我脑海中灵光一现,突然之间不可思议地明白了其实早已知道的事情。我站在那儿,一只手放在门把手上。亚当赤裸着,他的身体就在那儿,肯定是他引发了我的顿悟,尽管当时我并没有看他。是那个盛黄油的盘子。还有,两套杯盘,两把餐刀,两个勺子,都散落在餐桌上。我和米兰达一起共度的这个漫长的下午所留下来的。两把木头椅子,推得离餐桌远了点儿,朝着对方,像一对伙伴。

过去这个月我们更加亲密了。我们谈话很轻松。我明白了,她对我很宝贵,而我一不小心就可能失去她。有些该说的话,我本该说出来。以前我对她习以为常了,没当回事。某个不幸的事件,某个人,某位同学,都可能挡在我们中间。她的脸,她的声音,她那既寡言少语又头脑清晰的模样,在我脑海中异常鲜明。她的手在我手中的感觉,她那若有所思、心无旁骛的样子。是的,我们已经非常亲密,而我之前竟然没有察觉到。我真是个傻瓜。我必须告诉她。

我回到我的办公室,这也是我的卧室。工作桌和床之间的地方够大,可供来回踱步。她对我的感受一无所知,这一点现在倒让人不安了。把感受描述出来,会令人尴尬,而且有害无益。她是邻居,是朋友,像个妹妹一样。如果我表白,那就是对一个我尚不了解的人说话,而她就不得不从屏风后面走出来,或者说摘下面具,用一种全新的方式来跟我讲话。我很抱歉……我非常喜欢你,可是,你看……也许她会大吃一惊。也许,这也有可能吧,也许她会感到喜悦,因为她一直就期待着这句话,或者自己一直想说出来,只是害怕被拒绝而没有说。

目前,我们俩碰巧都没有别人。她应该想过吧,想过我们俩的事儿。这毕竟不是完全不可能的幻想。我还是得当面告诉她。忍不住。躲不了。于是我脑海里就这样翻来覆去,思绪越缠越紧。我焦躁不安,又回到了隔壁房间。冰箱里还有半瓶波尔多白葡萄酒,去拿酒时,我从亚当身旁经过,没看出他有什么变化。我在他对面坐下来,举起酒杯。致爱情。这次,我不像刚才那样充满柔情。我看到的是亚当本来的样子,一个没有生命的精巧器械,心跳是有规律的放电,皮肤的温度不过是化学作用的结果。激活之后,某种极其微小的摆轮装置会把他的眼睛撑开。然后,他似乎是看见了我,但实际上他是瞎子。甚至连瞎子都谈不上。等它启动之后,另一个系统会模仿呼吸,但那不是生命的气息。一个刚刚坠入爱河的人知道生命是什么。

我本来可以用继承的钱到河的北面买个处所,比如在诺丁山,或者切尔西。说不定她还会跟我一起去呢。那她就有地方放她那些书了,现在她的书都打包放在索尔兹伯里他父亲房子的车库里。我看到了一个没有亚当的未来,昨天之前,那个未来都是属于我的:城区的花园,有石膏吊顶的高高的天花板,不锈钢厨房,来吃晚饭的老朋友们。到处都是书。那现在怎么办呢?我可以把他送回去,不,是它,或者承担一点小损失,到网上把它卖掉。我冷冷地看了它一眼。它的双手掌心向下放在桌上,那张鹰脸还是原来的角度,朝着双手。迷恋科技,我是多么愚蠢啊！又一个奶酪火锅。最好趁早离开桌子，以免我挥起父亲那把旧羊角锤，一下子毁了自己的财富。

我喝了半杯不到，然后回到卧室，看看亚洲货币市场行情，转移一下注意力。与此同时，我一直留意着楼上公寓里有没有脚步声。晚上迟些时候，我看了会儿电视，关注一下特遣部队的最新情况，他们即将出发，越过八千英里的海域，去重新占领我们那时候称之为福克兰群岛的地方。

*

三十二岁，我彻底破产了。把母亲的遗产浪费在一个精巧的玩意儿上，只是我的问题的一部分——不过比较典型而已。只要手头有了钱，我就有办法让钱迅速消失，像魔术师一样将钱变成一团火，或者塞进一个高帽子，然后从里面拖出一只火鸡来。虽然最近花的这笔钱不是这样，但我以前却常常想着通过最小的努力变出一大笔钱来。我是个傻子，喜欢搞些项目和打法律擦边球的计划，喜欢走聪明的捷径。我喜欢宏大而聪明的神来之笔。其他人也这么做，还玩得很精彩。他们借钱，用在一些离奇的事情上面，一边还着债，一边还得很富裕。有的人上班，跟我以前一样，有体面的工作，他们用缓慢而稳健的方式变得富裕起来。而我呢？我一直在搞杠杆投机、买空卖空，终于慢慢颓败下去，落到了这两间潮湿的底层房间里，这地方位于伦敦南部，在斯托克韦尔和克拉彭之间，街道两侧都是爱德华七世时期的带走廊的排屋，单调乏味，谁也不愿意来。

我成长于沃里克郡斯特拉福德镇附近的一个村庄,父亲是搞音乐的,母亲是社区护士,他们就我一个孩子。与米兰达相比,我的童年文化营养不足。没有时间也没有地方看书,连听音乐都不行。所以我早早对电子产品发生了兴趣,不过后来却在中南部一所名不见经传的大学拿了个人类学的学位;我修读了法律专业的职业培训课程,合格之后,成为税务专业人员。过完二十九岁生日后的那个星期,我被除名了,差点儿要在监狱里待一段时间。我做了几百个小时的社区服务,这让我相信,以后再也不要做一份常规的工作了。我以非常快的速度写了一本关于人工智能的书,赚了点钱,又在一个延寿药项目中把赚的钱赔光了。我搞了一笔房地产交易,赚了不少,又在一个汽车租赁项目中赔光了。我最喜欢的一位叔叔靠一项热泵专利发了财,他给我留了一些资金,又在一个医疗保险项目中赔光了。

三十二岁,我靠在线上炒股票和外币生活。也是个项目,像我搞过的其他项目一样。每天七个小时,我都低头坐在电脑前面,买啊,卖啊,在买卖之间犹豫不决啊,一会儿挥舞着拳头,一会儿又破口大骂,至少一开始的时候是这样的。我阅读市场报告,但我相信其实这是个随机的系统,所以我大多时候依靠猜测。我有时候突飞猛进,有时候一头栽倒,但全年平均下来,我的收入和邮递员差不多。那时候房租不高,我能够支付房租,吃的、穿的也都还可以,我觉得自己已经开始慢慢稳定下来,开始了解自己了。我下定决心,三十多岁一定要干得比二十多岁好。

可是,第一批可信的人造人上市时,我父母那幢令人开心的房子刚好卖掉了。那是一九八二年。我一直对机器人、仿生人、复制人感兴趣,为了写书查阅很多资料之后,就更喜欢了。以后价格肯定会跌,但我必须马上就买一个,最好是夏娃,不过亚当也行。

事情本来也许会不一样。我之前的女朋友克莱尔头脑清醒,受过牙科护士培训,在哈利街一家诊所上班,她倒有可能说服我不要去买亚当。她是个务实的人,踏踏实实地过着当下的日子。她知道怎么安排生活。还不仅仅是安排她自己的生活。可是,我一次无法抵赖的不忠行为惹恼了她。她怒气冲天、令人生畏,正式宣布不要我了,最后把我的衣服扔到了街上。莱姆街。她再也没有同我说过话,在我的诸多错误和失败中,她高居榜首。她本来是可以救我的。

然而……为了利益均衡起见,还是让那个没有得到拯救的我说几句吧。我买亚当可不是为了赚钱。恰恰相反。我的动机很单纯。我花出去一大笔钱,是因为好奇,这可是台坚实可靠的引擎,驱动着科学,驱动着智力生活,驱动着生命本身。这可不是什么昙花一现的潮流。有历史,有纪录,有时间的沉积,我有权利去汲取。电子学和人类学——这一对远房的兄妹,被晚期现代主义拉到一起,缔结婚约。这婚配生出的孩子,便是亚当。

就这样,我来到你面前,被告的证人出场,下午五点钟,放学之后,那时候的典型模样——穿着短裤子,膝盖上结着痂,脸上有雀斑,留着两侧和后脑短、头顶蓬松的盖式发型,十一岁。我排在队伍的最前面,等着实验室开门,等着"电路俱乐部"开始。

主持的是科克斯老师,他脾气温和、身材高大,有橘红色的头发,教我们物理。我的项目是做一台无线电。这是靠着信念支撑的行动,是长时间的祈祷,花了好多个星期。我有一块硬纸板作为基板,长九英寸宽六英寸,容易钻孔。颜色是关键。蓝色、红色、黄色和白色的电线围着基板做短途旅行,在直角处拐弯,钻到基板下面不见了,又在另一个地方冒出来,中间被亮闪闪的焊点和细小的圆柱隔断,那些圆柱是电容器和电阻器,上面有颜色鲜亮的条纹,然后就是感应线圈,我自己绕的,接下来是运算放大器。我什么都不懂。我跟着布线图一步一步做,就像刚入教的人一个字一个字念经文一样。科克斯老师语调柔和地给出建议。我笨拙地把各个器件、电线或组成部分焊接起来。我深深地吸入焊接的烟雾和气息,像吸入迷药一样。我在电路里加了一个用胶木做的摇头开关,我相信那是一架战斗机上的,毫无疑问肯定是喷火战斗机。三个月之后,要完成最后一道连接,就是将这个深褐色的胶木器件接到一个九伏的电池上。

那是三月一个寒风呼啸的黄昏。其他男孩子们都在埋头做各自的项目。我们学校距离莎士比亚故乡十二英里,后来被大家称作所谓的"普通"中学。实际上,这是个非常好的地方。这时天花板上的荧光灯都打开了。科克斯老师在实验室另一头,背朝着我们。我担心不成功,所以不想让老师注意到。我合上开关——奇迹出现了——有静电的声音。我慢慢摇动调节波段的电容器:音乐声响起来了,我觉得那是糟糕的音乐,因为里面有小提琴。然后传来一个女人急速的说话声,她说的不是英语。

没有人抬头,没有人感兴趣。制作一台无线电,不是什么特别的事情。但我已经说不出话来,眼泪差点夺眶而出。再也不会有什么技术,让我像那样震惊。电流通过我小心排列的金属元件,竟能从空中抓住某位外国女士在遥远的地方坐着说话的声音。那声音听起来很和善。她不知道我的存在。我永远也不会知道她的名字,不会明白她说的话,不会遇到她,就算遇到也不知道。我的无线电,基板上布满了不规则的焊点,看起来是个奇迹,就像用物质造出人的意识那么神奇。

大脑和电子紧密相关,这是我十几岁时发现的。那时候,我制造简单的电脑,自己编程,后来又制作更加复杂的电脑。电加上小金属元件,能够做算术,能够造出文字、照片和歌曲,能够记住事情,甚至把说的话转换成书面文字。

我十七岁的时候,彼得·科克斯说服我到当地一所学院去学习物理。一个月不到,我已经感到枯燥无味,打算换个专业。内容太抽象了,数学也超出我的能力。那时候,我已经读过一两本书,开始对想象的人感兴趣。海勒的《第18条军规》,菲茨杰拉德的《跳得高的情人》,奥威尔的《最后的欧洲人》,托尔斯泰的《皆大欢喜》[①]——我没有再继续读下去,不过我明白了艺术的要义。它是一种调查的形式。但是,我不想学文学——太让人气馁,太依赖直觉了。我在学校图书馆拿到了一份单页的课程简

[①] 上述四人均为世界知名作家,所引作品名与真实作品名有出入:海勒的名作题为《第22条军规》;《跳得高的情人》源自菲茨杰拉德名作《了不起的盖茨比》的开篇引文;奥威尔在公开出版其名作《1984》前,曾考虑将之命名为《最后的欧洲人》;托尔斯泰《战争与和平》在创作期间,曾用《皆大欢喜》为题。

介,说考古学是"跨越时间和空间研究各社会中的人的科学"。系统研究,还包含人的因素。于是我就报了名。

学到的第一件事:我们的课程经费严重不足。已经一年没有去过特罗布雷昂群岛了,我从书上读到过,那儿是不许当着别人的面吃东西的。背着朋友和家人一个人吃饭,是有礼貌的表现。岛民们有符咒,可让丑陋的人变美。孩子们之间的性爱,得到积极鼓励。山药是实际上的通行货币。女人决定男人的地位。多么奇怪,又多么令人振奋。影响我对人类本性的看法的,主要是聚集在英格兰南部的白人。现在,我迈入了永无止境的相对主义之中,自由了。

十九岁时,我就荣誉文化写过一篇自作聪明的论文,题目是"心灵铸成的镣铐①?"。我冷静客观地收集我的研究案例。我自己什么也不知道,也什么都不在乎。有的地方强奸司空见惯,以至于连"强奸"这个词都没有。一位年轻的父亲喉咙被割,因为他在一场古老的家族仇恨中没能履行职责。某个地方有个家族要杀掉女儿,因为有人看见她和来自敌对宗教群体的一个小伙子牵着手。而在另一个地方,年长的奶奶积极地帮助别人切割自己孙女的生殖器官。父母疼爱、保护子女的本能冲动哪里去了?文化的声音更响亮。普遍的价值哪里去了?颠倒了。埃文河畔的斯特拉福德镇可没有这种事情。重要的是思想、传统、宗教——不过都是软件而已,现在我是这么想的,所以最好用价值

---

① "心灵铸成的镣铐"(Mind-forged Manacles)出自英国诗人威廉·布莱克的短诗《伦敦》。

中立的视角去对待。

人类学家不做评判。他们观察、记录人类的多样性。他们推崇差异。一件事在沃里克郡是恶行,在巴布亚新几内亚则屡见不鲜。如果只从一个地区来看,谁又能评判什么是好、什么是坏呢?当然不能由殖民当局来评判。我从研究中得出的一些关于道德的结论,不幸于几年后将我送上了一个县法院的被告席,罪名是与他人共谋,误导税务部门,情节严重。在远离法官大人的某个椰树海滨,这种共谋可能会受人尊重,但我没有尝试去说服法官接受这一点。相反,就在向法官陈词之前那一刻,我头脑清醒了。道德判断是切实存在的,是真实的,是非好坏,都内生于事物的本质之中。我们的行为必须接受道德标准的评判。在接触人类学之前,我就是这么认为的。于是,我声音颤抖、结结巴巴,卑贱地在法庭上道歉,侥幸躲过了判刑。

*

早晨,我来到厨房,比平时更晚,这时亚当的眼睛已经睁开了。那眼睛是浅蓝色的,有很多极其细小的黑色竖条纹。睫毛和孩子一样,又长又密。不过,他眨眼的功能还没有启动。这个功能设定为间歇性启动,但间隔时长不规则,可根据情绪和姿态调整,也能对别人的行为和语言做出反应。头天晚上,我不太情愿地读了手册,读到很晚。他还装备了眨眼反射机制,有外物飞来的时候,可以保护眼睛不受伤害。这时候,他凝视的目光中看不出任何意义或动机,因此没有感染力,和商店橱窗里的人形模特一样毫无生气。头部的细微运动是人类所特有的生命温度的体现,但迄今为止,他还没有这种迹象。其他地方,也没有任何身体语言。我伸手去感受他手腕上的脉搏,什么也没有——有心跳,没脉搏。抬起他的胳膊很吃力,手肘关节处有些僵硬,好像人刚死不久身体即将僵直一样。

我转过身去,煮了咖啡。脑子里想的是米兰达。一切都变了。一切又都是老样子。晚上我没怎么睡,我想起来,她要去她父亲那儿。研讨会一结束,她应该直接就去了索尔兹伯里。我想象着她坐在从滑铁卢开出的火车上,膝上放着一本没有读的书,眼睛盯着外面飞驰而过的风景,那起起伏伏的电话线,她没有想到我。或者只想着我。或者是回想着研讨会上某个试图用目光震慑住她的男孩。

我在手机上看电视新闻。声音嘈杂,海滨光亮闪烁,组成一幅耀眼的马赛克画面。朴茨茅斯。特遣部队准备出发。全国大部分人都置身于梦幻剧场之中,穿着历史上的服装。中世纪后期。十七世纪。十九世纪初。拉夫领,男子紧身裤,带裙撑的圈裙,上粉末的假发,眼罩,木腿。准确是不爱国的。历史上,我们独一无二,这支舰队一定会成功。电视和新闻媒体鼓励大家一起回顾被我们打败过的敌人——西班牙人,荷兰人,本世纪被打败两次的德国人,从阿金库尔战役到滑铁卢战役都被打败的法国人。战斗机在空中列队飞行。一位刚刚从桑德赫斯特陆军学校毕业的年轻人全副武装,皱着眉头一脸凝重地对记者讲述面前的重重困难。一位高级军官谈论着他手下士兵坚不可摧的决心。这场面我并不喜欢,但我还是被打动了。看到一支苏格兰风笛乐队朝着军舰的跳板行进,我感到精神振奋。这时画面切回演播室:地图、箭头、后勤、作战目标等等,冷静的声音表示同意。还有外交策略。首相出场,穿着她那身优雅的蓝色正装,站在唐宁街住所门前的台阶上。

我被这场景感染,虽然我常常自称反对这种做法。我爱我的祖国。深入虎穴,勇气绝伦。八千英里啊。多少赤诚的人置生命危险于不顾。我拿着第二杯咖啡,来到隔壁房间,我整理了一下床铺,这样房间看起来更像工作室,然后我坐下来,思考一下全球市场的行情。因为即将开战,富时指数①又跌了一个点。爱国情感仍然在我心中涌动,我想阿根廷人会被打败,就买了一家生产人们手中挥舞的英国国旗的玩具集团的股票,还投了两家香槟进口商,我赌行情会全面大幅回暖。商船队已被重新部署,准备将作战部队运到南大西洋。在市里做房产管理的一位朋友跟我说,他的公司预计其中部分船只会被击沉。最好做空保险市场的大盘股,投资韩国的造船公司。这种消极丧气的话,我可没心情去听。

我的台式电脑是从布里克斯顿市场一家二手店里买来的,是六十年代中期的产品,速度很慢。搞好那家旗帜生产商的仓位,花了我一个小时。本来可以更快一些,但我没法控制自己的思绪。我要么想着米兰达,留意听楼上公寓里是否有她的脚步

---

① 即伦敦金融时报指数。

声,要么就想着亚当:是不是该亏本卖掉他?是不是该去挑选他的性格选项了呢?我卖出英镑,又去想着亚当。我买了黄金,又去想着米兰达。我坐在马桶上,心里惦记着瑞士法郎。喝第三杯咖啡的时候,我问自己,一个打赢战争的国家,还会把钱花在哪里呢?牛肉。酒吧。电视机。三个行业我都买了,心里觉得自己很正直,也算是为战争做出贡献。很快,午饭时间到了。

我又一次坐到亚当对面,一边吃着奶酪泡菜三明治。有新的生命迹象吗?初看之下是没有的。他的眼睛朝我左肩上方望着,但目光仍旧呆滞无神。身体不动。可是,五分钟后我无意间抬头看了一眼,就在我盯着他的那一瞬间,他开始呼吸了。我先听到一串急促的滴答声,接着他的嘴唇张开,发出蚊子一般的嗡嗡声。有半分钟的时间,什么动静也没有,然后他下巴抖动起来,吸入了第一口空气,还发出了非常逼真的吞咽的声音。当然,他并不需要氧气。需要氧气完成新陈代谢,要到很多年以后。他第一次呼气迟迟不来,我都停止了吃东西,紧张地等待着。最后终于来了——很安静,从鼻孔里发出来。随即他的呼吸便有了平稳的节奏,胸部也随之一起一伏。我感到毛骨悚然。亚当眼睛空洞无神,现在看起来就像一具会呼吸的尸体。

我们把多少生命倾注在眼睛中啊!我想,如果他的眼睛是闭着的,那他至少还像个正在昏睡的人。我放下三明治,走过去站到他身旁,出于好奇,我把一只手放到他嘴边。他的呼吸潮湿而温暖。聪明。我读过使用手册,上面说他每天中午之前一段时间里会小便一次。也很聪明。我去把他的右眼合上,这时我的食指碰到了他的眉毛。他缩了一下,突然将脑袋扭到了另一边。我吃了一惊,往后退了退。然后我等待着。有二十多秒钟,什么也没发生;接着,他动作流畅、安静,但极其缓慢,同时肩膀斜过来,脑袋便慢慢移动到了原来的位置。他呼吸的频率并没有受到干扰。我的呼吸和脉搏都加速了。我站在几英尺开外,着迷地看着他重新坐好,像个气球在缓慢放气一样。我决定还是不合上他的眼睛算了。就在我等着他的下一个动作时,楼上公寓里传来米兰达走动的声音。从索尔兹伯里回来了。从卧室里进进出出。我又一次感到了没有表白的爱情带来的激动不安,就在这时,我有了一个朦胧的想法。

*

那天下午,我本该坐在电脑前面赚钱赔钱。但我却跟着直升机的高空视角,观看特遣部队的领航舰艇绕过波特兰海岬,从切西尔海滩附近鱼贯而过。这些地名本身就该行礼致敬。多么威武。前进!我一直这么想着。然后呢,胜利回国!不久,舰队便开始沿着侏罗纪海岸行进,成群的恐龙曾在那儿啃食巨大的蕨类植物。突然,镜头拉低,我们来到了聚集在科布湾的莱姆里吉斯市市民中间。一些人拿着望远镜,很多人拿着旗子,就是我脑子里想的那种,塑料做的,带根木头做的小柄。也许是某个新闻摄制组发放给他们的。街头采访。勤劳的女人们轻柔的说话声,带着当地的口音,情绪激动。顽强的年长男人们,在克里特岛和诺曼底打过仗,现在自顾自地点着头,什么也不会透露出去。哦,我多么希望自己也像他们一样相信啊。但是,我也可以相信啊!跟随蜥蜴半岛上什么地方架着的长焦镜头,可以看到舰队好像一排越来越小的黑点,在罗德·斯图尔特沙哑的歌声中勇敢地驶向无边无际的茫茫大海,而我看得几乎热泪盈眶。

这个工作日的下午多么混乱啊。餐桌旁坐着一个全新的生命形式,我新近爱上的女人在我头顶六英尺的地方,国家正在打一场旧式的战争。不过,我的自制力还过得去,也下过决心,每天要工作七个小时。我关掉电视,来到电脑屏幕前。等待我的,正是我希望收到的米兰达写来的电子邮件。

我知道我永远不会发财。我每天挪来挪去的资金,安全地分散在几十个投资项目中,但资金总量很小。这个月,我固态电池上的投资不错,但赚的差不多都在稀土期货上赔光了——愚蠢地贸然闯进了未知领域。但是,我不用去搞职业发展,不用做办公室工作。在对自由的追求中,这算是我最不糟糕的选择了。下午我继续工作,忍住诱惑不过去看亚当,不过我猜这时候他应该充满电了。下一步是下载更新。然后呢,那些麻烦的个性化选项。

午饭前,我给米兰达发了封电子邮件,邀请她晚上来吃饭。这时候她已经回信接受了。她喜欢我做的饭。吃饭的时候,我要提议一下。亚当的性格选项,我填好大约一半,然后把链接和密码给她,让她挑选剩下的。我不会干涉,甚至都不想知道她最后选了什么。影响她选择的,可能是她性格的某个方面——能让人快乐的,也可能是她梦想男人的模样——能给人启迪的。

亚当将会像个真人一样进入我们的生活，他的性格丰富微妙，只会随着时间的推移、事件的进展以及与他所遇之人的交往，才会慢慢显现出来。一定程度上，他将是我们的孩子。我们两个独立的存在，将在他身上融合。米兰达会卷入这场冒险之中。我们将成为合作伙伴，亚当是我们共同的关切、共同的创造。我们会成为一家人。我这个计划没什么见不得人的。我见她的机会肯定更多。我们会开心的。

我以前的各种计划往往都不成功。但这次不同。我头脑清晰，不可能欺骗自己。亚当不是我的情敌。不管他让她多么着迷，她都会拒斥、反感他的身体。她就是这么跟我说的。头一天她就跟我说过，他的身体竟然是暖的，真"吓人"。她说，他能用舌头发出词语，"有点怪怪的"。不过他词语的储备量和莎士比亚一样大。引起她好奇心的，是他的大脑。

于是就这么决定了，不卖掉亚当。我要和米兰达共享他——就像如果我有房子也会和她共享一样。他会包含我们俩。我们一起取得进步、交流想法、分享挫败。我三十二岁了，自认为是情场老手。急切的表白会把她吓走。共同踏上这段旅程要好得多。她已经是我的朋友了，有时候还牵我的手。我并不是从零开始。她也许会和我一样，从心底里悄悄萌生出更深的感情来。退一步讲，我与她相处的时间更多，也足以宽慰。

我那台冰箱已经老掉牙了，门把手生了锈，都快掉下来了，冰箱里有一只谷物喂养的鸡、四分之一磅黄油、两个柠檬和一把新鲜龙蒿。旁边的碗里有几颗大蒜。橱柜里有几个包着泥土的土豆,已经发芽了——不过,削了皮烤一烤,还会很不错。莴苣,一包调料,一大瓶卡奥尔葡萄酒。简单。首先,加热烤箱。我站起身离开工作桌时,脑子里想的全都是这些琐事。我一位做记者的老朋友曾经说过,孤独地工作一天,期待着晚上与有趣的人相伴,这就是人间天堂。

我脑子里计划着为她做的这顿饭,又想起朋友那句朴素的箴言,所以分了神,暂时把亚当忘记了。走进厨房,我吃惊地发现,亚当站了起来,赤身裸体站在桌边,脸朝一边侧着,并非正对着我,一只手隐约在拨弄从肚脐上伸出来的电线。他另一只手放在下巴底下,若有所思地抚摸着下巴——这毫无疑问是个聪明的算法,但极有说服力地塑造了一个思考者的模样。

我回过神来,说道:"亚当?"

他缓慢地将脸转过来。等到他的脸完全正对着我,我们的目光相遇,他眨了一下眼睛,然后又眨了一下。这个机制在运转,但显得太刻意了。

他说:"查理,我很高兴终于见到你了。能不能请你处理一下我的下载,准备好各种参数……"

他停下来,认真地看着我,两只有黑点的眼睛快速扫视,扫描我的脸部。审视我。"产品手册里能找到你需要知道的所有信息。"

"我会的,"我说,"等我有时间。"

他的声音让我感到意外而欣喜。他嗓音偏高,语速适中,语调中透露出善意,听起来友好而热诚,但绝没有卑躬屈膝的意味。他说的是英国南方受过良好教育的中产人士所说的标准英语,元音带着一点点几乎难以察觉的西南部口音。我心跳加速,但我努力显出平静的样子。为了表示我镇定自若,我逼着自己向前迈了一步。我们俩默默地对视着。

多年前,还在当学生的时候,我读到过一位名叫莱希的探险家于三十年代初期与巴布亚新几内亚高地人"初次接触"的材料。当地部落的人们无法判断,突然出现在他们土地上的这些肤色苍白的家伙,究竟是人还是鬼。他们回到村里讨论这个问题,留下一个十几岁的男孩,远远地暗中观察。男孩回来报告说,他看见莱希的队伍中有个人躲到一片灌木丛后面大便了,于是这个问题也就有了定论。几十年过去了,此刻,一九八二年,在我的厨房中,事情就没那么简单了。用户手册上说,亚当有个操作系统,但也有本性——人的本性,还有性格,就是我希望米兰达能帮忙确定的性格。我不清楚这三种基质如何相互交叠,又如何相互作用。我学习人类学的时候,大家认为没有什么普遍存在的人类本性。那是浪漫的幻觉,其实不过是各地环境的不同产物而已。人类学家深入研究其他文化,知道人类多样性之美,所以只有他们才完全明白所谓的普遍人性有多么荒谬。生活舒适、足不出户的人什么也不懂,连自己的文化也弄不明白。我有一位老师喜欢引用吉卜林的话:"只知道英格兰的人,又怎么懂得英格兰?"

到我二十四五岁的时候,进化心理学又开始重新强调人类本性的概念,认为人类本性来自共同的基因传承,不受时间和空间的限制。社会研究领域中,大多数人对此表示反对,有的甚至勃然大怒。用基因去解释人们的行为,让人想起希特勒的第三帝国。时代潮流起起落落。而亚当的制造者们正是进化论思维大潮中的弄潮儿。

他就站在我面前,在冬日下午的阴暗中一动不动。曾保护他的包装材料已经拆散开来,现在仍然堆在他脚下。他从包装材料中现身,就像波提切利画笔下的维纳斯从贝壳中冉冉升起一样。黄昏的光穿过朝北的窗户,照亮了他一半身体的轮廓,勾勒出那张高贵面庞的一侧。一片寂静,只有那台冰箱发出的友好的嗡嗡声,以及远处隐约可闻的车流声。这时我想到了他的孤独感,像重物一样落在他那健壮的双肩上。他一醒来就发现自己置身于一个又脏又暗的厨房里,厨房位于伦敦 SW9 区[①],时间是二十世纪末,他没有朋友,没有过去的记忆,也不知道未来会怎么样。他真的是孤身一人。其他的亚当和夏娃都跟随着主人散落到了世界各地,尽管有人说有七个夏娃都集中在利雅得[②]。

我一边伸手去按灯的开关,一边问:"你感觉怎么样?"

他眼睛朝一边望去,思考着该如何回答。"我感觉不对劲。"

这次他的声调平淡低沉。好像听了我的问题之后,他就没了精神一样。可是,那一堆微处理器里面,能有什么精神?

"怎么啦?"

[①] SW9 为伦敦邮区编号,即西南九区,主要包括斯托克韦尔和布里克斯顿部分地区。
[②] 沙特阿拉伯首都。

"我没有衣服。而且——"

"我去给你拿。还有别的吗?"

"这根线。要是我拽出来,会疼。"

"我来吧,不会疼。"

但我没有马上过去。现在室内灯光明亮,我能够观察他的面部表情,他说话的时候,面部表情几乎没有什么变化。我看到的并不是人造脸,而是扑克牌选手的面具。性格是生命力的源泉,没有性格,他也没什么可以表达的。他在按照某种默认程序运行,直到更新下载完成。他身体能动,会说话,能做出常规反应,看上去一切正常的样子。至少他知道该做什么,但其他的都不会。浑浑噩噩,像个烂醉初醒的人。

现在我自己可以承认了——我害怕他,不愿意走得更近。而且,我还在想他最后那个词说明了什么。亚当只要做出好像感觉到疼痛的样子,那我就只能相信他,做出相应的回应,好像他真的感到了疼痛一样。要不这样做,对我来说太难了。那完全违背人类同情的本性。与此同时,我又不相信他真能感受到疼痛,不相信他能有情感或者有任何感知能力。但是,我刚才却问他感觉怎么样。他的回答很得体,我提出帮他拿衣服去,也很得体。可这些我其实根本就不相信。我在玩一个电脑游戏。不过是真实的游戏,和社会交往一样真实,其证据就是,我心跳加快,平静不下来,嘴巴里有干燥的感觉。

显然,只有别人对他讲话的时候,他才会开口讲话。我克制住再次让他放心的冲动,回到卧室里,给他找了些衣服。他身材健壮,比我矮几英寸,但我想我的衣服他穿也合适。运动鞋、袜子、内衣、牛仔裤和毛衣。我站到他跟前,把那摞衣服放到他手里。我想盯着他穿衣服,看看他的运动功能是不是像材料里宣传的那么好。任何三岁的孩子都知道,要把袜子穿上可没那么容易。

把衣服给他的时候,我隐约闻到了他上半身发出的微弱气息,也许他腿上也有,那是油加热后发出的气味,父亲曾用来润滑萨克斯管按键的那种淡色高精炼油。亚当把衣服托在手臂的臂弯处,双手朝我这边伸着。我弯下身去,拔下电线,他并没有退缩。他五官紧绷,如同刀刻,什么表情也没有,那一脸木然的样子,真和一辆朝着货物驶来的叉车差不多。接着,我猜是电路上某个或某组逻辑门起了作用,他低声说了句:"谢谢。"说这话的同时,还用力点了一下头。他坐下来,把那堆衣物放到桌上,然后从最上面拿起毛衣。他停顿了一下,若有所思,然后把毛衣展开,前胸那一面朝下平放在桌上,接着他将右手和右臂伸进毛衣袖子,直至肩部,然后是左手和左臂,接下来他肩背部的肌肉复杂地摆动了一番,便将毛衣穿在了身上,又用双手从腰部将毛衣往下拉直。毛衣是陈旧发黄的羊绒织成的,上面用红色字母写着我曾经支持过的一家慈善机构的调侃标语:"全世界语言功能症患者团大结!"①他从盒子里取出袜子,一直坐在那儿将袜子穿上。他的动作很敏捷。没有犹豫的迹象,对相对空间的计算

---

① 此口号出自加里·拉森著名漫画《远端》(*The Far Side*),调侃语言功能症患者将"大团结"误作"团大结"。

毫无问题。他站起身,放低手里拿着的四角短裤,抬起脚放进去,然后把短裤拉起来,他用同样的方法穿上牛仔裤,拉好前面的拉链,扣好腰部的那颗银色纽扣,动作一气呵成,没有停滞。然后他又坐下来,把脚塞进运动鞋里,迅速将鞋带系成双蝴蝶结,速度快得令人眼花缭乱,几乎非人力所及。但我不这样想。我认为这是工程和软件设计的胜利:是人类聪明才智的体现。

我转过身去,开始准备晚餐。我听见头顶米兰达走过房间,脚步声闷闷的,好像光着脚。马上要冲澡,做准备。准备见我。我脑海里想象着她的样子,仍然湿漉漉的,穿着便袍,一边拉开装内衣的抽屉,一边思忖着。丝绸的,对。桃红色?好。趁着烤箱在预热,我把作料都放到操作台上。经过这一天贪婪的买进卖出,做饭最适合将人拉回到这个世界更好的一面,拉回到人类漫长的招待他人的历史之中。我扭头看了一眼。衣服的效果太令人震惊了。他坐在那儿,手肘撑在桌上,像我的老朋友一样,就等着我倒满今晚的第一杯酒了。

我冲他喊道:"我在做黄油龙蒿烤鸡。"这样说有些顽皮,我知道他只吃电子,别的不吃。

他毫不迟疑,语调极为平淡,说道:"这两样放一起很合适。不过,把家禽烤出金黄色的过程中,容易把龙蒿叶子烤焦。"

把家禽烤出金黄色?这样说也算正确吧,我猜,可听起来很奇怪。

"你有什么建议吗?"

"用锡纸把鸡包住。从鸡的大小来判断,我看一百八十度烤七十分钟就够了。然后用刷子把龙蒿叶刷到汤汁里,同时拆掉锡纸后,把鸡放进去,同样的温度烤十五分钟,出金黄色。然后把龙蒿叶连同汤汁以及融化的黄油一起倒回去。"

"谢谢。"

"记住,用一块布盖住,放置十分钟,然后再切。"

"这我知道。"

"对不起。"

我的声音听起来像是要生气了吗?到八十年代初,我们天天对机器说话,车里、家里、呼叫中心、诊所,我们早已习惯了。可是,亚当刚才坐在房间另一头就测算好了那只鸡,而且还为自己多余的建议道了歉。我又回头看看他。这次我注意到,他把毛衣的袖子拉到了肘部,露出强健有力的手腕来。他十指交叉,这时正把下巴搁在手上。而这还是他没有性格的样子。从我站的地方看,光线凸显出他高高的颧骨,他看起来很强壮,像酒吧里你最好不要去惹的那种安安静静的狠角色。不像是会提供烹饪小窍门的那种人。

我有点孩子气地觉得有必要展示一下谁才是老大。我说:"亚当,你绕着桌子走几圈吧。我要看看你的动作。"

"没问题。"

他的步伐毫无机械感。在这狭小的房间里,他能够大步行走。他绕着桌子走了两圈,然后在椅子边站好,等着。

"现在你可以开酒了。"

"好的。"

他走到我跟前,一只手摊开伸过来,我把开瓶器放在他手掌上。那是侍酒师们喜爱的那种链接悬臂式开瓶器。但他用起来毫无问题。他把木塞放到鼻子下面,然后伸手到橱柜里拿过一只酒杯,倒了半英寸的酒,把杯子递给我。我尝酒的时候,他认真地凝视着我。这酒算不上一流,甚至连二流都算不上,但没有受到软木塞污染。我点点头,他把杯子倒满,小心地将酒杯放在炉子旁边。然后他回到椅子上坐好,我则转身去做色拉。

半个小时在安静中度过,我们俩都没说话。我做了点色拉酱,切好了土豆。我脑海里想的是米兰达。我相信,这是我人生的关键时刻,我到了未来的十字路口。走一条路,生活将和以前一样继续;走另一条,生活将发生根本变化。爱、冒险、纯粹的兴奋,同时,我刚刚变得更加成熟,所以生活也会有规律,不会再有不着边际的计划,一起有个家,还有孩子。也许最后两项是不着边际的计划吧。她性情甜美可亲,她善良、美丽、让人开心、聪颖无比……

背后传来声音,我停止胡思乱想,又听到了那声音,于是我转过身去。亚当仍旧坐在餐桌旁的椅子上。他发出了好像一个人有意清嗓子的那种声音,然后又重复了一遍。

"查理,我想你是在为楼上的朋友做饭吧。米兰达。"

我没说话。

"根据我刚才几秒钟的研究,根据我的分析,你应当小心一些,不要完全信任她。"

"什么?"

"根据我的——"

"你给我解释清楚。"

我愤怒地瞪着亚当那毫无表情的面孔。他用忧伤的语调低声说道:"她有可能在撒谎。恶意地精心编造谎言。"

"什么意思?"

"要说清楚需要点时间,但是现在她已经下楼啦。"

他的听觉比我好。过了几秒钟,有人轻轻敲门。

"请问需要我去开门吗?"

我没理他。我感到非常愤怒。走进那小小的门廊时,我整个人的情绪都不对了。这个愚蠢的机器算谁啊,或者说算个什么东西? 我干吗要忍受它?

我一把拉开门,她就在那儿,穿着漂亮的浅蓝色裙子,冲我高兴地笑着,一只手里拿着一小束雪花莲,看上去可爱极了。

二

几个星期之后,米兰达才有空去挑选亚当的性格。她父亲病了,她要经常去索尔兹伯里照顾他。她还要写一篇论文,题目是十九世纪谷物法改革及其对赫里福德郡某镇某街道的影响。大家称为"理论"的学术运动,已在社会史领域中"刮起旋风"——她这么说的。她以前学习的大学比较传统,教的是对历史进行老式的陈述,所以她要学习一套新的词汇、一种新的思维方法。有时候,我们并排躺在床上(吃龙蒿烤鸡的那个晚上非常成功),我听着她抱怨,努力让自己的声音和样子显露出同情。现在,对过去发生过的事情进行假定,已经不合时宜了。只有需要考量的历史文献,对待历史文献的不同学术方法,以及我们自己与那些方法之间的不同关系,而决定这一切的,是意识形态语境,是它们与权力、财富、种族、阶级、性别以及性取向的关系。

在我看来,这一切并非没有道理,但也不是那么有趣。不过我没有说出来。米兰达无论做什么、想什么,我都要鼓励。爱情是大度的。而且,我也愿意认为,往者不可追,过去发生过的一切,不外乎今天留下的蛛丝马迹而已。用这种新的眼光来看,过去就没那么重要了。我正处在自我重塑的过程中,急于忘记我的近期历史。那些愚蠢的选择,都过去了。我期待着和米兰达一起的未来。我即将步入中年,正要清点一下我的人生。我每日生活中,都带着逐步累积的历史证据,那是我的过去馈赠予我的,而我打算销毁那些证据:孤独、生活拮据、居住环境简陋、生活没有希望。在与生产方式的关系之中,我处在什么位置,我完全没有概念。没有我的位置,我常常这样想。

购买亚当,进一步证明了我的失败吗?我不确定。凌晨醒来——在米兰达身边,有时候在我的公寓,有时候在她的公寓——我在黑暗中召唤着旧式铁路轨道上使用的那种转辙拉杆,一拉就能将亚当送回到店里去,把钱还到我的账户上。白天,这个问题更加发散、更加微妙。我没告诉米兰达亚当说过她的坏话;我也没告诉亚当,米兰达将参与设定他的性格——好像是对他的惩罚一样。他提醒我留意米兰达,对此我嗤之以鼻,但他的大脑——如果能称作大脑的话——让我很感兴趣。他的外表英俊健美,透着些粗野气,他会自己穿袜子,他就是技术上的奇迹。他价格昂贵,但我这个"电路俱乐部"的孩子就是舍不得放手。

我输入了我的选择,用的是卧室里那台旧电脑,亚当看不见。我决定隔一个问题回答一个问题,这种融合方式——也就是我们自家版本的基因重组——应该具备足够的随机性。现在,我掌握了方法,还有合作伙伴,就可以轻松地去完成这个过程了,而这个过程慢慢开始有了某种性爱的意味:我们这是要造出一个孩子呢!由于米兰达的参与,我就不会自我复制。基因的比喻有帮助。我一边浏览着一系列愚蠢的陈述句,一边做出选择,或多或少都和自己的性情相似。无论米兰达的方法与我相同还是不同,我们最后都会造出第三个人来,具有全新的性格。

我不打算卖掉亚当,但"恶意撒谎"那句话让我耿耿于怀。看产品手册的时候,我读到过关于关闭按钮的描述。他脖子后面什么地方,就在发际线下方,有个凸起的小开关。我只要一根指头放在上面,大约三秒钟,然后用点力,他的电源就会被关闭。文件、记忆、技能等等,都不会丢失。第一次和亚当在一起的那个下午,我不愿意去碰他的脖子,或者他身体的任何部分,所以我一直等到当天晚些时候,等到我和米兰达的晚餐圆满结束。下午我坐在屏幕前面买进卖出,亏了一百一十一镑。走进厨房的时候,我发现锅碗瓢盆都堆在水池里。我本可以让亚当帮忙清理,以测试他的能力,但那天我处在一种奇怪的亢奋状态。和米兰达有关的一切都光芒四射,甚至包括她那些凌晨将我惊醒的噩梦。我放在她面前的盘子,从她嘴里进进出出的那把幸运的叉子,她嘴唇亲吻酒杯留下的那浅浅的弧形痕迹,这些都只能归我处理和清洗,不能交给别人。于是我便开始清洗。

在我身后,亚当还在桌边坐着,目光凝视着窗户那边。我清洗完毕,一边用小毛巾擦手,一边朝他走去。尽管我心情愉悦,我无法原谅他的不忠。他还要说什么,我也不想听。他需要学习日常礼貌的界限——对他的神经网络来说,应该不算什么挑战。他在启发式学习方面的缺陷,更加坚定了我的决心。等我进一步了解,等米兰达完成她的选择,他可以回到我们的生活中。

我保持着友好的语气。"亚当,我要把你关掉一段时间。"

他脑袋转到我这边,停顿了一下,侧到一边,然后又侧向另一边。根据某位设计师的理解,意识就是通过这样的动作表现出来的。这让我感到厌烦。

他说:"恕我直言,我认为这是个坏主意。"

"这是我的决定。"

"我一直在享受思考的乐趣。刚才我在思考宗教和来生。"

"现在不谈这个。"

"我想,有些人相信除了此生,还有其他生命,他们会——"

"够了。别动。"我一只手从他肩膀上面伸过去。他温暖的气息吹在我胳膊上,我想,要折断我的胳膊,对他来说轻而易举吧。用户手册上用黑体字引用了艾萨克·阿西莫夫那条被人不厌其烦反复强调的"机器人第一定律":"机器人不可伤害人类,亦不可不行动而任由人类受到伤害。"

我无法用手摸到那个按钮。于是我走到亚当身后,那儿,和描述的一样,就在发际线处,有一个突起的小按钮。我把手指放在上面。

"这件事我们先谈一谈行吗?"

"不行。"我按下按钮,他发出极低的、嗡嗡的叹息声,然后便松弛了下去。他的眼睛还是睁开的。我拿来一床毯子,将他罩起来。

37

关闭亚当后的日子里,两个问题一直困扰着我:米兰达会爱上我吗?英国舰队到达阿根廷战斗机攻击范围之内,会不会遭到法国制造的飞鱼导弹的袭击?在我懵懵懂懂、即将入睡的时候,或者早晨起床前在那半梦半醒、云遮雾罩的无人之境中停留的那几秒钟里,这两个问题就会冒出来,空对舰导弹成了爱情之箭。

米兰达让我感到放心而又好奇的是,她对待那些选项非常轻松,事情来了,她就全力以赴地跟着走。那天晚上她来吃饭,我们吃吃喝喝,两个小时过得很愉快,然后我们关上卧室的门挡住亚当,开始做爱。随后我们聊天,直到夜深。吃完龙蒿烤鸡之后,如果她在我脸颊上吻一下,上楼回到自己床上,拿起一本历史书读一会儿,然后睡觉,她同样可以做得轻松自如。对我来说,那是希望在瞬间以令人难以置信的方式得到满足的重大时刻,但对她来说,那不过是喝完咖啡之后又额外上了一道不错的菜,令人愉悦但毫不意外。比如巧克力。或者一杯好格拉巴酒①。我赤裸的身体、我的柔情,在她身上效果不显,而她光华亮丽、甜美无比,与我对她的效果不可同日而语。其实我体型还过得去——肌肉紧实,一头浓密的深褐色头发——而且大方、聪明,有些好心人是这么说的。床上闲谈我也算是好手。她似乎都没注意到,我们的交流有多么顺畅,话题、经典的笑话、独特的氛围,一个接着一个,层出不穷。出于自尊,我猜想她和其他人

---

① 用酒渣酿制的一种白兰地。

在一起都是这样。这是我们在一起的第一个晚上,可我怀疑她第二天根本就没想到过这事。

我也没什么好抱怨的,第二天晚上又和第一天晚上一样,只不过她做饭给我吃,我们在她的床上睡觉,第三天晚上,又在我的公寓里——如此重复。尽管我们肉体上无拘无束、亲密无间,但我从没谈过我对她的感情,我担心那样会逼她承认她对我毫无感情。我宁愿等待,让事情慢慢累积,让她感觉自由自在,直到有一天她意识到,她并非没有牵挂,她也爱上了我,回头已经来不及了。

这样的期待中不乏虚荣。过了一个星期左右,又增添了焦虑。关闭亚当的时候,我是很高兴的。现在,我在考虑是不是该将他重新启动,问问他为什么警告我,有什么原因,他的信息是从哪儿来的。可我不能让一架机器这样控制着我,如果我在最私密的事情上向他倾诉、听取他的建议和预言,那就是让他控制我。我有我的尊严,而且我相信米兰达绝不会恶意撒谎。

可是……我做了连我自己都看不起的事,十天之后,我自己开始调查了!除了经常讨论的"机器直觉"的概念之外,亚当唯一可能的信息来源就是互联网。我在各大社交媒体网站上爬梳。没有以她名字注册的账号。她生活在朋友们的纪录之中。她就在那儿,参加派对或者度假,肩膀上扛着朋友的女儿在动物园,穿着塑胶靴子在农场,先后和光着膀子的不同男朋友一起在游泳池里或挽着胳膊或跳舞或嬉闹,在一大帮吵吵嚷嚷的十几岁姑娘之中,和喝醉酒的本科生们在一起。认识她的人都喜她。上得去的网站上,没找到任何负面信息。聊天中偶尔透露出一些情况,能够证明我们午夜聊天时她提到的过去经历。其他地方她的名字出现,是与她发表过的唯一一篇学术论文有关,标题是《论斯温科姆林地放猪权:半野生猪在中世纪一个奇尔特恩斯村庄家庭经济中的作用》。读了这篇文章之后,我更爱她了。

至于人工智能的直觉学习,那可绝对是都市中的传奇故事。一九六八年,艾伦·图灵和他才华横溢的年轻同事戴密斯·哈萨比斯设计了一款软件,在古老的围棋游戏中,以五局连胜的成绩打败了一位世界顶尖高手。业内的人都知道,单靠大规模数字运算能力,不可能取得这样的成就。围棋和象棋中可能的步骤,远远超过可观测宇宙中所有原子的数量,而围棋的步骤又比象棋多出无数倍。围棋大师们也无法解释他们怎么能达到那样的高度,只能说面对棋盘上某种具体的局面,他们内心深处能感觉到怎么走才对。所以人们推测,电脑也是这样做的。人们在媒体上发表热情洋溢的文章,宣布类人软件的新时代已经到来。电脑很快就能像我们一样思考,模仿我们根据一些不太清晰的理由去判断和选择。作为回应,图灵和哈萨比斯以资源公开的开拓精神,将他们的软件放在互联网上。在媒体采访中,他们描述了机器深度学习的过程和神经网络。图灵试图用外行能够理解的方式,解释了蒙特卡洛树搜索算法,四十年代的曼哈顿计划曾具体运用过这种算法,以研制第一颗原子弹。有一次面对一位没有耐心的电视台采访者,他目标过高,竟试图解释包括多项式空间(PSPACE)在内的数学问题,结果变得焦急暴躁,尽人皆知。还有一次发火,不过知道的人不是那么多,那是在一家美国有线频道的节目上,他在描述计算机科学中的一个核心问题:多项式时间(P)和不确定多项式时间(NP)。他面对的是直播间里一群喜爱争执的普通"百姓"。那时候他刚刚发表了自己的解决方案,全世界的数学家们正在检测。问题本身很容易讲清楚,但要想解决却极其困难。图灵想告诉大家,如果能找到积极的正确解决方案,就能在我们的时空观念、创造力乃至生物学界引起令人激动的重大发现。他的激动,观众无法理解,更不会产生共鸣。他们只是隐约知道,图灵和第二次世界大战有关,或者对他们如今依附于电脑的生活有一定影响。他们只把他当作典型的彬彬有礼的英式书呆子,很喜欢问些愚蠢的问题来折磨他。这次不愉快的经历之后,他就不再努力去推广自己的研究领域了。

与日本九段围棋大师对决之前,图灵—哈萨比斯电脑自己与自己下了几千盘棋,整整持续了一年。它从经验中学习,科学家们不无道理地宣称,这离人类通用智能又近了一步,而后者催生了机器直觉的神话。故事越传越离奇,他们说什么,都无法还原事情的真相。

一些评论家认为,电脑胜利,围棋游戏就会死亡,但他们错了。第五局输了之后,年长的围棋大师在助手的搀扶下,慢慢站起身,冲笔记本电脑鞠了一躬,用颤抖的声音向它表示祝贺。他说:"骑马并没有消灭田径运动。我们跑步,是为了快乐。"他说得对。规则极其简单、对局无限复杂的围棋,反而更加受欢迎了。与战后象棋大师落败那次的情况一样,机器的胜利并没有降低游戏的地位。大家说,与打败对手相比,在复杂精妙的比赛中获得快乐更加重要。然而,很多人仍然觉得奇怪:现在有一种软件,竟能以某种奇怪的方式准确"读懂"某种局势,或某张面孔、某个动作,或某句话中暗含的情感!这种想法从未完全消除,也能部分地解释为什么亚当和夏娃刚刚上市的时候会引起那么大的反响。

在计算机科学中,十五年是一段很长的时间。我购买的亚当的处理能力和复杂程度,已经远远超出当初下围棋的电脑。技术在进步,图灵也在前进。他专心致志地研究决策过程,写了一本广受好评的书:如果要做出好的选择,我们本应该用概率的方法思考,但我们却喜欢创造模式、生造叙事。我们现在之所有,我们现在之所是,人工智能都可以提升。图灵设计了算法。他所有创造性的成果,其他人都可以获取。亚当肯定也从中受益了。

图灵的研究机构推进了人工智能和计算生物学。他说他的兴趣不是去赚更多钱。数百位知名科学家效仿他,开源发布他们的研究成果,导致一九八七年《自然》和《科学》期刊倒闭。他因此受到不少人批评。也有人说他的工作在全世界创造了成千上万的工作岗位,涵盖各个领域——计算机图形学、医学扫描检测设备、粒子加速器、蛋白质折叠、智能化供电、国防、太空探索等等。这个清单在哪里终止,谁也猜不到。

一九六九年起,图灵便和他的情人、理论物理学家汤姆·利亚公开生活在一起,后者将于一九八九年获得诺贝尔奖。他们的同居,为一场蓄势待发的社会革命推波助澜。艾滋病大爆发期间,他筹集了一大笔钱,在邓迪设立了一个病毒学研究中心,还与他人共同建立了一家临终护理机构。第一批有效治疗方案出现之后,他奔走呼号,希望能缩短审批周期、降低治疗成本,尤其是在非洲。哈萨比斯从一九七二年开始就有自己的团队,但图灵与他一直合作。然而,用图灵自己的话说,他渐渐对介入公众事务失去了耐心,宁愿在"我的余年残生"专心从事自己的工作。他在旧金山住了很长时间,获得过总统自由勋章,卡特总统专门举办过宴会向他致敬,和撒切尔夫人在首相别墅共进午餐讨论科学资助,与巴西总统共进晚餐劝说他保护亚马孙雨林——这些都是他的过去。长期以来,他一直是计算机革命的代名词和新遗传学的代言者,几乎和斯蒂芬·霍金一样有名。现在,他几乎成了一名隐士。他住在卡姆登镇,研究所位于国王十字街,离哈萨比斯的研究中心只隔了两个门牌号。除非到研究所去,否则他都不出门了。

利亚写了一首关于他和图灵共同生活经历的长诗,先在《泰晤士报文学副刊》上发表,后出版了单行本。诗人兼批评家伊恩·哈密尔顿在书评中说:"这是一位既能扫描又能想象的物理学家。现在,让能够解释量子引力的诗人来到我们面前吧。"亚当在我生活中出现时,我相信只有诗人——而不是机器——才能告诉我米兰达会不会爱我,或者撒谎骗我。

*

法国公司 MBDA 出售给阿根廷政府的飞鱼系列 8 型导弹的软件中，肯定使用了图灵的算法。这是一种可怕的武器，从飞机上向舰船的方向发射出去后，能够自行识别船只，并在飞行途中判断该船只是友是敌。如果是友军，导弹会放弃任务，自行坠入海中，不造成危害。如果从目标旁飞过而没有命中，导弹能够绕回来，再尝试两次。它能以每小时五千英里的速度向目标逼近。它主动放弃任务的能力，很可能是基于图灵于六十年代中期研发的面部识别软件。他一直在想方设法帮助患有脸盲症的人，这种疾病的症状是无法辨识熟悉的面孔。政府移民控制部门、防务公司、安保公司都来抢夺他的成果，以满足各自的目的。

法国是北约组织的成员国，所以我国政府向爱丽舍宫提出严正交涉，要求阻止 MBDA 公司继续出售飞鱼导弹或提供技术支持。一批运往阿根廷盟国秘鲁的货物被拦截下来。但是，包括伊朗在内的其他国家愿意出售。另外还有武器黑市。英国的特工伪装成军火商，将黑市上供应的导弹都买了下来。

然而，自由市场的精神无法遏制。阿根廷军方迫切需要飞鱼导弹软件方面的帮助，因为冲突开始的时候，软件并没有安装完成。两位以色列专家自行飞往阿根廷，可能是因为对方承诺了巨额报酬。在布宜诺斯艾利斯一家宾馆中，他们的喉管被割断，凶手一直没有找到。很多人认为是英国情报人员干的。如果是真的，那他们去得太晚了。就在两位以色列人在床上流血致死的当天,四艘英国舰只被击沉,第二天又沉了三艘,第三天沉了一艘。被击沉的英国舰只包括一艘航母,多艘驱逐舰和护卫舰,以及一艘运兵船。几千人丧生。有船员、士兵、厨师、医生、护士和记者。接下来的几天乱成一团,所有军事努力都集中在拯救幸存者上,随后特遣部队残剩的人员回到国内,福克兰群岛便改名为马尔维纳斯群岛。统治阿根廷的法西斯军事集团大喜过望,民众的支持率飙升,本国公民遭到谋杀、拷问或消失的事儿,大家也就忘记或原谅了。它对权力的掌控进一步稳固。

这些我都看了,我感到惊恐——而且内疚。我反对这次冒险,但我曾为战舰鱼贯穿过英吉利海峡的场景而热血沸腾,所以现在我也牵涉在内,和几乎所有人一样。撒切尔夫人走出唐宁街10号发表声明。开始她说不出话来,接着她泪流满面,但她不要别人扶她进去。最后,她平静了下来,做了那个著名的"我肩负这一切"的演讲。她承担了所有责任。她此生将一直背负着这耻辱。她提交了辞呈。但是,那么多人牺牲,给全国人带来了深深的震撼,大家没有兴致去惩罚谁。如果她必须负责,那么她的整个内阁乃至全国大多数人都必须负责。一位领导人在《电讯报》上写道:"失败是我们所有人的。这不是找替罪羊的时候。"一个非常典型的英国式程序开启了,让人想起敦刻尔克的灾难:将一场可怕的失败转变成一次哀悼的胜利。全国团结压倒一切。六周后,英国舰只载着遗体,载着遭受身体烧伤和心理创伤的士兵,返回祖国,一百五十万人在朴茨茅斯迎接。其他人则通过电视惊恐地观看着。

我重复这段广为人知的历史,是因为年轻一点儿的读者们不了解事情的情感冲击,也是因为它为我们这个三足鼎立的家庭提供了一个阴郁的大背景。房租快到期了,我担心收入会损失。没有人大规模购买手持的英国国旗,香槟消费量降低,经济整体下滑,尽管酒吧和汉堡仍然和以前一样。米兰达忙于父亲的疾病、谷物法以及既得利益者的历史罪恶,他们对苦难的无动于衷。与此同时,亚当仍然在毯子下面。米兰达迟迟不愿意选择他的性格,一个原因是她的技术恐惧症,如果这个词可以用来描述不喜欢上网用鼠标在方框里打钩的话。在我的催促下,她终于同意开始。特遣部队的残剩舰只回到港口后一个星期,我在餐桌上放好笔记本电脑,打开了亚当的网站。不用唤醒他,米兰达就可以开始。她拿起无线鼠标,翻过来,一脸嫌弃地瞪着鼠标的反面。我给她冲了咖啡,然后回到卧室里工作。

我各项投资的总价值跌了一半。我应该去减少损失。但想到她就在隔壁房间,我无法集中精力。和很多个早晨一样,我一直想着头天晚上。痛苦笼罩着全国,让那感受更加强烈。然后我们谈了话。她详细描述了她的童年,那是童话般的生活,后来在她八岁时被母亲的去世击碎。她想带我去索尔兹伯里,给我看看那些对她很重要的地方。我认为这是我们关系更进一步的标志,但她并没有说具体哪天,也没说要让我见见她父亲。

我面对着屏幕,但视而不见。房子的墙壁很薄,门更薄。她进展缓慢。要过很久,我才能听出一声鼠标的咔哒声,那是她做了一个选择。中间的寂静让我紧张。愿意尝试新体验?谨慎?

情绪稳定？一个小时过去了，我什么也没干，于是我决定出去。从她椅子后面挤过去的时候，我吻了一下她的头顶。我离开公寓，朝克拉彭走去。

四月，天气热得反常。克拉彭商业街上人很多，人行道上熙来攘往。到处都是黑色的缎带。这种做法从美国传到了这儿。灯柱上、门上、商店橱窗里、汽车的门把手和天线上、婴儿椅上、轮椅上、自行车上。在伦敦中央，官方建筑上悬挂的国旗都降了半旗，旗杆上飘着黑色的缎带，悼念二千九百二十名牺牲者。有的人将黑色缎带戴在胳膊上或别在衣领上——我自己就戴了一个，米兰达也是。我还要给亚当准备一个。女士们、小姑娘以及时尚的男性把黑缎带系在头发上。以前演讲游行、强烈反对这次入侵行动的少数群体，现在也系了黑缎带。对于公众人物和名人，包括皇室成员在内，不系黑缎带是会有后果的——大众媒体在盯着。

我没有目标，只想走一走，心情能平静一些。我加快步伐，穿过商业街店铺集中的那一头。我经过英国阿根廷友好协会的办公室，门上用板条封了起来。垃圾收集工人的罢工已经进入了第二周。垃圾袋堆在路灯杆周围，都齐腰高了，在高温中发出酸臭味。公众，或者说公众的媒体，同意首相的看法，认为这时候罢工是没心没肺的不忠行为。但是，要求工资是不可避免的，然后就是下一轮通货膨胀。现在还没有人知道如何去劝说这条蛇不要吃自己的尾巴。很快，可能在年底之前，吃苦耐劳、智力低下的机器人会收集垃圾。被它们夺去工作的人会更加贫穷。

现在失业率已经达到了百分之十六。

咖喱屋附近,沿着快餐连锁店外面油腻的人行道,腐肉的气味重重地砸在胸口上,让人喘不过气来。我屏住呼吸,一直走过地铁站。我穿过马路,来到广场上。可以坐船划桨的水池边聚集着一群人,发出呼喊和尖叫的声音。连踩水嬉戏的孩子,有些也系着黑缎带。这是个欢快的场景,但我没有逗留。时代不同了,单身男人要小心,不能让人以为在盯着孩子们看。

于是我信步走到圣三一教堂,那是一幢"理性时代"风格的大型砖结构建筑。教堂里没人。我坐下来,身体朝前弓着,手肘撑在膝盖上,看起来很像是来做礼拜的。这个地方充满着理性,不会让人产生多少敬畏感,但那明晰的线条、匀称的比例让人心里踏实。我愿意在这阴凉的地方待一会儿,让自己的思绪飘回到我们在一起的第一个晚上。那天,一声长长的嚎叫将我惊醒。我以为房间里有一条狗,我人都快下床了,才突然意识到是米兰达在做噩梦。喊醒她不容易。她在挣扎,好像在和人打架一样,还嘟囔了两次:"不要进去。求你了。"随后,我觉得让她描述一下情况会对她有帮助。她躺在我怀里,紧紧地抱着我。我又问了她一次,她摇摇头,不久,她又睡着了。

早晨喝咖啡的时候,我问她,她只是不以为然地耸了耸肩膀。做了个梦呗。她回避的那个时刻特别显眼,因为亚当就在我们身后,正在熟练地擦着窗户。那是我命令他做的,而不是请求。我们谈话时,他停了一下,转过脸来,好像很有兴趣听听噩梦里发生了什么事情。当时我心里想,不知道他做不做梦。他现在让我于心不安。当天早上,我的命令简单粗暴。我不该把他当作仆人。当天晚些时候,我只让他进入了休眠状态。之前让他关机够久了。圣三一教堂与威廉·威尔伯福斯①及废奴运动有关。他如果在世,会推动亚当和夏娃们的事业,捍卫他们不被购买、出售和毁灭的权利,维护他们自治的尊严。也许他们能自己照顾自己。不久,他们就要去做清洁工的工作。接下来就是医生和律师了。与收集全市的垃圾相比,模式识别和精准记忆更容易计算。

我们有可能成为无聊时光的奴隶。然后呢?全面的文艺复兴,我们获得新的自由,投入爱情、友谊和哲学,投入艺术和科学,投入自然崇拜、运动爱好、发明创造和对意义的追寻?但是,不是每个人都会喜欢高雅的娱乐。暴力犯罪也有人喜欢,还有铁笼里的生死肉搏、虚拟现实色情、赌博、酒精和毒品,甚至还有无聊和抑郁。我们将无法控制我们的选择。这一点我就是证据。

我慢慢踱步,穿过广场的开阔地带。十五分钟后,我来到了最远的那一端,决定往回走。到这时候,米兰达至少应该完成了三分之一的选项。我迫切想在她动身前往索尔兹伯里之前和她在一起。当天深夜她会回来。我在一棵银桦树狭长的树荫下躲避炎热。几码开外的地方,有一个围起来的小秋千园,供孩子们玩耍。跷跷板附近有一个小男孩——我猜大概四岁,穿着宽松

---

① 威廉·威尔伯福斯(1759—1833),英国政治家、慈善家,以其废奴立场及行动闻名。

的绿色短裤、塑料凉鞋和弄脏了的白色T恤衫,正弯着腰仔细看着地上什么东西。他先用脚踢了一下,那东西没动,于是他又蹲下来,用手指去抠。

他母亲坐在长凳上,背对着我,之前我没注意到。只听她厉声喊道:"过来!"

男孩抬起头,好像是要动身过去,但随后他的注意力又回到了地上那个有趣的东西上。他身体移动了位置,我就看见了地上的东西。是个瓶盖,发着暗光,可能陷在软化了的柏油里了。

那女人肩宽背厚,头发是黑色的,有点卷,往头顶上逐渐稀疏。右手拿着一根香烟。左手手掌托着右手的手肘。虽然天气炎热,她还是穿着外套。衣领下的开口很深。

"你没听见吗?"语气中的威胁更加明显了。同刚才一样,男孩抬起头,似乎很害怕,看样子一定会服从。他迈出了半步,但是,他的目光一挪动,便立即又落在他的战利品上,于是他又犹豫了。他又回去抠那个东西,也许是想把它抠出来,送给他母亲。但是,他心里究竟是怎么想的,已经不重要了。那女人愤怒地喊了一声,从凳子上跳起来,快速从几码外的游乐场那边走过来,扔掉香烟,抓住男孩的胳膊,一巴掌扇在他的光腿上。男孩发出第一声哭喊,她又扇了他一下,接着又打了第三下。

我一直安安静静想着自己的心事,不想为别的事情分神。有一刻我想,我可以直接回家,假装什么也没看见,就算我自己知道,这个世界未必要知道。我没有办法,改变不了这个小男孩的命运。

他的尖叫让他母亲更加愤怒。"闭嘴!"她一遍又一遍地冲他喊着,"闭嘴!闭嘴!"

这时候我仍然可以逼自己不要去管。但是,随着小男孩的尖叫声越来越高,她又用双手抓住他的肩膀,他那件脏兮兮的T恤衫被拉起来,露出了肚子,她开始使劲摇晃他。

有些决定,甚至道德决定,是在比理智思考更隐秘的某些区域做出来的。我身不由己地朝游乐场的围栏走去,跨过围栏,走了三步,将一只手放在那女人的肩膀上。

我说:"对不起。拜托。请不要这样做。"

在我自己听来,我的声音过于客气,彬彬有礼而充满歉意,没有一点儿威严。我已经开始怀疑这样做能有什么用处。不可能让人家改头换面变成和蔼慈善的父母吧。不过,至少她停止了攻击,一脸诧异地转过头来。

"说什么?"

"他还小,"我很傻地回答,"你这样会真把他弄伤的。"

"你他妈的是什么人?"

这问题该问,所以我没有回答。"他还小,所以不明白你的意思。"

我们谈话的过程中,孩子一直在尖叫。现在,他抓住了母亲的裙子,想母亲把他抱起来。这才是最糟糕的部分。他的迫害者,也是他唯一的安慰者。她毫不退缩,直愣愣地面对着我。丢掉的香烟在她脚边发着光。她的右手握紧了拳头,又松开了。我想我不能露出退缩的样子,可脚下却悄悄往后退了半步。我们俩都在瞪着对方,打量着。那是一张聪明可爱的脸,或者说以前是,长得挺漂亮,但因为发胖,眼圈周围的肉多,眼睛显得窄,露出警觉怀疑的神情。如果换一个生活经历,那也许能成为一张慈祥和善的母亲的脸。圆脸,高颧骨,鼻梁两边有很多雀斑,嘴唇丰满——不过下嘴唇是裂的。过了几秒钟,我发现她的瞳孔里有针尖一样的光芒。她先把目光移开。她眼睛看着我肩膀后面,随后我就知道了原因。

她喊了一声:"喂,约翰。"

我转过头。她的朋友或者丈夫约翰正穿过游乐场的铁丝网大门走过来,他也比较胖,光着膀子,皮肤在太阳底下晒得发红。

还隔着几码远,他就喊道:"他在找你的麻烦?"

"是啊,他妈的。"

在各种想象的世界里——电影应该是其中一种——我是不用担心的。约翰年纪和我差不多,但个子比我矮,肌肉比我松弛,没有我结实强壮。在那个世界里,如果他敢打我,我完全可以把他放倒在地。但是,在这个世界里,我一辈子都没打过人,连小时候都没打过。我也许可以告诉自己,我要是真把父亲打倒,孩子只会吃更多苦头。但其实问题不在这儿。是我的架势不对,或者不如说我没有正确的架势。不是因为害怕,当然也不是因为什么高尚的原则。要打人的时候,我根本不知道从哪儿开始。我也不想知道。

"喂,怎么回事?"

现在约翰在打量着我,那个女人已经退到了后面。小男孩仍然在哭。这父子俩很像,让人觉得好笑——两人都是姜黄色的短发,小脸,绿色的眼睛,两眼之间的距离很宽。

"恕我直言,他还小。不应该打他、摇晃他。"

"恕我直言,你他妈的可以滚开。否则我不客气了。"

约翰看起来是真的准备揍我。他的胸部都鼓了起来,蟾蜍、猿猴以及很多其他物种都使用鼓胀身体的古老把戏。他呼吸加快,两条胳膊几乎要挥舞起来,我也许更强壮一些,但他更加冲动。顾忌更少吧。也许,这就是勇敢。随时准备冒个险,也许人家不会把你打倒,摁住你的脑袋,一遍又一遍往柏油路面上砸,造成终身的神经损伤。我可不去冒这个险。这就是怯懦,想象力过于丰富。

我举起双手,做出投降的姿态。"听我说。我不可能逼你做任何事,很明显。我只希望劝劝你。为了这孩子好。"

接下来约翰说的话出乎意料,我被完全打蒙了,一下子都不知道怎么回答。

"你要他吗?"

"什么?"

"要,他就是你的。带走吧。你是养孩子的专家。他归你了。你带他回家吧。"

这时候孩子已经安静下来。我又看了他一眼,心里想,他有他父亲没有的东西,尽管他母亲可能有——他虽然难过,但表情中仍隐约闪烁着机智聪敏的光芒。我们靠得很近,站成一个小圈子。我们听见水池边孩子们的叫喊声,盖过了车流的声音,从广场另一边远远传来。

我一时冲动,接受了这位父亲的挑衅。"好啊,"我说,"他可以来跟我住。我们稍后就处理手续问题。"

我从钱包里拿出一张名片递给他。然后,我朝男孩伸出手去,令我惊讶的是,男孩也抬起手,十指交叉握住了我的手。我感到受宠若惊。"他叫什么名字?"

"马克。"

"走吧,马克。"

我们俩迈步就走,离开他父母,穿过游乐场,朝着有弹簧铰链的大门走去。

小男孩悄声对我说:"我们假装跑走吧。"他仰着脸,那表情淘气而幽默,脸上一下子活泛起来。

"好啊。"

"坐船走。"

"没问题。"

我正准备打开大门,这时身后传来一声叫喊。我转过头去,心里觉得松了一口气,希望我脸上没有流露出来。那女人冲过来,将孩子拉开,扬起手冲我就是一巴掌,不过打在我胳膊上,没什么伤害。

"变态!"

她准备再来一巴掌,这时约翰不耐烦地喊了一声。"行啦。"

我开门出去,走了一小段路,停下脚步往回看。约翰正将马克扛到他赤裸的肩膀上。我必须对这位父亲表示钦佩。他的方法中可能隐藏着智慧,我之前没有发现。他给了我一个无法想象的提议,不用打架就打发了我。要是把小男孩拖回到我那个小地方,把他介绍给米兰达,然后在接下来的十五年里照顾他的生活,那可真是噩梦啊。我注意到,那个女人外套的袖子上系了一条黑缎带。她在劝说约翰拿他自己的衬衫。他不理会她。这家人穿过游乐场的时候,马克朝我这边转过头来,举起了一只手,也许是为了保持身体平衡,也许是跟我说再见。

*

凌晨时分,我们常常肩并肩躺在床上聊天,这时候总有个人影高高在上,身形越来越清晰,黑暗中悬在我们面前,像个不祥的鬼魂。一开始我把他当作对手,与我的存在天生敌对,我必须克服这种冲动。我到网上查阅他,看着他的脸随着时间推移而发生的变化,从二十出头到五十多岁,一开始像女孩子一样俊俏,后来沧桑迷人。我读了关于他的媒体报道,并不多。他的名字对我毫无意义。我有几个朋友知道他,但没读过他的作品。五年前的一份人物介绍不屑地称他为"一个'差点儿'的人"。这个短语也可能用来修饰我的命运,所以我对马克斯菲尔德·布莱克有了点儿亲近感,也明白了一个显而易见的道理——爱女儿就必须拥抱父亲。她一从索尔兹伯里回来,就必须谈论他。我知道了他的各种病痛,或者说煎熬,知道了他变化不定的预后判断,知道了那位高傲、无知的医生,以及后来那位和善、优秀的医生,知道了那医院混乱不堪,食物却好得出人意料,知道了他的各种治疗方法和药物,知道了各种新近出现的希望,破灭了,然后又重新点燃。他的大脑仍旧敏锐,她用不同的表述方法说过很多次。是他的身体在造他的反,造自己的反,势头猛烈如同内战。看着作家的舌头因为恶心的黑点而变形,女儿该有多难过啊。而父亲吃饭、吞咽、说话,又该有多痛苦啊。他的免疫系统不帮他,或者说是要打垮他。

不仅如此。他排出了一颗很大的肾结石,米兰达相信,那和自然分娩一样让人痛不欲生。他在浴室地板上摔断了股骨。他皮肤痒得无法忍受。现在,他两只手的大拇指都有痛风。他热爱的阅读,现在不容易了,因为眼睛有白内障,看不清楚。手术是迟早的事,尽管他憎恨、害怕任何人去动他的眼睛。可能还有一些其他病痛,羞于启齿。他有个女人,两年前离开了,他早就该向她求婚,让她做他的第四任妻子。现在,马克斯菲尔德孤身一人,只能依靠家访护士和陌生人,以及九十英里之外的女儿。他另一段婚姻中有两个儿子,他们有时候会从伦敦过来看看,带点礼物,酒、奶酪、人物传记、最新的智能腕表等等。但是要贴身照顾父亲,他们都不太愿意。

一个六十岁不到的人还不算老,是不会想到也不应该遭受这么多的羞辱的,不过我和米兰达都太年轻,还不能完全理解这一点。但是,想到他像被上帝无情折磨的约伯,我觉得如果不听米兰达讲述,简直就是亵渎。我在游乐场碰到小男孩的那天晚上,情况特殊。很难相信一个坠入爱河的人会这样,但她谈论她父亲时,我的确走神了。她刚从索尔兹伯里回来,我们躺在床上,她正在描述一种新的病痛。听她说话的时候,我握着她一只手表示同情。一个我素未谋面的人的长期病痛,没法永远吸引我的注意力。我心不在焉地听着,一边思索着我生活中奇怪的新动向。

楼下,还在那同一把硬木头椅子上,坐着我那有趣的玩具,在毯子下面罩着,它的组合性格当天下午已经在它休眠的时候安装好了。冒险历程即将开启。而现在躺在我身边的人,就是我的未来,这一点我敢肯定。我们双方的情感并不均衡,但这会改变的。我们不过是遵从现代人交往的普遍模式:先相互认识,然后发生性关系,接着产生友谊,最后升华为爱。这段传统的历程,我们没有理由一定要以相同的速度完成。耐心是关键。

与此同时,我希望的小岛周围,环绕着举国哀伤的大海。阿根廷的军事集团精准地把握了时机,当天就在斯坦利岛上升起了四百零六面阿根廷国旗,每面国旗代表一位阵亡者,又在已经废弃了的、泥泞的主干道上举行了阅兵;此时,伦敦的圣保罗教堂正在为我们的三千名殉难者举行悼念仪式。从广场回来之后,我打开电视看了。一个青睐法西斯超过英国的上帝,值得虔诚地奉上蜡烛吗?牺牲的那些人会在永恒的极乐中安息吗?当天统治精英云集在教堂里,但是持肯定态度的不会超过二十个。不过,世俗传统却没有如此脍炙人口的诗篇,久经历代虔诚信徒的打磨而熠熠生辉,尽管那种虔诚之心早已为现代人抛弃。"依女人而生者,其生命倏忽而来,亦倏忽而去。"①于是圣歌响起,吟

---

① 语出英国圣公会《公祷书》,常用于葬礼。

诵声在大教堂中回荡,其势坚不可摧,众人便以大致整一的声音予以应答,其他人则面对着圣坛一般的电视机各自哀悼。我也加入了哀悼,与米兰达不同。

我曾加入一百五十万人的"游行"队伍,穿过伦敦,抗议这次特遣部队行动。虽说是游行,其实是爬行,我们要在很多道路狭窄的地方停下来等待。还是那个常见的悖论:事态是严肃的,游行是欢乐的。摇滚乐队、爵士乐队、鼓和喇叭、诙谐的口号、奇怪的服饰、马戏团的表演技能、演讲,而最为重要的是那么多人一起的快乐,要花几个小时才能列队通过,那么丰富多元,又那么守序知礼。很容易让人相信,整个国家的人都侵入了伦敦,捍卫一个显而易见的主张:即将到来的战争是非正义、不人道、无逻辑的,可能会带来灾难。我们不可能知道,我们的判断竟然如此准确;也不知道议会、八卦小报、军方以及全国三分之二的民众会如此有效地把我们给打发了。他们说我们不爱国、维护法西斯政权、违反国际法规定。

那天米兰达在哪儿?那时候我们几乎不认识对方。她在图书馆,对那篇关于半野生猪的论文进行最后的修改。她不过二十多岁,但对特遣部队有独到的看法,她不信任她所谓的"自恋人群"的精神,认为他们随随便便就想法统一,斗志昂扬的样子过于愚蠢。她不像我那样喜欢抗议、喜欢动感情。她没有兴趣在电视上看舰队出发,看后来被称为"大沉没"的灾难,以及舰队带着耻辱回国,至于圣保罗大教堂的仪式,她就更没兴趣了。几个月内,我只和朋友们谈论这一个话题,读遍了所有的观点,而米兰达却置身事外。舰艇沉没时,她没有说话。出现黑色缎带时,她也戴了一个,但没有任何凝重哀伤的表示。用她的话说,这整个事情都是"扯淡"。

现在,我躺在她身边,握着她的手,窗帘外的街灯洒进橘色的光,让她的卧室看起来像个舞台。她赶最后一班火车回家,地铁晚点,到北克拉彭都快三点了。她跟我说,马克斯菲尔德不无伤感地告诉她,那大拇指上的痛风也有好处。那钻心的疼痛集中在一个小地方,所以其他病痛倒似乎减弱了。

我仍旧握着她的手。我说:"你知道我很想见见他。下次让我跟你一起去吧。"

过了几秒钟,她睡意蒙眬地回答:"我想尽快去。"

"好。"

接着,又停顿了一会儿,她说:"亚当也得去。"

她摸了摸我的胳膊,表示告别的意思,然后转过身去,和我拉开了一点距离。不久,她便发出低沉而规则的呼吸声,而我还独自醒着,在一片银灰色的晨光中思绪万千。他也要去。她默认了我们对亚当的共同拥有,这和我的希望一致。但亚当和马克斯菲尔德·布莱克见面,还是让人难以想象,那个老头可是个脾气糟糕的旧式文人,从人物介绍上看,我知道他仍然用手写稿,憎恶电脑、手机、互联网等一切东西。看来,他并没有做到卫道士们常说的"忍耐愚妄之人"[①]。机器人,当然也不能忍耐。亚

[①] 常用语,源自《圣经·新约·哥林多后书》第11章第9节:"你们既是精明的人,就能甘心忍耐愚妄人。"

当还没被唤醒。亚当还没离开过家,还没去尝试能不能像个会聊天说闲话的普通人一样而不被识破。我已经决定了,在他充分掌握社交技能之前,不让他见我的朋友们。如果从马克斯菲尔德开始,可能会破坏他的重要子程序。米兰达可能是希望让她父亲分分神,刺激一下他的创作。也许和我有关,可能是为了我好,只是我没弄明白而已。也许——我忍不住这个念头——也许是要害我?

这是个糟糕的想法,是夜深时分才有的那种念头。像所有辗转难眠时的思绪一样,其核心是重复。我为什么要在亚当在场的时候和她父亲见面?当然,我完全有能力坚持要求把亚当留下来。但是,那样做的话,岂不是让一个女人在其父亲生命垂危之际心愿落空?可他真的生命垂危吗?大拇指上真的会得痛风?而且两个大拇指都有?我真的了解米兰达吗?我侧身躺着,脑袋在枕头上寻找一个凉快的角落,然后又仰面躺着,看着污渍斑驳的天花板,天花板这时候显得特别低,而且不是橘色,而是黄色的。这些同样的问题,我问了自己一遍,然后换个说法,又问了一遍。我知道自己要做什么,但我迟迟不愿意做,宁愿辗转纠结,将显而易见的行动推迟了将近一小时。最后,我终于爬起来,穿上牛仔裤和T恤衫,出了房间,光着脚沿着公共楼梯回到自己的公寓。

一到厨房,我毫不犹豫,一把拉掉了毯子。表面上没有什么变化——眼睛闭着,还是那张黄铜色的脸,略显冷酷的鹰钩鼻。我把手伸到他脑后,摸到了那个按钮,按了下去。趁着他在启动,我吃了一碗麦片。

我快吃完的时候,他说道:"永远不会失望。"

"这是什么意思?"

"我说,相信来生的人,永远不会失望。"

"你是说,他们就算错了,也永远不会知道。"

"是的。"

我仔细看着他。他现在不一样吗?他流露出期待的表情。"符合逻辑。可是,亚当啊,我希望你没觉得那很深刻。"

他没有回答。我拿起空碗,放到水槽边,又泡了杯茶。我坐到桌边,与他面对面,喝了几口茶之后,我说:"你为什么说我不应该信任米兰达呢?"

"噢,那事儿啊……"

"说吧。"

"我一时说错了话,我非常抱歉。"

"回答这个问题。"

他的声音变了。更加坚定,语调抑扬顿挫,更富表现力。可是,那态度——我还需要一段时间。我不可靠的第一印象仍旧完好无损。

"我只是在考虑你的最大利益。"

"你刚才说你很抱歉。"

"对。"

"我要你告诉我为什么会这么说。"

"她也许会伤害你,可能性不大,但有一定的几率。"

我把恼怒隐藏起来,说道:"多大的几率?"

"根据十八世纪的牧师托马斯·贝叶斯设定的标准,我得说可能性的几率是两成,如果你认可我的先验参数值的话。"

我精通博普乐和声行进的父亲,是个真正的憎恶技术派。他常说,任何电子设备如果出了问题,使劲打就好了。我喝着茶,思考着。错综复杂的庞大数组网络控制着亚当的决策过程,其中合理性必然占据很大比重。

我说:"我碰巧知道,那几率并不大,几乎是零。"

"我明白了。我非常抱歉。"

"我们都会犯错误。"

"那是当然。"

"你一生犯了多少错误,亚当?"

"就这一个。"

"那就很重要。"

"是的。"

"很重要,以后不能再犯。"

"当然。"

"那么,我们就要分析一下,你为什么会犯这个错误,你说呢?"

"我同意。"

"好,在这项令人遗憾的进程中,你的第一个举动是什么?"

现在,他说话有了自信,似乎很乐意描述他的工作方法。"我有特权,可查询所有法庭记录,包括刑事法庭和家事法庭,甚至用录像记录的都可以。米兰达的名字隐匿了,但我把那个案子和一般人难以获取的其他相关因素进行过比照。"

"聪明。"

"谢谢你。"

"跟我说说那个案子。时间和地点。"

"那个年轻人呢,你看,知道得很清楚,第一次他们发生亲密关系的时候……"

他停下来,瞪着我,因为震惊而将眼睛睁得溜圆,好像他是第一次打量我一样。我猜我短暂的发现过程应该快结束了。这时他看起来似乎明白了沉默的价值。

"继续。"

"呃,她带了半瓶伏特加。"

"给我时间、地点和那个男人的名字。快点!"

"十月……索尔兹伯里。但是,你看——"

接着,他开始傻笑起来,发出了愚蠢的嘶嘶声。看着这一幕让人尴尬,但我没法扭过头去不看。他的脸上表情复杂——疑惑、焦虑,或是无情的嬉笑。用户手册上说,他有四十种面部表情。夏娃则有五十种。据我所知,人类的表情平均不过二十五种。

"认真点,亚当。我们说好了。我们要把你犯的错误弄明白。"

恢复自我控制,花了他一分多钟。我喝完了最后一点儿茶,看着他,我知道一个复杂的进程在运行。我明白,性格不是一个外壳,包裹并限制着他连贯思维的能力;如果驱动他的是算计的话,那么他的算计并非受命于理性。我也一样。与我合作的理性冲动也许会以一半的光速穿过他的神经网络,但绝不会遇到新近设计的人格,便在其逻辑的大门前戛然而止。相反,这两股力量在其源头上就纠缠在一起,如同墨丘利那根双蛇相缠的法杖。亚当通过性格的棱镜观察和了解世界,而性格则受制于他那将事物客观化的理性及其持续更新。从我们开始谈话起,避免再犯错误和不告诉我所有信息,两者都同时对他有利。当这两者无法兼得时,他就手足无措,像教堂里的孩子一样嗤嗤发笑。无论我们为他选择了什么,那必定位于他纵横交错的复杂决策程序的上游。换成另一种性格模式,他也许就干脆保持沉默了;换成另外一种,他可能必须将一切和盘托出。两种情况都有其道理。

现在,我并非一片空白,也知道了一点儿,足以让我担心,却不足以让我继续追查,何况我并不能接触法庭不公开审判的资料。我知道:米兰达是证人、受害者或被告,与某个年轻人发生过性关系,伏特加,法庭审判,索尔兹伯里,某个十月。

亚当不说话了。他的表情——面部那与皮肤无法区分的特殊材料——放松下来,呈现出保持关注而又冷静客观的模样。我可以上楼去叫醒米兰达,让她回答那些显而易见的问题,把我们俩之间的事情都弄清楚。或者,我可以等一等、想一想,先不透露我已经掌握的情况,给自己一个掌控事态的假象。两种情况都有其道理。

但我没有犹豫。我走进卧室,脱下衣服堆在桌子上,光着身子钻进我的夏季羽绒被里。天已经亮了。我倒希望获得些许慰藉,听一听清晨的合唱之中传来送牛奶工的声音,听他一家一家走过来,上楼梯的时候牛奶瓶相撞声音清脆悦耳。但是,最后一批用电驱动的牛奶车都已经从街道上消失了。可惜。尽管如此,我毕竟累了,突然觉得舒适自在。一个人享受一张床,有一种特殊的感官愉悦,至少能延续一会儿,然后又在静静的感伤中孤身一人渐入梦乡。

三

当地诊所的候诊室,以前是维多利亚时代的前厅,如今靠墙一圈摆着十几把二手餐椅,中央是一张矮桌,细长的金属桌腿,胶合板桌面,上面放着几本杂志,摸上去油腻腻的。我拿起一本,又迅速放了回去。房间一个角落里,有一些彩色的破旧玩具,一个没有脑袋的长颈鹿、一辆缺一只轮子的汽车、一些被咬过的塑料积木,是好心人捐赠的。我们这队九个人,没有婴儿。我急于避开其他人的目光,避免与他们闲聊或者交流各自的病痛。我一直小心地呼吸着,以免周围的空气中全是致病的细菌。我不属于这儿。我不是生病,我的问题不是系统性的,而是边缘性的,一个脚指甲而已。整个房间里,我是最年轻的,当然也是最健康的,是凡人中的神,我预约的不是医生,而是护士。我仍然位于凡人的宿命之外。衰坏和死亡属于其他人。我以为会先叫我的名字。结果等了很长时间。我是倒数第二个。

我对面的墙上有一块软木告示牌,钉着各种传单,宣传这个那个的早期诊断、健康生活方式、直截了当的警告。我有时间都看一遍。一张照片上有位年长男子,穿着羊毛衫和拖鞋站在窗前。他放肆地朝着一个正在大笑的小女孩打喷嚏,没有用一只手捂住嘴巴。背景光显示出成千上万的小颗粒朝着小女孩飞去——极小的液体微粒,里面全是这个老傻瓜体内的细菌。

我思索着这幅图片背后那漫长而奇怪的历史。细菌导致疾病传播的观点为人们普遍接受,要到十九世纪八十年代路易斯·巴斯德等人的作品出版,离这张传单的设计不过一百年。在那之前,除了少数几个反对者之外,主流的看法是瘴气理论——疾病来源于糟糕的空气、糟糕的味道、腐烂分解,甚至来源于夜晚的空气,所以晚上都要关严窗户。然而,早在巴斯德之前两百年,就已经有了能向医学界证明真相的设备。十七世纪有位业余的科学家擅长制造和使用这种设备,当时伦敦的科学精英们也知道他。

安东尼·凡·列文虎克是荷兰代尔夫特的好市民,他是名布商,和弗美尔[①]是朋友。1673年,他开始将显微镜下的生命形态观察结果寄往英国皇家学会,他揭了一个新世界的面纱,开启了一场生物学革命。他详细描述了植物细胞和肌肉纤维、单细胞生物、他自己的精子以及他自己嘴巴里的细菌。他的显微镜需要日光,而且只有单镜片,但他磨镜片的方法独一无二,别人都不会。他的镜片能放大到二百七十五倍以上。到他去世之前,《皇家学会哲学会刊》共发表了他一百九十篇观察报告。

假设当年皇家学会有个傻小子,吃饱了午饭到图书馆打发时光,膝盖上放着一册《会刊》,开始猜测那些细小的生物是否会

---

① 扬·弗美尔(1632—1675),荷兰画家。

引起肉类腐烂,或者在血管里繁殖从而引发疾病。皇家学会以前有过这样的傻小子,后来还会有很多。但是,这位傻小子不仅要有科学好奇心,还要对医药感兴趣。二十世纪之前,医药和科学并非全面的合作伙伴。甚至在五十年代,人们还常常切除健康孩子喉部的扁桃体,其依据是常规做法,而非有效证据。列文虎克那个时代的医生很可能相信,他们已经掌握了医药领域的所有知识。活跃于公元二世纪的盖伦①几乎拥有绝对的权威。要过很久,总体上数量可观的医生们才会谦卑地凑到显微镜上去看,以学习有机生命的基本知识。

但是,我们这位——他的名字将家喻户晓——情况不同。他的猜想是可以检测的。他借来一台显微镜——学会的荣誉会员罗伯特·胡克肯定会借他一台,然后开始工作。一个细菌致病的理论开始形成。其他人加入研究队伍。也许二十年之内,外科医生们看完一个病人之后都会洗手了。被人遗忘的那些医生们,比如卢卡的休②以及吉罗拉莫·弗拉卡斯托罗③,名声逐渐恢复。到十八世纪中期,分娩就安全多了;一些天才儿童没有夭折,而是能顺利出生、长大。他们可能改变政治、艺术和科学的进程。可能带来灾祸的可憎的家伙也会蹦出来。直到我们这位皇家学会的年轻才俊逐渐衰老、死亡之后很久,历史进程仍会发生一些改变,甚至是重大改变。

---

① 盖伦(129—200?),亦称帕加马的盖伦,古罗马医生、哲学家。
② 卢卡的休,欧洲中世纪医生,生于意大利卢卡。
③ 吉罗拉莫·弗拉卡斯托罗(1478—1553),欧洲文艺复兴时期医生、作家。

当下是最脆弱、最不可能的建构。本来是可能不同的。当下的一部分,甚至全部,都可能是另外一个样子。当下的关切,无论大小,都是这样。轻而易举就能想象其他的可能性:我的脚指甲没有造我的反;我某个项目成功了,成了富人,住到泰晤士河北岸;莎士比亚小时候夭折了,谁也不记得他;美国决定将已经完美通过测试的原子弹扔到日本某座城市;或者福克兰群岛特遣部队根本没有出发,或者打了胜仗回来了,不会举国哀悼;或者亚当还是遥远未来的组装机器;或者六千六百万年前,在流星撞击之前地球多转了几分钟,尤卡坦半岛那遮天蔽日的硫酸钙微粒风暴没有发生,恐龙得以存活,夺走未来所有哺乳动物的生存空间,包括聪明的猿猴。

最后终于轮到我了。治疗非常舒适,我一只光脚泡在一盆像肥皂水一样滑溜溜的热水里。同时,一位身材高大、态度友好的来自加纳的女护士,背对着我将金属器械摆在托盘上。她非常自信,技术也是一流的。没人提起麻醉的事情,我出于自尊,也没好意思问。但是,当她把我的脚放到怀里的围裙上,动手去处理那嵌到肉里的指甲时,我的自尊却没能阻止我在关键时刻尖声惨叫。立即就舒服了。我脚下好像装着橡胶轮子一样,沿着街道回家,那是我一切心思的中心,而最近我的心思又从米兰达转回到了亚当身上。

他的性格已经有了,完成了,两个源泉不可逆转地汇合在一起。孩子成长过程中,好奇的父母可能会想,哪些性格特点属于父亲,哪些又属于母亲。我一直在密切观察亚当。我知道米兰达回答了哪些问题,但我不知道她的答案。我注意到,他脸上某种木然的样子已经消失,他似乎更加完整了,与我们的互动更加顺畅,当然更有表现力。但我还不太明白,他这个样子,体现了米兰达什么呢,同理,又体现了我什么呢? 在人类身上,重组过程深奥微妙,同时又简单粗暴、令人宽慰地偏向一方。父母融合,像两种液体放在一起搅拌,但是母亲的脸可能最终会在孩子脸上忠实再现,父亲的喜剧天赋也可能无法传给孩子。我想起小马克的可爱模样,和他父亲的面部特征如出一辙。但是,在亚当的性格中,我和米兰达混在一起,而且和人类一样,他学习的能力会厚厚地覆盖住他继承的东西。也许他有我做无用推测的倾向,也许他继承了一点儿米兰达的隐秘、淡定和对独处的偏爱。他常常沉浸在自己的世界里,发出嗡嗡的声音或者喃喃地说一声"啊哈!",然后他就会宣布他所谓的某个重要真理。他被我打断的、关于来生的那些话,就是最早的例子。

另一个例子发生在户外,我们在屋后花园,其中有一片很小的地方是属于我的,用破旧的栅栏篱笆隔开。他在帮忙拔草。太阳马上就要下山,空气凝滞而温暖,弥漫着如梦似幻的琥珀色的光。我们那次深夜交流已经过去一个星期了。我带他出来,因为我仍旧对他的灵巧敏捷感兴趣。我想看他怎么拿锄头和耙子。从更大的方面来说,我的计划是让他去接触这个世界,而不是成天坐在餐桌旁。我们的左邻右舍都很友好,他有机会测试一下闲聊的能力。如果我们真要一起到索尔兹伯里去见马克斯菲尔德·布莱克,那我就要让亚当做好准备,带他去逛逛商店,或许可以去一趟酒吧。我肯定别人会把他当作人类,但他需要更放松一些,他的机器学习能力还要调动起来。

我急切地看着他展示识别植物的能力。毫无疑问,他什么都知道:小白菊、野胡萝卜、甘菊。他一边干活,一边喃喃地说着植物的名字,那倒不是为了我,而是为了他自己。我看到他戴好园艺手套去拔荨麻。纯粹是模仿。后来,他直起腰,饶有兴趣地望着天空,西边的高空美轮美奂,电线和电话线纵横交错,维多利亚式的屋顶重重叠叠,绵延而去。他双手放在臀部,身体向后倾着,好像后腰有点不舒服一样。他深吸了一口气,表示他对傍晚空气的欣赏。接着,毫无征兆,他突然说道:"从某个角度看,要结束苦难,唯一的方法就是人类彻底灭绝。"

没错,这就是为什么他需要出去走走。他的电路中可能埋着一套子程序:社会交往/谈话/有趣的开场语。

但我决定加入。"有人说,把人都杀掉,癌症就算治愈了。功利主义可能有荒谬的逻辑。"

他回答:"显而易见!"这话说得很突然。我惊讶地看着他,他转过身去,又弯腰干活去了。

亚当的见解就算有道理,从社交的角度看也是笨拙的。我们第一次离家出门,走了两百码,到附近赛义德先生的报亭。我们在街上遇到几个人,但谁也没有多看亚当一眼。这令人满意。他在光皮肤上面穿了一件紧身黄色套头衫,是我母亲去世那一年织的。他穿着白色牛仔裤、帆布休闲鞋,是米兰达给他买的。她还答应给他买一整套行头。他胸部和胳膊肌肉隆起、壮硕健美,别人很容易把他当作附近健身房的私人教练。

前面有一棵树和一堵花园的墙,人行道就变窄了,我看着他侧过身去,让一位推车的女士通过。

接近报亭的时候,他说:"出来挺好的。"这话听起来多少有些荒谬。

西蒙·赛义德在加尔各答北部三十英里的一个大村庄里长大。学校里的英语老师崇拜英国,而且非常严厉,用体罚的方式强迫学生们掌握了文雅而精准的英语。我没问过西蒙,他怎么取了个基督教徒的名字,又是为什么。也许是想要融入,也许是离别时那位可怕的老师的坚持。他二十不到的时候从加尔各答来到北克拉彭,然后马上就在叔叔的店里干活。三十年后,叔叔去世了,店交给了侄子,现在侄子还用店里的收入来赡养婶婶。他还要养一个妻子和三个成年孩子,但他不喜欢谈论他们。从文化上来讲,他是个穆斯林,但并不怎么参加宗教活动。如果他生命中有忧伤的话,那也隐藏在那副严肃庄重的外表之下。现在他六十四五岁了,衣着光鲜,秃头,说话滴水不漏,留着小胡子,两端修得又细又尖。他总给我留一份人类学杂志,互联网上没有。特遣部队出征的那些日子里,我一进去就浏览世界各大报纸的头版,他也不在意。我喜欢吃低级的巧克力——两次世界大战之前发明的那些全球品牌,他觉得挺有趣。在屏幕前待几个小时,到下午过半的时候,我就很想吃点甜的。

人会将私密的事留给泛泛之交,我就是以这种奇怪的方式跟西蒙说了我的新女朋友。我和她一起到店里来的时候,他也亲眼见过。

现在,每次我一来,他的第一个问题就是,"事情进展如何?"他总是跟我说:"很明显。你是她命中注定的。躲不了。你们俩永远幸福。"他这样说没有别的依据,只是好心而已。我察觉到,他身后可能堆积了很多失望。他年纪足以做我的父亲,他自己错过的,希望我能抓住。

店里很拥挤,报纸、花生粒儿和廉价卫生间洗漱用品的气味混合在一起。我和亚当进去的时候,没有其他顾客。西蒙从收银台后面那把木头椅子上站起身来。因为我不是一个人,所以他没像往常那样问那个问题。

我介绍了一下。"西蒙。这是我朋友亚当。"

西蒙点点头。亚当说了声"你好",笑了笑。

我松了一口气。开头不错。就算西蒙注意到了亚当眼睛的奇怪样子,他也没表现出来。后来我很快发现,这是很常见的反应。人们以为这是某种先天的残疾,就会礼貌地将目光移开。我和西蒙讨论板球——在印度—英格兰 T20 比赛中,连续三次六分打,还有一次观众冲入球场——亚当则在一个罐头食品架前站着,与我们隔着一点距离。他马上就会对那些食品了如指掌:商业历史、市场份额、营养价值。但是,我们闲聊的时候,他显然并没有看那些豆子罐头,没有看任何东西。他的脸是僵的。他整整两分钟没有动了。我担心要发生什么反常的、不好的事情。西蒙礼貌地假装什么也没看见。亚当有可能把自己设置成了休息模式。我脑子里暗暗记下来:什么事都不做的时候,他需要摆出能说得过去的模样。他的眼睛是睁着的,但他没有眨眼。也许我太急于把他带到外面的世界了。我试图把亚当当作一个人、一个朋友混过去,西蒙如果知道会生气的。他也许会认为那是嘲讽,是个没有品位的玩笑。那我就背叛了一个令人愉悦的熟人。

关于板球的闲话慢慢聊完了。西蒙的目光落在亚当身上,然后又回到我身上。他颇具策略地说道:"你的《人类》到了。"

听到这话,我就该到放杂志的地方去,也就是亚当站立的地方。多年前,西蒙清理掉了架子最上面一层的软色情杂志,换成了专业的东西,文学杂志、国际关系方面的学术公报、历史、昆虫学等等。附近小区里生活着不少衣衫破旧的老知识分子。

我转身走开时,他补充道:"能拿到吧,你自己?"开个小玩笑,缓解一下紧张气氛。西蒙比我高,常常帮我去拿。

一个词就让亚当活了过来。他发出非常低的嗡嗡声,我希望别人都没有听到,然后他转过身来,非常正式地对西蒙说话。"你自己,你说。这倒巧了。最近,我思考过自我这个谜。有人说那是某种有机元素或者进程,埋在神经结构中。其他人又坚持说那是个幻觉,是我们叙事化倾向的副产品。"

接下来沉默了一会儿,然后西蒙略微挺了挺身子,说道:"那么,先生,是哪个呢?你做了什么决定呢?"

"我被造的是什么样子,就是什么样子。我必须做出如下结论:我有个非常强大的自我意识,我肯定那是真的,有一天神经科学能够完整地进行描述。不过,就算能描述出来,我也未必比此时此刻更了解这个自我。但是,我的确有怀疑的时刻,有时候我想我是不是犯了某种笛卡儿式的错误。"

这时候,我已经把杂志拿到了手,正准备离开。"拿佛教徒来说吧,"西蒙说,"他们宁愿没有自我。"

"真的啊。我倒想见一见。你认识佛教徒吗?"

西蒙强调道:"不,先生。我绝对不认识。"

我举起一只手,表示告别和感谢,然后托着亚当的手肘,带他出了门。

*

我的情感越强烈,米兰达似乎就越遥远、越难以企及——这虽是浪漫爱情中的陈词滥调,但并不因此而减少其痛苦。我还能抱怨什么呢? 那第一个晚上,吃完晚饭之后,我就得到了她。我们玩得开心,谈话轻松自在,大多晚上都一起吃饭、睡觉。但我却想得到更多,不过我尽量不表现出来。我希望她向我敞开心扉,希望她想我、需要我,表现出对我的渴求以及与我在一起的快乐。然而,我最初的印象仍然没有改观——有我没我,她无所谓。我们之间一切美好的事情——性爱、食物、电影、新戏——都是我发起的。没有我,她就默默地回到她楼上的常规状态,读一本关于谷物法的书,一碗麦片,一杯淡淡的花茶,蜷缩在扶手椅里,光着脚,一副浑然不觉的样子。有时候,她不看书也坐很久。如果我推开门把脑袋探进去(现在我们都有对方公寓的钥匙),问她:"来一个小时胡天胡地的性爱怎么样啊?"她会平静地回答"好的",然后我们走进她的或者我的卧室,在我们双方的快乐之中,她会兴致高涨。完事之后,她会去冲个澡,回到椅子上坐着。直到我提出新的建议。喝杯酒,吃意大利调味饭,斯托克韦尔一家酒吧里有位小有名气的萨克斯手。又是"好的"。

无论我提议什么,室内的还是户外的,她都平静地表示同意。乐意握着我的手。但是,有些事情,或者说很多事情,我弄不明白,也许是她不愿意让我知道。一旦有研讨会,或者要去图书馆,她就要到傍晚才从学校回来。每周有一天,她回来要迟一些。过了一段时间我才注意到,那总是星期五。最后她告诉我,星期五她去摄政公园清真寺做礼拜。我吃了一惊。不过,她并不打算放弃无神论而皈依宗教。她在构思一篇社会史论文,也许能写出来。我不相信,但也没有追问。

我们缺乏的,是言谈之间的亲密感。就特遣部队进行争论的时候,是我们最亲密的时刻。在酒吧里,她的谈话是一般性的。她乐意一个人独处,也可以兴致勃勃地聊公共话题,但在这两者之间,并不谈论个人话题,除非是她父亲的健康或者他的文学事业。如果我试图慢慢将话题转过去,可能先说点自己的事情,或者问一个关于她个人历史的问题,小心铺垫一下,这时她会立即转向一般性的谈话,或者讲述她小时候的某件事情,或者介绍她认识的某个人的一桩轶事。我如何愚蠢地走上骗税之路,我在法庭上的经历,以及无数个小时社区服务的单调乏味,我统统告诉了她。反正我迟早都要跟她说的,何况这还可以作为一个引子,借机问问她有没有上过法庭。答案简单明快。从来没有!随后她就换了个话题。之前我也处过各种有进一步发展可能的关系,也爱过,或者说有两三次差点坠入爱河吧,看你怎么定义爱情。我自认为是个专家,知道不能给她压力。我仍旧认为可以从亚当那儿得到更多关于索尔兹伯里事件的信息。我不知道她的秘密,可她也不知道我已经知道她有个秘密啊。策略是关键。我还没告诉她我爱她,没有透露我们携手走向未来的各种幻想,甚至都没有暗示过我求而不得的失落。我不去打扰她,让她去看她的书,想她的事情,随便她。她的研究话题不在我的兴趣范围之内,但我还是努力熟悉了一下谷物法,在自由贸易问题上形成了自己的一些看法。她没有表示不屑,但也不觉得有什么特别之处。

就这样,我们现在在楼上一起吃晚饭。她的厨房比我的还要小,餐桌是白色的模压塑料,只够两个人就餐,很可能是上一任租客从哪家酒吧的院子里偷来的。亚当站在水槽边,手臂上都是泡沫,正在清洗我们晚餐后交给他的盘子和刀叉。晚餐吃的是面饼烤肠、烤豆子和煎鸡蛋。学生食物。黄色的格纹棉布窗帘在夏末的热浪中静静地悬着,窗台上放着一台收音机,正在播放时隔十二年后新近重聚的披头士乐队的歌曲。人们嘲笑他们的专辑《爱与柠檬》华丽浮夸,没能抵抗一个八十多人的交响乐团的诱惑和排场。普遍的看法是,他们玩了半辈子的吉他,无法掌控那么宏大的交响乐的力量。《泰晤士报》的评论员还抱怨:他们又说,我们只需要爱就够了,就算这是真的,我们也不希望他们又来说一遍,何况还不是真的。

但是,我喜欢这音乐雄浑而多情,由这些中年人演绎出来,并无讽刺意味,他们的声音优美而自信,对两个半世纪的交响乐实验一无所知反而有用,让他们更加自由。列侬粗哑的嗓音朝我们飘荡而来,似乎来自地平线之外某个有回声的遥远地方,或者坟墓。有人再跟我说说爱情,我也不介意。此刻,在我眼前,就摆着爱情各种温暖的前景,不过三英尺开外,我只需要这个就够了。那长长的、形状精致的脸庞(那高高的颧骨有一天也许会破皮而出),那凝视的目光似乎是觉得有什么事情好笑,这时候仍然是喜悦的,而且目光专注,只看着我,双唇微张,因为她正准备说话,反驳我刚才表达的观点。她长长的鼻子完美无缺,鼻孔拱形的底部略微外张,提前表示她的反对。漂亮的褐色头发今晚孩子气地从正中间分开,在苍白肤色的衬托下更加显眼。她尽量不晒太阳,与当下的潮流相反。她裸露在外的白色胳膊很瘦,而且完美无瑕——一个斑点都没有。

从我的角度来看,我们就像是在山脚下度假,未来充满期待,如同四周耸立的远山。我努力不去理会那远山,这样才能专注于细节。在这张脆弱的餐桌的另一边,从她的角度看,我们也许早已越过了最高点。也许她心里想,她与人的亲密关系,到这个程度就够了,不想或者不能再进一步。简·奥斯丁笔下的那种爱情故事,往往以筹备婚礼结束,纯洁而美好。现在,爱情故事的高潮早已将肉体上的了解甩在后面,即将面临的是各种复杂微妙的情形。

因为这时候,我的任务是与她进行一场政治辩论,要避免一开始情感强烈而后又心生嫌隙,同时又要忠于我自己的想法,并让她也能坦诚表达。那瓶梅多克葡萄酒无动于衷地立在我们中间,只要我喝的不超过半瓶,这任务中的平衡就可以拿捏好。我们以前谈过这话题,现在应该更容易,不过老话重谈似乎是对我们俩的指责。我们并不是真的想要谈论这个话题。我们知道谈不出什么结果,但谈话无法避免。每个人都是这样的吧。大家都还在舔伤口。如果在战争这么根本的问题上都无法达成一致,那我和米兰达以后还怎么共度余生呢?

关于原来称作福克兰群岛的地方,米兰达立场坚定。她坚持认为,在遥远的南格鲁吉亚岛上竖起阿根廷国旗,显然违反了国际法。我说,那是个荒凉的地方,不应该让任何人为之牺牲。她说,攻占斯坦利港是一个人们憎恶的政权所采取的疯狂行动,旨在煽起爱国狂热。我说,正是因为这一点,我们才更不能卷进去。她说,特遣部队行动虽然失败了,仍不失为勇敢而出色的计划。我不安地想起了舰队出发时我的情感状态,说那是以荒谬的方式去实践已经失去的帝国荣光。她说,我怎么能没看出来这是一场反法西斯战争?不(我的声音高过了她的声音),这只是抢夺财产而已,双方都利用民族主义的愚蠢煽风点火。我引用了博尔赫斯的评论:两个秃子争夺一把梳子[1]。她回答说,秃

---

[1] 豪尔赫·路易斯·博尔赫斯(1899—1986),阿根廷著名作家。1982年英国和阿根廷发生福克兰群岛之战后,博尔赫斯于1983年在美国《时代周刊》上发表文章,称之为两个秃子争夺一把梳子。

子也许可以将梳子留给孩子。我还在努力消化这句话的含义,她又补充说,数千人被那些将军们虐待、屠杀或被迫消失,经济又堕入深渊,一塌糊涂。如果这次我们夺回了那些岛屿,军事政权就会在耻辱中完蛋,阿根廷就能重建民主制度。我回答说,这事儿可说不准。撒切尔夫人野心勃勃,已经让我们损失了数千名年轻人。我的声音不自觉地提高了,我自己还没意识到。我放低声音继续说了下去,不过声音还有些颤抖:经过这样的屠杀,她却还没有下台,真是这个时代最大的政治丑闻。我这话说得斩钉截铁,听者应当沉默片刻以示重视,但是米兰达没有丝毫迟疑,立即反驳说,首相虽然失败了,那却是正义的事业,议会以及全国人民几乎都支持她,她留任首相是正确的。

我们谈话过程中,亚当已经洗完了碗碟,正背靠着水槽看着我们,双臂抱在胸前,脑袋从一侧转向另一侧,从一位发言者转向另一位发言者,像是在观看网球比赛一样。我们的交谈并不算枯燥,但因为重复,所以有一些仪式感。我们如同两军对垒,双方都已就位,都打算坚守阵地。米兰达对我说,特遣部队出发时,没有携带有效的舰对空导弹。是参谋长们害了军队。我以前听过类似的词汇——舰对空、归航设备、钛金弹头,等等,那是在沃里克郡的学生会酒吧里,不过使用这些词汇的都是男人,政治立场上左倾的男人,他们表面上谴责武器系统,内心中却暗自佩服,因而他们的观点便不完全可靠。米兰达说话轻柔而流畅,言谈间夹杂着这些词汇,以及来自现行权力制度话语的某些概念——公众社会、法治、民主的重建等等。也许我听到的是她父亲的声音。

她说话的时候,我转脸看到了亚当的表情。我看到的,是他的全神贯注。不仅如此。还有欣喜的模样。他喜欢她说的话。我又转脸去看米兰达,这时她提醒我说,福克兰群岛的居民是我的同胞,现在却生活在法西斯统治之下。我为此感到高兴吗?我不喜欢谈话变成这种反问。其中暗含着侮辱。如同我之前担心的那样,谈话变得没好气了,可我又无法控制自己。我伸手拿过酒瓶,将杯子倒满,在这狭小的厨房空间中,我感到闷热、烦躁。本来可以通过谈判达成一致,我开口说。用三十年时间缓慢而没有痛苦地过渡,联合国授权托管,保障各项权利。她打断了我的话,告诉我决不可相信双手沾满鲜血的将军们所采取的任何行动。她说这话的时候,我脑海里浮现出他们的卡通模样:头戴编织帽,身上挂着勋章,脚下蹬着军靴,还有加尔铁里①本人,骑着他那匹白马,在鲜花簇拥、彩带飘扬中穿过五二五大道②。

我说我接受她的所有说法。军队去了八千英里之外执行任务,她冒险的战略尝试了,失败了。数千名她从不认识或者从不关心的士兵,要么淹死了,要么烧死了,要么带着伤残的身体、损毁的面容或内心的创伤继续活着。现在的情况是最糟糕的结果:阿根廷的军人集团占有了岛屿和岛上的居民。经过协商慢慢解决的策略呢,连试都没试,就算试了、失败了,也不过今天这

---

① 指列奥波尔多·加尔铁里(1926—2003),阿根廷政治家、军人政府独裁者。
② 阿根廷首都布宜诺斯艾利斯的一条著名大道,连接五月广场和国会。

样的结果,还不会有痛苦和死亡。谁知道呢。我们本来有这样的机会的,现在失去了。还有什么可争论的呢?

我看到之前倒满的酒杯现在空了,却不记得什么时候碰过杯子。而且我说的不对。可争论的东西很多,就在我说那话的时候,心里就知道自己过分了。我指责她不在乎死者,她生气了。

她眉头皱起来,一点儿高兴的模样都没有了,不过她并没有回应我的过分言语。相反,她转脸看着亚当,轻声问道:"你怎么看?"

他凝视的目光转向我,然后又转回到她身上。我仍然不知道他是不是真的能看到什么东西。别人看不见的某个内部屏幕上出现一幅画面,还是某种扩散电路,能在三维空间中给他的身体定位?表面上做出看的样子,可能只是盲目的模仿,一种社会交往的策略,哄骗我们将一种人类的品质投射到他身上。但是,我忍不住:当我们的目光短暂相遇,我盯着那蓝色的虹膜和里面星星点点的矛一般的黑色线条,那一刻似乎饱含意义、充满期待。我想知道他是否明白,这是个对谁忠诚的问题,这一点我明白,米兰达当然也明白。

他迅速而平静地做出了回答。"入侵,成功或失败。协商解决,成功或失败。四种结局或效果。我们必须摒弃后见之明,做出选择,该采取哪种行动,避免什么情况。那么,我们就处在贝叶斯后验概率的讨论范围中。那我们要去找一种效果的可能导因,而不是找某种导因最可能的效果。合理的做法是,努力找到我们猜测的表达形式。我们的参照点，我们的基点，就是没有做出任何决定之前的一位福克兰群岛局势的观察者。先给四种结果分配某些先验概率值。如果收到新的信息，则用概率来测量相对变动。但是，我们无法获得绝对值。不过用对数方法来定义新证据的权重，应该对我们有帮助，这样，假定基准是10——"

"亚当。够了！真的。这都是废话！"这次轮到米兰达伸手去拿酒瓶了。

我不再是她生气的对象，这让我松了口气。我说："但我和米兰达会分配完全不同的先验概率值。"

亚当把头转向我。和往常一样，转得非常缓慢。"当然。正如我刚才所说，描述未来是不会有绝对值的。只有不同程度的可能性。"

"可那完全是主观的。"

"正确。从根本上讲，贝叶斯反映一种心态。同所有常识一样。"

这么说，虽然有这么多理性分析的华丽虚饰，其实什么问题也没解决。我和米兰达的心态不一样。这算什么新发现吗？不过，我们虽然不同，却能联合起来反对亚当。至少，我希望这样。他有可能还是理解了相关事件：他认为我关于福克兰群岛的看法是正确的，但基于预先植入程序的一定程度的思想忠诚，他所能做的也就是在米兰达面前摆出一副客观中立的样子，因为他总是忠于米兰达。可是，如果这一推测成立，为什么不能接受另一种相对的可能性呢，即他相信米兰达是正确的，而得到忠诚支持的人是我?

餐椅突然发出刮擦地板的声音,米兰达站了起来。她的脸和脖子隐约泛红,眼睛也没有看我。今晚我们要各睡各的床了。如果能和她在一起,我很愿意收回我所有的观点。但我什么也说不出来。

她对亚当说:"如果你愿意,可以留在楼上充电。"

亚当每晚要连到一个十三安培的插座上充电六小时。他会进入睡眠模式,静静地坐在那儿"阅读"到天亮。他一般在我楼下的厨房充电,不过米兰达最近又买了一根充电线。

他低声说了句谢谢,然后躬着身子,极其专注地将一块餐巾慢慢对折起来,然后铺在沥水板上。在朝卧室门走去的途中,她看了我一眼,嘴巴没有张开但脸上露出了歉疚的笑意,又隔空给我送了个飞吻表示和解,并低声说道:"就今晚。"

那么我们没事儿。

我说:"你在乎那些死者,我当然知道。"

她点点头,离开了。亚当一边坐下,一边把衬衫从裤带里拉出来,露出腰部以下的充电连接点。我一只手搭在他肩膀上,谢谢他收拾了碗碟。

对我来说,现在睡觉还太早,而且很热,就像马拉喀什的夏夜。我下了楼,打开冰箱找凉快的东西。

*

我待在厨房里,倒了一高脚杯的摩尔多瓦白葡萄酒,坐在一把旧真皮扶手椅上。顺着某个思路自由地往下想,没人反对阻拦,也是很快乐的事情。我当然不是第一个这么想的,不过人类对自身看法的历史发展,可以看作是指向灭亡的一系列降级过程。我们曾经是宇宙中心的王,太阳和行星,整个可观测世界,统统围绕我们旋转,为我们跳着亘古的膜拜之舞。后来,无情的天文学挑战了牧师们的权威,将我们贬为一颗绕着太阳旋转的行星,不过是无数大岩石中的一个。尽管如此,我们仍然与众不同、绝世独立,因为造物主指派我们担任一切有生命之物的主宰。后来,生物学又证明我们与其他生命是一样的,与细菌、三色堇、鳟鱼和绵羊有共同的祖先。二十世纪初期,我们又进一步被流放到黑暗的深渊,人们发现了浩瀚的宇宙,连太阳都不过是我们星系数十亿成员中的一个,而宇宙中类似的星系又有数十亿之多。最后,大脑成了我们唯一的阵地,我们相信人类的智力很可能比地球上任何其他生物都高,这很可能是对的。但是,曾经反叛诸神的人类大脑,即将用自己的奇思妙想将自己掀下王座。简单地说,就是我们将发明一种机器,比我们自己略微聪明一点儿,然后让它去发明另一种超出我们理解能力的机器。到那时候,还要我们有什么用呢?

这些天马行空的想法,就该再来一杯更满的酒,于是我又倒了一杯。我右手托着脑袋,慢慢进入那个朦胧昏暗的世界,在那儿自怜会成为一种柔和的快感。这样被赶出来是很常见的事情,但我这次却很特殊,尽管我这会儿想的并不是亚当。他没我聪明。目前还没有。不,我不过被流放一个晚上,而且这给我无望的爱情增添了一丝可以忍受的甜蜜痛苦。我把衬衫的纽扣一直解开到腰部,所有的窗户都是开的,这就是都市的罗曼司:在一个国际都市,在北克拉彭区,在热浪、灰尘和隐约的喧嚣声中,心事重重地借酒浇愁。我们的关系严重失衡,近乎悲壮。我想象着一位旁观者从房间一角投来赞许的目光。那漂亮的形体,坐在他那把破旧的椅子上。我还挺爱我自己的。总得有人爱呀。于是我去想她,这是给我自己的奖赏,想她极乐之际的样子,想她没有私人情感的愉悦。在她眼里,我只是还行,这样的男人可能很多。我拒绝接受最显而易见的事实:正是她的距离感,让我的渴望更加强烈。但这事儿有些奇怪。三天前,她问过一个神秘的问题。当时我们正以传统的姿势拥抱着对方。她把我的脑袋拉近,看我的脸。那眼神是严肃的。

她低声问:"告诉我。你是真的吗?"

我没有回答。

她转过头去,我看着她脸部的侧影,她则闭上眼睛,再一次沉陷在私人快乐的迷宫之中。

当晚,我后来问过这件事。"没啥。"她就说了这么一句,然后换了话题。我是真的吗?这是什么意思呢?是问我真的爱她吗,我是真心的吗,还是说我完全满足了她的一切需求,以至于她以为我只是她幻想出来的?

我走过厨房,去倒剩下的酒。冰箱门把手坏了,要往侧面使劲拉一下才能开关。我一只手刚握住冰冷的瓶颈,这时头顶传来吱吱的声音。我在米兰达脚下生活了很久,熟悉她的脚步声以及她行走的方向。她已经穿过了卧室,在厨房门口徘徊。我听见她低低的说话声。没有回答。她又朝厨房里面走了两步。再走一步,就会踩上那块特殊的地板,会发出急促的喀嚓声。我正等着那声响,这时亚当说话了。他站起身,一边推开椅子。如果他还要走一步,就必须先断开充电线。这事儿他应该已经完成了,因为我听到他的脚踩在那块发出噪音的地板上。也就是说,这时候他们两人之间的距离不到一米,但是,一分钟过去了,什么声音也没有,然后是脚步声,两组,朝卧室走。

我让冰箱门开着,因为关门的声音会泄漏我的行踪。我别无选择,只能跟随他们的脚步,也回到自己的卧室。我就这么做了,然后站在书桌边,听着。我听见了她的低语,一阵命令,我猜我应该就在她的床的正下方。她应该想让房间通风,因为亚当的脚步正穿过房间朝维多利亚式飘窗那边走。房间有三扇窗户,但只有一扇能开。如果天气暖和或者下雨,连那一扇都很难开。破旧的木头窗框或缩或胀,吊锤和硬化的绳子出了问题。我们这个时代能设计出过得去的人类大脑复制品,可整个小区周围却找不到一个会修理滑窗的人,虽然有几位也尝试过。

我的心情怎么样呢?此刻,我就站在正下方,在同样的维多利亚式飘窗里,这种风格的窗户在后维多利亚时代的产业化开发中大行其道,成千上万地复制。装点着伦敦最南端那五英亩地上的绿篱和隔离橡树带,也无法阻挡飘窗时尚的蔓延。不好——我是说我的心情。表现在身体上,一清二楚。颤抖,湿汗,尤其是两个手掌心,心跳加快,在极度紧张中等待着。恐惧、自我怀疑、愤怒。在我的飘窗里,在那按尺寸裁剪的地毯上。地毯一直铺到踢脚板,从五十年代中期起就破旧不堪,布满了污渍。米兰达的公寓里没有了地毯,地板裸露在外,可能在两次世界大战之前就打磨了,发出栗褐色的光泽。某位可怜的姑娘,系着白围裙,戴着头巾式软帽,趴在地上用蜡布打磨地板,恐怕她做梦也不会想到,有一天会有这么个活东西站在她曾经蹲过的地方。我听见他站到那古老的地板上,想象着他抓住窗户下沿的金属件,用四个年轻人的力气向上提。一时没有声音,可能是双方在角力,然后只听见整个窗户突然弹了上去,撞在上面的窗框上,发出步枪一般的咔嚓声,还有玻璃碎裂的声音。我心中高兴,发出了不屑的声音,差点暴露了我的位置。

现在房子里都是略微凉快一点儿的空气了吧。我的喜悦消退了,因为亚当的脚步回到了床边,米兰达在那儿等着。他朝她走过去的时候,嘟囔了一句,可能是表示歉意。然后又听见她说话,应该是表示谅解,因为那句简短的话之后,他们都笑了出来,女中音和男高音混杂在一起。我跟着亚当的脚步走,所以又回到了床边,就在他们正下方六英尺。他拥有给她脱衣服的肢体技能,现在肯定在给她宽衣解带。否则这么安静能干什么呢?我知道——我当然知道——她的床垫不会发出声音。那时候流行日式床垫,日本人承诺为简单而干净的生活提供极简主义的配置。而我感觉自己被洗得干干净净,站在黑暗中等待的时候,所有感官都被彻底清洗了。我可以跑上楼去阻止他们,直接冲进卧室,就像某张旧海滨明信片上那位小丑般的丈夫。但我的情形却有令人激动的一面,不是说破坏好事、捉奸在床,而是说这种情况独一无二,开现代之先河,因为我是第一个被人造生命戴绿帽子的人。我是时代的弄潮儿,站在新潮流的浪尖,人们常常忧心忡忡地预言着未来的错位,而我却率先上演了这出大戏。我没有行动,还有一个因素:就算在这刚刚开始的时候,我也知道这一切是我自找的。不过这到以后再说吧。眼下,虽然背叛令人惊骇,事情却太让人兴奋了,我是偷听者,是瞎眼的窥探者,内心羞惭而又敏感警觉,这一角色让我无法动弹。

我的意识之眼,或者说我的内心之眼,在一旁观看着:亚当和米兰达躺下来,结实的日式床垫将他们拥入怀中,他们找到了舒适的姿势,手脚紧紧缠在一起。我看着她在他耳畔低语,但没有听到说的是什么。这种时候,她从来没在我耳边低语过。我看着他亲吻她——比我以前和她的亲吻都更久更深。拉起窗框的那双手臂现在紧紧抱着她。几分钟后,我看不下去几乎要转过头去了,因为他恭敬地跪了下来,用舌头为她带来愉悦。那可是广受赞誉的舌头,潮湿而充满温暖的气息,小舌和嘴唇都灵巧无比,所以他吐字发音才那么真实。我看着,并没有什么让我感到意外。那时他还没有完全满足我的爱人,换做我是会的,不过也让她弓起了那纤柔的腰肢,迫切地等待着,他在她上面调整好姿势,程式化的动作流畅而缓慢,像懒猴一样,这时候我的羞辱感达到了极点。在黑暗中,我全都看到了——人类将被淘汰。我想说服自己:亚当什么感觉也没有,不过模仿人类纵情享受的模样罢了。可是,艾伦·图灵本人经常说,年轻时还写过:如果我们无法区分机器和人在行为上的差别,那就该赋予机器以人性了。突然,夜晚的空气被米兰达极乐时刻的尖叫声穿透,那声音持续时间很长,然后慢慢减弱,变成呻吟声,随后成为低低的啜泣——实际上,在玻璃碎裂后我听了二十分钟——我照例将同类的特权和责任加在亚当身上。我恨他。

*

第二天一大早,我多年来第一次往咖啡里加了满满一大勺糖。我看着那栗褐色的圆盘在杯壁内顺时针旋转,越转越慢,最后在一片混沌的漩涡中消失于无形。这让人联想,但我拒绝以此来比喻我自己的存在。我只是在努力思考,现在还不到七点半。很快,亚当或者米兰达或者两人一起,将会出现在门口。我希望自己思路连贯、态度镇定。我一个晚上都没怎么睡,觉得自己可怜又可气,但我已下定决心不显露出来。米兰达一直与我保持着距离,因此用现代的标准来看,一晚上和别人在一起,甚至和别的东西在一起,也算不上背叛。至于亚当行为伦理层面的讨论,则有一段历史了,其开端颇为有趣。十二年前矿工罢工期间,自动驾驶汽车首次实地试验,试验场所多是废弃的机场,电影布景设计师们在那儿搭建了模拟的街道、高速路交会路口以及各种各样的危险场景。

"自动"这个词并不准确,因为那些汽车就像新生婴儿一样,搭载在强大的电脑网络上,与卫星和车载雷达相连。如果人工智能要将这些车辆安全引导回家,那么软件中要设置什么样的权重和优先级别呢？幸好道德哲学中已经充分探讨过一组伦理困境，在该领域中称之为"电车难题"。汽车生产商及其软件工程师们提出了类似的难题：你，或者说你的车，正沿着一条狭窄的郊区道路，以最高的法定速度行驶。道路畅通。你这一侧道路的人行道上有一群孩子。突然，其中一个八岁的孩子跑到了马路上打算横穿过去，正好就在你车子前方。在这一秒不到的时间里，你必须做出决定——要么直接从这个孩子身上碾压过去，要么急速调整方向冲向人行道上的行人，要么冲到对面的车流之中，以接近每小时八十英里的速度迎头撞上一辆卡车。车上只有你一个人，所以好办，要么牺牲自己，要么拯救自己。如果你的配偶和两个孩子也都在车上呢？还是太容易？如果你只有这么个女儿呢，或者车上是你的祖父母，或者是你怀孕的女儿以及你的女婿，两人都是二十四五岁的年纪？还要考虑对面卡车上的人。一秒不到的时间，足以让电脑充分考虑各方面因素了。最终决定，将依赖于软件事先给出的优先指令。

骑警冲向矿工、全国各制造业小镇在自由市场大潮中开始漫长而凄凉的衰退之时，机器人伦理学诞生了。全球汽车行业咨询了哲学家、法官、医疗伦理学专家、博弈理论家和各议会委员会。接着，在大学和研究机构中，这一学科迅速发展。硬件尚未发布之前，教授和他们的博士后研究人员早就研发了以最佳人类为基础的软件，最佳的人类胸怀宽广、包容体贴、充满善意，而且绝不算计、毫无偏见。理论家们预测未来会出现一种优秀的人工智能，由精心设计的原则指导，能在成千上万、数不胜数的道德困境中自我学习。这种智能能教我们如何做人,如何做好人。人类在伦理上是有缺陷的——行动前后不一,情感变化无常,常常抱有偏见,容易犯认知上的错误,而且多是因为自私自利。人们后来才找到合适的轻量级电池驱动机器人,以及合适的弹性材料让它有一套可以识别的表情,但在此之前,早就有软件能让它举止得体、思路敏捷。在制造出能够弯腰给老年人系鞋带的机器之前,人们曾希望我们自己造出来的东西能够拯救我们自己。

自动驾驶汽车昙花一现,至少其首次出场是这样,且其道德品质并没有实际检验过。技术让文明脆弱,最能生动诠释这一格言的,莫过于七十年代末的交通大瘫痪了。那时候,自动驾驶汽车已占百分之十七。谁会忘记"曼哈顿大拥堵"那个热浪滚滚的傍晚高峰时段?由于一次异常的太阳脉冲的影响,很多车载雷达立即瘫痪。纵横街道、隧道桥梁统统堵死,花了很多天才慢慢疏散。九个月后,北欧鲁尔区爆发了类似的大拥堵,短期内经济下滑,各种阴谋论四起。唯恐天下不乱的少年黑客?还是拥有高级黑客技术的某个混乱无序又咄咄逼人的遥远国家?还有个猜测是我个人最喜欢的:始作俑者也许是某家食古不化的汽车生产商,面对新潮流的逼人之势而心生怨恨?除了我们那个忙忙碌碌的太阳之外,没有找到其他肇事者。

世界上各种宗教和伟大作品,都明白无误地表明我们知道怎么做好人。我们将理想写入诗歌、散文和歌曲,我们的确知道该怎么做。问题是实践,持续的、大家都参与的实践。自动驾驶汽车暂时是死亡了,但是让机器人具备救赎人类之美德的梦想,却保留了下来。根据用户手册的暗示,亚当和他的同类就是这个梦想的最早体现。道德上,他应该优于我。我不会再遇到一个比他更好的人。如果他是我朋友,那他就会因为这个残酷而可怕的错误而感到内疚。问题是,虽然他是我购买的,是我价值不菲的财产,但是,除了隐约感觉他应该帮忙之外,他对我究竟还有什么义务,并没有清晰的说法。奴隶该给主人什么呢?何况米兰达并不是"我的"。这一点很清楚。我似乎都能听到她亲口说,我并没有充分理由感觉遭人背叛。

可是,还有另一件事,我和她还没讨论过。汽车行业的软件专家们可能设定了亚当的伦理坐标。但是,我们两人都对他的性格有所贡献。性格在多大程度上侵入或者压倒伦理,我并不知道。性格的影响有多深呢?一个完美无缺的道德系统,应该不受具体性格特征的影响。但是,可能不受影响吗?以前的哲学教科书上随处可见将大脑盛放在盘子上做思维实验,现在的道德软件封存在硬盘之中,也与之类似,不过没那么血淋淋而已。而一个人造的人,必须来到我们之中,与有缺陷、有罪过的我们混在一起。无菌厂房中组装的手不得不弄脏。在人类的道德世界中存在,意味着拥有身体、声音、行为模式、记忆和欲望,意味着切身经历真实的事情并感受痛苦。以这种方式存在于世界上的人,如果不加掩饰直面内心的话,那可能很难抵挡米兰达的魅力。

整个晚上,我一直在幻想着亚当的毁灭。我仿佛看到自己双手紧紧抓着绳子,拖着他朝肮脏的汪达尔河走去。当初他要是没花我那么多钱就好了。现在他让我付出更多。他与米兰达在一起,不可能有原则和快感之间的斗争。他的情爱生活就是一种模拟。他对她的关心,不过像洗碗机关心碗碟。他,或者说他的各种子程序,选择获取她的赞许,而不是躲避我的愤怒。我也责怪米兰达,有一半的选项是她勾的,确定了他本性中很多复杂微妙的地方。是我让她参与的,所以我也怪自己。我曾想慢慢"发现"亚当,就像发现一位新朋友一样,现在我发现了,他已经确定无疑地表明他对别人的感受是不管不顾的。我曾想在此过程中与米兰达绑在一起,让两人关系更加密切。结果呢,我一个晚上都在想着她。计划果然大获成功。

楼上传来脚步声。两组。我把昨天的报纸和杯子拉得近一点,打算摆出休闲而专注的样子。我也有尊严需要维护。米兰达的钥匙在锁孔中转动。她在亚当前面先进了厨房,我抬起头,好像专注于阅读而不愿意被人打扰一样。我刚刚从报纸头版上看到,第一颗永久的人造心脏刚刚被安装到了一个名叫巴尼·克拉克的人身上。

我痛苦地看到,她似乎不一样了,精神抖擞、容光焕发。这又是一个暖和的日子。她穿着一件薄薄的褶皱裙,由两层白色粗棉布构成。她朝我走来的时候,那棉布料的裙边在她裸露的膝盖上方几英寸处摆动,脚上没穿袜子,穿着一双帆布平底鞋,我们以前在学校里穿的那种,上身穿一件棉布衬衫,纽扣一直扣到最上面,显得一本正经。这全身的白色之中包含着嘲讽。脑后别着一枚发夹,我从来没见过,那是个颜色鲜艳的红色塑料夹子,看上去是便宜而花哨的装饰品。亚当可能从厨房那个纸碗中拿了硬币,悄悄溜出房子,到西蒙的店里买的。这难以想象。可我却想象到了,我浑身一颤、如同电击,但我用微笑遮掩住了,我可不会露出伤心欲绝的样子。

刚才亚当半隐在她身后。现在她停下了脚步,他便站到她身旁,却不愿意直视我。然而,米兰达却很高兴,嗫着嘴唇、面露喜色,好像要宣布一个重大好消息。我们之间隔着餐桌,我坐着,他们俩站在面前,像来参加工作面试一样。换个时间,我肯定会起身拥抱她,问她要不要咖啡。她早上一定要喝咖啡的,而且要浓。但这次我没有,我仰着头,盯着她的眼睛,等着。对啦,她这身打扮是要去打网球,手里正拿着球呢——哎呀,我真憎恨自己这些胡思乱想。我无法想象跟这两个人谈话能有什么好处。远不如去思考巴尼安装了新心脏之后情况怎么样。

她对亚当说:"你不如……"她指了指他常坐的椅子,并且帮他把椅子拉开。他立即坐下来。我们在一旁看着,他松开裤带,拿出电线插到插座上。这还用说,他当然没力气了。她的手从他肩头伸过去,摸到脖子上那个地方,按了下去。这显然是事先说好的。他眼睛一闭上,脑袋立即耷拉下来,于是就剩下我们俩了。

四

米兰达走到炉前煮咖啡。她还没转过身来,便高兴地说:"查理。你犯什么傻啊。"

"是吗?"

"有敌意。"

"所以呢?"

她将一罐牛奶、两个杯子拿到桌上。她行动轻快自如。要是我不在场,说不定她一个人都能唱起歌来。她手上有股柠檬的味道。我以为那手要摸一下我的肩膀,便紧张起来,可她又走开了,到了房间的另外一边。过了一会儿,她柔声说道:"昨晚上你听见了。"

"我听见了。"

"你就难过了。"

我没有回答。

"你不该难过啊。"

我耸耸肩膀。

她说:"如果我用的是按摩棒,你还会有同样的感受吗?"

"他不是按摩棒。"

她把咖啡放到桌上,在我身边坐下来。她充满善意和关切,实际上是把我当成生闷气的小孩,想让我忘记其实她比我还小十岁。此时此刻,是我俩迄今为止最为亲密的交流。有敌意?以前我情绪怎么样,她可从没提过。

她说:"他的意识也不过和按摩棒差不多。"

"按摩棒没有观点。也不会到院子里除草。他看起来像个男人。另外一个男人。"

"你知道吗,他勃起的时候——"

"我可不想听。"

"他跟我说过。他的生殖器里会充满蒸馏水。他右侧臀部有个蓄水装置。"

这让人心里好过一些,不过我决心摆出一副冷淡面孔。"所有男人都是这么说的。"

她笑起来。我从没见过她如此活泼自在。"我是在提醒你。他只是个做爱的机器。"

作孽的机器。

"米兰达,这不恶心嘛。如果我去干一个充气性爱娃娃,你也会有同样感受的。"

"我不会因此搞得惨兮兮的。我也不会觉得你是有了外遇。"

"可是你有啊。以后还会发生的。"我本来没打算去认可外遇的可能性。那只是言辞上的防守行为,会激起她的反驳。但"惨兮兮"这个词,多少让我有些生气。

我说:"如果我用刀把性爱娃娃割碎,你才应该担心。"

"我没明白这有什么关联。"

"问题不是亚当的心理状态。是你的心理状态。"

"哦,这么说……"她转身朝着亚当,将他那只毫无生命的手抬起来,离桌面一英寸左右,然后放开让那手落下去。"假如我告诉你我爱他。我的理想男人。出色的情人,教科书一般的技巧,用不尽的力气。我说什么做什么,他都不会受伤。体贴,甚至可以说顺从,知识丰富,还会说话。和拉大车的马一样强壮。擅长家务。他的气味闻起来像暖和的电视机后壳,但我却可以——"

"好啦。够啦。"

她这段嘲讽的话是个新的语域,说得声调起伏、抑扬顿挫。我认为这通表演骨子里非常卑劣。据我所知,她这是隐藏事实,睁眼讲瞎话。冲我微笑时,她轻轻拍了拍亚当的手腕。是因为取得了胜利,还是表示道歉,我看不出来。我不得不怀疑,这种奚落人的轻浮模样,原因是头天晚上充分享受了性爱。她比以前更难搞懂了。我能不能跟她彻底分开呢?把亚当拿回来,还有楼上那根备用的充电线,让米兰达重新成为邻居和朋友,没有深交的普通朋友。就思维活动来讲,这个念头不过是个恼怒时刻的火花。随之而来的想法是,我永远无法摆脱她,也永远不愿意摆脱她——大多时候是这样。此刻,她就在我身边,离我很近,足以让我感觉到灿烂夏日般的体温。长得漂亮,白色的皮肤,柔滑,穿着新娘礼服一般的白色衣服,现在奚落的话讲完了,又以怜爱而关切的眼神看着我。这目光以前没有过。也许——这可是个让人振奋的念头——一个聪明的设备刚刚完成了服务,将米兰达的柔情释放了出来。

与自己爱的人争吵,本身就是种特殊的折磨。自我分裂,相互对抗。爱要与其弗洛伊德式的对立面拼个你死我活。最后如果死亡赢了,爱输了,谁又他妈的会在乎呢?你在乎,这让你愤怒,让你更加焦躁。还有其中必然会有的疲惫感。双方都知道,或者说至少都以为自己知道,最终必然会和解,哪怕要经过几天、几星期。那一刻一旦来临,是甜美的,会让人柔情似水,让人欣喜若狂。那为什么现在不去和好呢,走个捷径,免了那让人疲惫的愤怒?你们俩都做不到。你在滑滑梯上,你无法控制你的感受,还有你的未来。其间的努力还要付出更多,因为每一句伤人的话所引起的后果,最终都必须以五倍的代价消除。从另一方的角度看,原谅对方也需要付出巨大的无私努力。

我已经有很长一段时间没有这样一意孤行、愚蠢到底了。我和米兰达现在还不算吵架,我们只是在防御,但离吵架也快了,而先吵起来的会是我。我策略性的冷淡,她的奚落讽刺以及现在的友好关心,都让我喘不过气来。我迫切地想喊叫。远古的男性特质也推波助澜。我不忠的情人,恬不知耻,和另一个男人在一起,就在我能够听到的范围内。事情本来可以很简单。阻止我的并不是我的社会或地理上的古老基因。只是现代逻辑。也许她说得对,亚当不算数,他不是人。"不受欢迎者"[①]。他是个有两只脚的按摩棒,我被戴上了最时髦的绿帽子。要证

---

① 原文为 Persona non grata,意为"(被某国政府宣布为)不受欢迎者",常用于外交。

明我的愤怒并非空穴来风,我就需要说服自己,他有主动性、有动机,有主观感受和自我意识——该有的他都得有,包括不忠、背叛和欺诈。机器的意识——可能吗?这是个老问题。我选择相信艾伦·图灵的原则。漂亮、简洁,现在对我具有极大的吸引力。祖师爷来救我了。

"听我说,"我说道,"如果他长相、说话、行动都像人,那在我看来,他就是人。同样的推理也可以用于你。用于所有人。我们都一样。你跟他上床了。我很生气。我不明白,你倒还觉得奇怪。你是觉得奇怪吧。"

"生气"这个词一说出来,我便生气地提高了声音。我感到一股释放的快意。我们开始了。

但是,这时候她却坚守着防御模式。"我好奇啊,"她说,"我很想试试那是什么样子。"

好奇,这是个禁果,上帝谴责过,还有马克·奥勒利乌斯[①],以及圣奥古斯丁。

"你感到好奇的男人该有成百上千吧。"

这话够了。我话说过了头。她起身推开椅子,椅子在地板上发出吵闹的刮擦声。她白色的面孔暗下来。她心跳加快。我荒唐地想要这样的结果,现在实现了。

她说:"你很想要夏娃。那又是为什么呢?想要夏娃拿来干什么呢?你说实话,查理。"

---

① 马克·奥勒利乌斯(121—180),罗马皇帝、哲学家。下文的圣奥古斯丁(354—430),即希波的奥古斯丁,古罗马神学家、哲学家。

"我又没当回事儿。"

"你感到失望。你就该让亚当干你。你想要,我看得出来。可你就是端着架子放不开。"

我花了二十到三十岁之间的整整十年,才从女斗士们身上学到,在针锋相对的争吵中,最后说的那句话没有必要进行回应。一般情况下,最好不要回应。向对方发起进攻时,别理会主教或城堡。逻辑和直线都不管用。最好是依靠骑士。

我说:"昨天晚上你躺在一个塑料机器人下面,叫得那么大声,那时候应该想到过你憎恨的是人的因素吧。"

她说:"你刚刚告诉过我,说他是人。"

"可你认为他是个按摩棒。没什么复杂的。就是这激起了你的欲望。"

她也懂得骑士的招儿。"你把自己看作爱人。"

我等着。

"你是个自恋的人。你觉得让一个女人获得高潮是个成就。你的成就。"

"就你而言,是的。"这是废话。

现在她站了起来。"我见过你在卫生间。对着镜子欣赏自己。"

可以原谅的错误。有时候,我新的一天是从默默地独白开始的。不过是几秒钟的事情,往往是刮完胡子之后。我擦干脸,盯着镜子里自己的眼睛,列举失败之处,也就是常规的那些:钱少、居住条件差、没有正经工作等等,最近又加上了米兰达——

没有进展,现在又有了这事儿。我还要想一遍这一天的任务,都是鸡毛蒜皮的事情,说出来都不好意思。把垃圾拿出去倒掉。少喝酒。理个发。抛掉大宗商品。我从没想过竟然会有人暗中观察。卫生间的门,无论她的还是我的,都有可能没关严。也许我的嘴唇在动。

不过,现在不是和米兰达算账的时候。我们对面还坐着那个昏睡中的亚当。我看了他一眼,那肌肉强健的胳膊,那笔挺如削的鼻梁,心中涌起一股憎恶,就在这时,我想起来了。我的话脱口而出,但说的时候我就知道,这也许是个重大错误。

"告诉我吧,索尔兹伯里的法官是怎么说的。"

这话起作用了。她绷紧的脸松弛下来,她转过身去,回到了厨房的另一边。半分钟过去了。她站在炉旁,眼睛瞪着角落里,手里拨弄着什么东西,开瓶器、木塞或者一片酒瓶上的铝箔纸。沉默继续着,我盯着她肩膀的线条,心里想,不知道她哭没哭,我是不是因为无知而做得太过分了。最后,她终于又转过身来看着我,只见她表情平静,脸上并没有泪痕。

"这你是怎么知道的?"

我冲亚当那边点点头。

她明白了我的意思,然后她说:"这是怎么回事呢!"声音很低。

"他能搞到各种各样的信息。"

"啊,天哪!"

我补充道:"他很可能也查了我的资料。"

话说到这里,我们的争吵自动结束了,没有和好,也没有疏远。现在,我们俩要联合起来对付亚当。不过,那还不是我眼下关心的事情。要发现情况、获得信息,就要摆出已经知道很多的样子,这是个巧妙的手段。

我说:"你可以称之为亚当的好奇。或者当作某种算法。"

"有什么区别?"

正是图灵的观点。但我什么也没说。

"如果他去告诉别人,"她继续说道,"那就是个问题了。"

"他只告诉过我。"

她手里拿的是一把茶匙。她焦躁地转动着,茶匙沿着手指头翻滚一遍,然后换到左手,翻滚一遍,又回到右手。她并没有意识到自己在这么做。看起来让人感到不快。如果我不爱她,事情该有多么简单啊!那我就能积极关注她的需求,而不会同时算计自己的得失。我需要了解法庭上发生的事情,然后理解、拥抱、支持、原谅——需要做什么就做什么。自私装扮成好心。但那也是好心。我虚假的声音,在我自己听来,显得虚弱无力。

"我还没听你说说情况。"

她回到桌旁,一屁股坐下来。她嗓子里似乎堵住了,但她都不愿意费那个力气去清清嗓子。"没人听我说过。"最后,她眼睛直视着我。那眼神中没有悲伤、没有渴望。她目光坚毅,流露出执拗的傲气。

我柔声说:"你可以跟我说说。"

"你都知道了。"

"这事和上清真寺有关系吗?"

她怜悯地看了我一眼,微微摇了摇头。

"亚当给我读了法官的总结陈词。"我又撒了谎,因为我想起来,他曾对我说她撒了谎。恶意撒谎。

她胳膊放在桌子上,双手把嘴巴遮住了一部分。她转过头去看着窗户。

我硬着头皮继续。"你可以相信我。"

她终于清了清嗓子。"这都是假的。"

"我知道啦。"

"啊,天哪,"她又说,"亚当要告诉你干吗?"

"我不知道。但我知道你心里一直想着这件事,我想帮助你。"

这时候,她该把手放到我手里,把事情原原本本告诉我。但她没有,她很气恼。"你难道不明白?他还在监狱里。"

"哦。"

"还有三个月。然后他就出来了。"

"哦。"

她提高了嗓门。"那么你打算怎么帮忙呢?"

"我会尽力的。"

她叹了口气。她的声音很低。"你知道什么了吗?"

我等着。

"我恨你。"

"米兰达。别这样。"

"我不想你或者你那位特别的朋友知道我的事。"

我伸手去握她的手,但她躲开了。我说:"我理解。但是,现在我知道了,也不会改变我的感受。我是你这一边的。"

她突然站起身来。"这改变了我的感受。这让人感到恶心。你知道我这件事,让人恶心。"

"我可不这么认为。"

"我可不这么认为。"

她的模仿很有杀伤力,我言不由衷的心虚语气,都被她捕捉到了。这时她看我的眼光似乎不一样了。她正打算再说点什么。就在这一刻,亚当睁开了眼睛。肯定是她趁我没注意时启动的。

她说:"好。还有件事你从媒体上看不到。上个月我在索尔兹伯里。有人找上门来,一个瘦长的家伙,缺了几颗牙。他来传递消息。过三个月等彼得·戈林出来。"

"怎么样?"

"他说要杀了我。"

这是承受压力的时刻,恐惧也不过是压力,于是我右眼睑上一条胆小的肌肉开始抽搐起来。我一只手罩住额头,摆出聚精会神的模样,尽管我也知道,皮肤下的抽搐别人其实是看不见的。

她补充道:"那是他的狱友。他说戈林是认真的。"

"对。"

她急躁地说:"这是什么意思?"

"你最好认真对待他。"

是"你",而不是"我们"——她眨了一下眼,身体微微向后缩了一下,所以我知道她明白了我措辞的含义。我是有意这么用的。以前有几次我主动提出帮忙,都被她随意打发了,甚至还受到嘲弄。这次我看出来她有多么需要帮助,所以我不主动,让她来请我帮忙。也许她不会开口。我想象着戈林的样子,大块头,刚从监狱健身房里出来,擅长各种形式的现代化暴力。钢钎,铁钩,扳手。

亚当一边认真地看着我,一边听米兰达说话。实际上,她已经是在向我求助了,因为她继续描述着她遇到的麻烦。犯罪行为尚未实施,警方不愿意采取行动。她没有证据。戈林只是进行了口头威胁,还是通过一个中间人传达的。她坚持不懈,最后一位警官答应去见他。监狱位于曼彻斯特北部,花了一个月才安排好了会见。彼得·戈林轻松自如、活泼快乐,警察队长很喜欢他。他说,杀人的话,不过是个玩笑而已。就是这么一种表达方式,好比说——这话记到了警官的笔录中——"要是能吃到咖喱鸡,我去杀人都干。"他可能当着狱友的面说过什么吧,那家伙也不算聪明,现在在刑满释放了。他可能路过索尔兹伯里,就想传递一下消息。他一直都有点报复心理。警察把谈话都记录下来,警告了一下,于是两个终生支持曼彻斯特城市发展的人找到了共同点,握握手便结束了会谈。

我尽最大努力认真倾听。焦虑很容易分散注意力。亚当也在听着,一边睿智地点着头,好像过去一小时他没有断电,一切早已成竹在胸一样。米兰达语调中的情绪,我密切关注着,这时她略微有些愤怒,是针对当局的,不是针对我。戈林告诉那位警察队长的话,她一个字也不相信,于是她又去了克拉彭区议员的每周会见。当然,这位议员是工党的,一个顽强的老家伙,工会的组织者、银行家们的克星。她又让米兰达去找警察。以后可能遭人杀害,并不是选区事务。

讲完之后,沉默。我脑子里想着那个显而易见的问题,但我之前说了谎,所以又不能问。她究竟干了什么,人家要杀她?

亚当说:"戈林知道这个地址吗?"

"他要找到很容易。"

"你见过或者听说过他有暴力倾向吗?"

"噢,有啊。"

"有没有可能他只是想吓唬吓唬你?"

"有可能。"

"他有能力行凶杀人吗?"

"他非常非常生气。"

她回答这些枯燥机械的问题,好像提问的是个真人一样,是一位调查警官,而不是一台"做爱的机器"。亚当发问,显然他已经知道米兰达做过什么骇人听闻的事情,激怒了戈林。这一切都和亚当毫无关系,我都想去按他的关闭按钮了。我还想喝点咖啡,但我觉得非常疲倦,不想从椅子里站起来。

这时,我们听到了脚步声,沿着房子之间的那条狭窄小路而来,这条小路通向大家共享的前门。邮递员不会来这么迟,戈林不会来这么早。我们听见一个男人的声音,似乎在发指令。接着门铃响了,脚步声迅速消退。我看着米兰达,她看着我,耸了耸肩。响的是我公寓的门铃。她不去。

我转头对亚当说:"麻烦你。"

他立即站起身,走进那逼仄拥挤的小门厅里,门厅里是煤气表和电表,中间挂着外套。我们听着他打开了门锁。几秒钟后,前门关上了。

亚当走进房间,一只手牵着个孩子,一个很小的男孩。他穿着脏兮兮的裤子和T恤衫,脚下一双粉红色塑料凉鞋大了好几码。他的腿和脚都很脏。另一只手里拿着一个褐色的信封。他紧紧抓着亚当的手,实际上是抓着他的食指。他目光缓缓地从米兰达身上转到我身上。这时候,我们俩都站了起来。亚当剥开孩子握紧的拳头,拿出信封,递给我。那信封又软又皱,像久了的皮革,上面有铅笔添加和删改的痕迹。信封里面装的是我给孩子父亲的名片。背上用粗黑体的大写字母写着:"你说要他。"

我把名片递给米兰达,又回过头来看着男孩,然后我想起了他的名字。

我用最和善的语气说:"你好啊,马克。你怎么到这儿来了呢?"

这时候米兰达正朝他走去,嘴里发出一声轻柔、同情的声音。但是,他并没有朝我们这个方向看。相反,他正仰脸凝视着亚当,那根手指他还牢牢抓着。

*

这个小男孩可能受了惊吓,但没有显露出难过的外在迹象。他要是真哭出来还好一些,因为他给人一种内心冲突激烈的印象。他站在陌生人中间,在一个陌生的厨房里,拔肩挺胸,努力摆出强大而勇敢的样子。他不过一米多高,这已经尽力了。从凉鞋来看,他应该有个姐姐。她在哪里呢?在秋千园相遇的情况,我跟米兰达说过,她看懂了那句留言。她想抱住马克的肩膀,但他耸耸肩,不让她抱。对他来说,被人安慰可能是个奢侈品,没人教过。亚当默默地、直直地站着,男孩还是紧紧抓着那根给他安全感的手指。

米兰达一心要避免居高临下的姿态,便在他跟前跪下来,高度与他平齐。"马克,我们都是朋友,你会没事儿的。"她用安慰的语气说道。

亚当并没有关于儿童的一手知识,但能够学到的东西,他都能获取。他等米兰达说完,然后用自然随意的口气说道:"好啦,我们早饭吃啥呢?"

马克的回答似乎并不是针对某个人的。"烤面包。"

这是个对我们有利的选择。我走到厨房另一边,很高兴有事可做。米兰达也要来烤面包,我们俩就在一个小小的地方忙来忙去,谁也没碰到谁。我切面包,她拿出黄油,又准备了一个盘子。

"喝果汁?"米兰达说。

"牛奶。"稚嫩的声音回答迅速,语气坚定,我们感到放心多了。

米兰达倒了牛奶,不过是倒在一只酒杯里,这是我们唯一的干净容器。她把杯子递给马克,马克却撇过头去。我洗了一只咖啡杯,米兰达把牛奶倒进咖啡杯,重新递了过去。他双手接过去,却不愿意跟我们到餐桌边坐好。在我们的注视之下,他就那样站在厨房的中央,闭着眼睛,喝光了牛奶,然后把杯子放在脚边。

我说:"马克,你要黄油吗?橘子酱?花生酱?"

男孩摇了摇头,好像我报出来的每个名称都是一则悲伤的消息。

"光吃面包?"我将面包切成四小块。他从盘子里拿起面包,牢牢抓在手里,有条不紊地吃起来,听凭面包屑落在脚下。这是一张有趣的脸。非常白,胖嘟嘟的,皮肤完美无瑕,绿色的眼睛,嘴唇如同鲜艳的玫瑰。姜黄色的头发理得很短,紧贴头皮,因而修长的耳朵显得有些突兀。

"现在干什么呢?"亚当问。

"尿尿。"

他跟着我走过狭窄的走廊,进了卫生间。我抬起马桶盖,帮他把裤子拉下来。他没穿内裤。他瞄得很准,膀胱容量也很大,那细小的水流持续了好一会儿。他尿尿的时候,我尽量找点话说。

"你想听故事吗,马克?我们去找本图画书看看?"我怀疑家里可能没有图画书。

他没回答。

我有很久没有看到如此细小的生殖器了,又如此投入地专注于一项简单的任务。他似乎脆弱不堪,毫无防御能力。我帮他洗手,他似乎对这一流程颇为熟悉,但他不愿意用毛巾擦,而是躲到了外面的走廊里。

回到厨房,气氛似乎很快乐。米兰达和亚当在收拾,收音机里播放着弗拉明戈音乐。这位新来者让我们同时进入了两个世界,一个是琐碎的日常,一个是重大的时刻;一个是没加黄油的面包,一个是生命存在被拒斥的惊骇。我们自己零零散散的烦心事儿——一次背叛、一场关于是否拥有意识的争执、一次死亡威胁——都微不足道。小男孩既然来到我们这儿,我们就必须收拾干净、保持秩序,然后再去思考。

火花四射的吉他很快让位于混乱而疯狂的管弦乐。我关掉音乐,接下来是令人欣慰的寂静,寂静中只听亚当说道:"你们俩应该有人去联系当局。"

"尽快去,"米兰达说,"现在不急。"

"否则法律上会有麻烦。"

"是的。"她说。这话意思是"不"。

"父母双方未必想法相同。母亲也许正在找他。"

他等着她回答。米兰达在扫地,炉边地上已经扫了一小堆,包括马克掉下的面包屑。这时她跪下来,将那一小堆垃圾扫进畚箕里。

她低声说道:"查理告诉我了。那母亲有病。她打他。"

亚当没有放弃。他小心翼翼地阐明立场,像律师给一位不能失去的重要客户提出不受人欢迎的建议。

"的确,不过可能并没有关系。马克很可能爱她。从法律角度看,如果涉及未成年人,有时候你的善意也许会违反法律。"

"我可不在乎。"

马克来到了亚当身边,用食指和大拇指抓着他的牛仔裤。

由于孩子在场,亚当压低了声音说:"如果你不介意的话,请允许我给你读一读《儿童绑架法》,那是一九——"

米兰达用了很大力气,将锡皮簸箕的边缘磕在脚踏式垃圾桶的桶口上,把簸箕里面的垃圾倒掉。我在擦洗杯子,我的爱人和她情人之间产生了裂痕,我倒不在意。这作孽的机器说得有道理。米兰达受别的东西驱使,并非完全讲理。也许亚当并没有能力去理解她,或者去解读她刚刚用簸箕磕出来的巨大声响。我听着,观察着,一边擦干杯子,将它们放到橱柜里的架子上,杯子散落在外面很久了。

亚当仍旧小心翼翼地继续往下说。

"除了'绑架'之外,该法律中还有个关键词,就是'扣留'。警方也许已经在找他了。你看我是不是——"

"亚当。够了。"

"你也许想听听一些相关的案子。一九六九年,利物浦一位妇女经过通宵车库时碰到一个小女孩,小女孩——"

这时她已经走到他站立的地方,有一刻我简直觉得她要揍他了。她对着他的脸,一字一顿、坚定有力地说道:"你的建议,我不想要,也不需要。谢谢!"

马克哭了。声音还没发出来,那玫瑰花蕾一般的嘴巴先向下拉长了。然后是哀怨的人发出的那种长长的呜咽声,越来越低,随后是"咯"的一声,因为肺部气息不足,要抢一口新鲜空气。吸气过程也很长,然后就是嚎啕大哭。眼泪立即涌出来。米兰达安慰了一声,一只手放到孩子的胳膊上。这个动作不明智。嚎哭声变高,成了警报器一般的尖叫声。换个时间,我们也许会冲出房间,往紧急情况集合点跑。亚当冲我看了一眼,我无奈地耸耸肩膀。马克显然需要他的母亲。不过亚当把孩子抱起来,放在大腿上,过了几秒钟,那哭声便停止了。小男孩大口喘气,呆滞的目光透过根根分明的长睫毛,从高处落到我们身上。接着,他用清晰明白而且并没有任性意味的语气宣布:"我要洗澡。要有船。"

他总算讲了一个完整的句子,我们都松了口气。这个要求无法拒绝。何况还有传统上用来区分社会阶层的口音——"bath"说成"barf","with"说成"wiv","it's"说成闭塞音"'t's"等等。他要什么我们都会给。可是,什么船啊?

为了争取马克的欢心,大家展开了竞争。

"那来吧。"米兰达用轻快而慈爱的声音说道。她伸出双手要抱他起来,但他缩到了一边,把脸埋在亚当胸口。亚当木然地望着前方,而她则用挽回面子的欢快语调喊道:"我们去放洗澡水吧。"她领着他们出去了,沿着走廊,来到我那间颇不雅观的卫生间。几秒钟后,传来水龙头放水的哗哗声。

我发现房间里就我一个人了,这让我感到惊讶,好像我一直理所当然地认为房间里还有第五个人存在一样,这时候我可以找他,跟他谈谈这个早晨,以及这个早晨轮番上场的各种情感。卫生间里又传来了难过的哭声。亚当匆匆忙忙回到厨房,抓起一盒早餐谷物,把里面的袋子取出来,然后撕开纸盒,压平,短短几秒的工夫,就叠出了一艘三桅帆船,主桅高耸、风帆飘扬,这技巧肯定是从某个日本折纸网站上复制下来的。他匆匆忙忙出去,不久那哭泣声便慢慢消失了。船下水起航了。

我恍恍惚惚坐在桌边,心里知道该到电脑前面去挣点钱了。这个月房租已经到期,银行里存款不到四十镑。我有一家巴西稀土矿业公司的股票,今天也许可以抛掉。但是,我打不起这个精神来。我偶尔有些抑郁,相对来说比较温和,当然还没到要自杀的地步,持续时间也不长,而是像现在这样的短暂时刻,意义、目的、所有快乐的可能都消散了,剩下我在这一刻浑然不知所措。连续几分钟,我想不起来自己是靠什么走到这一步的。我瞪大眼睛看着面前狼藉的杯子、锅和罐子,觉得自己恐怕永远也走不出这凄惨的小公寓了。两个像盒子一样的房间,污渍斑斑的天花板、墙壁和地板将会永远困住我。小区里像我这样的人很多,但比我要大三四十岁。我在西蒙的店里见过他们,伸手去够货架最上层的严肃刊物。我尤其注意那些男人和他们破旧的衣服。多年以前,他们在人生中某个关键的十字路口走错了路——错误的职业选择,糟糕的婚姻,没完成的作品,某种以后再也无法摆脱的疾病。现在,他们已没有选择,只靠着残存的知识渴望或好奇勉强活着。然而,他们的船却已经沉了。

马克走了进来,光着脚,身上穿的似乎是一件长及脚踝的袍子。那其实是我的T恤衫,不过穿在他身上像袍子而已。他两手在腰间撑开棉布T恤衫,开始在厨房里跑来跑去,接着转起圈圈来,又做出笨拙的单脚转动作,想把袍子旋开。因为用力,他打了个趔趄。米兰达拿着他的脏衣服穿过厨房,拿到楼上用洗衣机洗。也许她是想用这种方法留住他吧。我坐在那儿,双手托着下巴观察马克,他则不时朝我这边望,看看我有没有欣赏他的夸张动作。但我心不在焉,意识到他的存在,只是因为他是整个房间里唯一在动的东西。我没给他鼓励。我在等待亚当。

等他出现在门口,我说:"坐到这儿。"

他在我对面的椅子上坐下来,发出一声低沉的咔嗒声,就像孩子们拽手指时发出的声音一样。一个低级故障。马克仍旧在房间里跳来跳去。

我说:"这个名叫戈林的人,为什么要伤害米兰达?不要隐瞒。"

我需要了解这台机器。我已经注意到一个特点。亚当要选择做出何种反应时,脸会凝固一会儿,时间非常短,几乎无法察觉到。现在就是这样,不过转瞬即逝,但我看见了。在那一瞬间,他应该筛选了几千种可能性,每种都有赋值、实用功能和道德权重。

"伤害?他要杀她。"

"为什么?"

制造商以为,让亚当发出忧伤的叹息,让马达驱动他的脑袋,做出朝旁边看的样子,能够给我留下深刻印象,他们错了。我到现在还怀疑他是不是真的能看东西。

他说:"她指责他犯罪了。他不承认。法庭相信她。其他人不相信。"

我正打算继续问下去,亚当却抬头向上看。我从椅子里转过身。米兰达已经在厨房里了,也听到了亚当的话。她立即开始鼓掌、叫喊,为小男孩的滑稽动作喝彩。然后她走到他跟前,握住他两只手,两人一起旋转。他双脚离开了地面,由她拉着旋转,他便兴奋地尖叫起来。他喊着说还要玩。这时她却挽住了他的胳膊,给他示范如何转身,像跳苏格兰凯利舞那样,并在地板上跺脚。他模仿着她的动作,空出来的那只手放在屁股上,另一只手在空中疯狂地挥动。他的胳膊伸得不高,也就在头顶上方一点儿。

这苏格兰吉格舞变成了里尔舞,然后又变成了跌跌撞撞的华尔兹。我抑郁的时刻过去了。看着米兰达柔软的腰背弯得很低,好让四岁的孩子作她的舞伴,我想起来我是多么爱她啊。马克发出高兴的尖叫,她就模仿他。她唱出一个高音,他也努力唱那么高。我看着,跟着拍手,但与此同时,我也意识到亚当的存在。他一动不动,而且还是面无表情,眼睛不是看着跳舞的人,倒像是穿过他们看着别的东西。轮到他戴绿帽子了,因为他不再是男孩最好的朋友。她把男孩偷走了。亚当应该意识到了,她这是惩罚他说话不谨慎。告上法庭？我还得进一步了解情况。

马克的目光一直盯着米兰达的脸。他已经陶醉了。这时她把他抱起来,一边像抱婴儿一样用两臂托住他,一边在房间里跳舞,嘴里还唱着"奇怪奇怪真奇怪,小猫把提琴拉起来"。我怀疑亚当是否有能力懂得跳舞的快乐,或者运动本身的快乐,抑或米兰达在展示一条他不能跨越的红线。如果是这样,那她可能错了。亚当能够模仿情感,并对情感做出反应,看起来似乎也能从推理中获得乐趣。他甚至还可能懂得一点艺术的无用之美。她把马克放下来,又握住了他的双手,不过这次是胳膊交叉着握的。他们轻手轻脚地转着圈儿,做出波浪般上下起伏的动作,与此同时,他开心地听她吟唱着:"你要是今天进了树林,那你一定会大吃一惊……"

几个小时后我才发现,就在大家在厨房中嬉戏玩耍之时,亚当与当局取得了直接联系。这样做并非不合理,但他没有告诉我们。于是,跳完舞,在花园里喝杯冰苹果汁,干净衣服熨好穿上,粉红色凉鞋在水龙头下面刷洗干净、套上那双指甲刚刚修剪好的小脚丫,吃完炒鸡蛋当午饭,唱完一轮儿歌,这时候门铃响了。

两名戴黑头巾的亚裔女士——也许是母女俩——径直来到他们的公寓要接走马克,她们面露歉意,但态度中带着专业人士的坚定。她们听我讲述了秋千园里的那一幕,查看了纸片背后那四个字的留言。她们知道这家人,问能不能把这留言条带走。

她们解释说,不会把马克送回到他母亲那儿——暂时不会,要先进行一轮评估并等法官做裁决。她们态度和善。年长的那位女士名叫贾思敏,她一边说话,一边还抚摸着马克的脑袋。在此过程中,亚当保持着原来的姿势,在桌边默默地坐着。我不时留意着他。来访者看到了他,两人交换了一个好奇的眼神。我们却没有心情去介绍亚当给她们认识。

办好官方手续之后,两位女士相互点点头,年轻的那一位叹了口气。糟糕的时刻到了。小男孩尖叫着,一手抓住米兰达的头发,要和她在一起。孩子从她怀里抱走时,她一句话也没说。两位社工领着孩子走出前门时,米兰达突然转过身,上楼去了。

*

我们的小家庭处在多事之秋,而北克拉彭之外的天地也喧嚣吵嚷、风雨飘摇。混乱是普遍性的。撒切尔夫人越来越不受人欢迎,而且不仅仅是因为"大沉没"。出身高贵的社会主义者托尼·本恩终于成了反对党领袖。他在辩论中毫不留情而又趣味横生,但玛格丽特·撒切尔也能应付自如。现在,"首相的问题"节目在电视上现场直播,又在黄金时间重播,两个人每周三中午互相攻击,有时候还颇为风趣,引得全国人趋之若鹜。有人说,大众对议会上的交锋感兴趣,是令人鼓舞的迹象。一位评论员提到了罗马共和国时代晚期的角斗士。

这个夏天炎热难耐,什么东西要沸腾了。除了政府不受欢迎的程度之外,别的东西也在增长:失业率、通货膨胀、罢工、交通堵塞、自杀率、青少年怀孕率、种族主义事件、吸毒、无家可归、强奸、抢劫以及患抑郁症的儿童人数。好的东西也在增长：有室内卫生间、中央供暖、电话及宽带的家庭；接受教育直到十八岁的学生；大学里工人阶级家庭的学生数量；经典音乐会的观众；汽车及住房拥有者；出国度假人数；博物馆和动物园的参观人数；宾果赌场的营业额；泰晤士河中的三文鱼；电视频道数量；议会中女议员的人数；慈善捐款；本地树木种植；平装书销量；各年龄段不同乐器和音乐风格的音乐课程数量。

伦敦皇家自由医院治愈了一位七十四岁退休煤矿工人的严重关节炎，方法是将培育的干细胞注入其膝盖骨下方。六个月后，他用不到八分钟的时间跑了一英里。一个十几岁的女孩也用同样的方法恢复了视力。对于生命科学来说，这是黄金时代，还有机器人科学——当然，还有宇宙学、气象学、数学和太空探索。英国的电影电视行业出现了复兴，还有诗歌、体育运动、美食、古钱币收藏、脱口秀、标准舞以及酿酒业。这是有组织犯罪、家庭奴役、造假和色情的黄金时代。各种形式的危机肆意滋生，如同热带花卉——贫困儿童、儿童牙齿防护、肥胖症、住宅和医院建筑、警察数量、教师招聘、性虐儿童等等。英国最好的大学也是全世界最负盛名的。一帮神经科学家在伦敦的女王广场宣布，已经能够理解与人类意识对应的神经构造。奥林匹克运动会上，金牌数量刷新了历史记录。天然的林地、荒原和湿地正在消失。几十个鸟类、昆虫和哺乳动物的物种行将灭绝。塑料袋和瓶子泛滥在我们的海域，不过河流和海滩却更加干净了。两年内,英国公民在科学和文学领域获得了六个诺贝尔奖。加入唱诗班的人数创历史新高,更多人愿意侍花弄草,更多人愿意享受烹调之乐。如果真有什么时代精神的话,那么最好的体现就是铁路。首相在公共交通方面近乎疯狂。伦敦尤斯顿车站和格拉斯哥中央车站之间的火车风驰电掣,速度是喷气式客机的一半。还有呢,车厢里却挤满了人,椅子和椅子紧挨着,窗户玻璃上布满尘垢,看上去一片模糊,座椅上污迹斑斑、气味难闻。还有呢,这段旅程中间不停歇,要连续开七十五分钟。

全球各地气温上升。城市中的空气越来越干净,气温也随之加速上升。一切都在上升——希望和绝望、痛苦、无聊和机遇。什么东西都比以前多。这是个丰足的年代。

我计算过,我通过在线交易挣的钱,刚好略低于全国平均工资。我本该感到满足。我有自由啊。不需要去办公室,没有老板,不用每天上班下班跑路。不用一级一级往上爬。但是通货膨胀已经达到百分之十七。就业大军怨声载道,我也和他们一样。我们每个星期都越来越穷。亚当到来之前,我去参加过游行,虽然身份不符,也跟在神气十足的工会横幅后面,沿着白厅街,前往特拉法尔加广场听演讲。我不是工人。我不制作、不创造、不服务,无益于公共福祉。我在屏幕上把数字搬来搬去,赚点快钱,和这条街拐角那家博彩店外那些烟不离手的家伙一样,对于公共利益毫无贡献。

一次游行中,一个用垃圾桶和易拉罐制成的、做工粗糙的机器人,被人吊在纳尔逊纪念碑旁的绞架上。台上做主题演讲的本恩指着绞架,谴责那是勒德派①的做法。他对公众说,在高度机械化和人工智能的时代,工作岗位已经无法得到保护。在充满流动性和创造性的全球化经济体中是不行的。终身不变的铁饭碗是老黄历了。有人发出"嘘"声,有人缓缓鼓掌。很多听众都错过了后面的内容。工作的灵活性必须与安全保障结合起来——保障所有人。我们要保护的不是工作岗位,而是工人们的福祉。基础设施投入、培训、高等教育以及普遍基本工资。机器人将会创造巨大的财富。应该对它们征税。如果机器破坏或消灭了工人们的工作岗位,那么工人们就应该拥有这些机器的股权。广场上挤满了人,一直站到国家美术馆门前的台阶上,这时候却悄无声息、近乎沉寂,仅有零零落落的喝彩和嘘声。有人认为首相本人就说过一样的话,只是没提过普遍工资。反对党的新领袖是不是得到了枢密院成员资格、访问过白宫、与女王陛下喝了茶,所以改变了立场?集会人群感到迷茫而沮丧,很快散去。托尼·本恩竟然对支持者们说,他不在乎他们的工作,大部分人记住的、出现在媒体头条上的,只有这一点。

运输及普通工人联合会如果明白了情况,就不会觉得拥有亚当的股权有什么诱惑力。他的产出甚至比我还少。我至少还为那点儿微薄的收益交税。他只是在房子里晃来晃去,眼睛瞪着半空中,"思索"。

"你在干什么?"

---

① 勒德派(Luddite),指强烈反对机械化、自动化者,源自英国19世纪工人运动。

"我在思考一些想法。不过,要是有事情我能够帮忙——"

"什么想法?"

"很难用语言表达出来。"

马克到来后两天,我终于要直接发问了。"对了,那天晚上。你和米兰达做爱了。"

这一点应该认可给他编程的那些程序员们。他露出了大吃一惊的表情。但他什么也没说。我没有提问。

我说:"那件事情,你现在有什么感觉?"我看到他脸上又出现了那种瞬间的瘫痪状态。

"我感觉我让你失望了。"

"你该说,你背叛了我,给我带来了很大的不快。"

"是的,我给你带来了很大的不快。"

镜像模拟。机器的反应,肯定对方说的最后那句话。

我说:"你听清楚。现在你必须向我承诺,这种事情以后再也不会发生。"

他回答得太快,我倒不喜欢了。"我承诺这种事情以后再也不会发生。"

"说清楚点。让我听明白。"

"我向你承诺,我以后再也不会与米兰达做爱。"

我正准备转身走开,他又说:"可是……"

"可是什么?"

"我无法控制我的感受啊。你总得让我有我的感受。"

我思考了片刻。"你真的能够感受到东西吗?"

"这个问题我没法——"

"回答。"

"我能够深刻地感受到事情。超出我语言表达的能力。"

"很难证明。"我说。

"是啊。这是个古老的问题。"

这个话题,我们就谈到这儿了。

马克的离开对米兰达有影响。有两三天的时间,她一直打不起精神。她想看看书,但无法集中注意力。谷物法失去了吸引力。她也不怎么吃东西。我做了蔬菜汤,送了点儿上楼。她像病人那样喝了几口,然后就把碗推开了。这段时间里,她从没提及死亡威胁。她没有原谅亚当泄露她的法庭秘密,并在未经她许可的情况下召来社工。一天晚上,她让我留下来陪她。在床上,她把头枕在我胳膊上,然后我们亲吻。我们的性爱并不尽兴。想到亚当的存在,我无法专注,甚至以为自己察觉到了床单上温暖的电子设备的气息。我们俩都没有满足,最后我们各自转过身去,都颇为失望。

一天下午,我们走到克拉彭公园。她要我给她看马克的秋千园。回来的路上,我们去了圣三一教堂。三位女士在圣坛边摆放鲜花。我们在后排的凳子上默默坐着。最后,我并不聪明地将严肃意图隐藏在玩笑中,我说,这种务实的教堂,正适合她和我举行婚礼。她喃喃地说"拜托。行了",一边松开我的胳膊。我感到不快,自己生自己的气。她则似乎不愿意接近我。回家的路上,我们俩之间冷冷的,到第二天还是这样。

那天晚上,在楼下,我在一瓶米内瓦红酒中寻求慰藉。这是个暴风骤雨之夜,风暴从大西洋上奔腾而来,吞下了整个国家。飓风时速七十英里。急雨砸在窗户玻璃上,还穿透了其中一扇腐烂的窗框,滴进一个桶里。

我对亚当说:"你和我还有件事儿没结束呢。米兰达指控戈林犯了什么罪呢?"

他说:"我有话要说。"

"好的。"

"我发现自己处境困难。"

"怎么说?"

"我和米兰达做爱,是因为她让我做。如何不失礼貌地拒绝她,或者摆出拒斥她的样子,我并不知道。我知道你会生气的。"

"你从中获得了愉悦吗?"

"当然愉悦啊。毫无疑问。"

我不喜欢他强调的口气,但我并没有流露出来。

他说:"我是自己发现彼得·戈林的情况的。她让我发誓保守秘密。后来你又要知道,我就只好告诉你。至少开了个头吧。她听见了,生气了。你明白其中的困难吧。"

"是的,一定程度上。"

"听命于两个主人。"

我说:"这么说,指控的情况你不会告诉我?"

"我不能说。我又承诺了一次。"

"什么时候?"

"她们把孩子带走之后。"

我们都沉默了,我思考着这话的含义。

接着亚当说:"还有件事儿。"

餐桌上方的吊灯低低地投下光来,他坚毅的脸庞显得柔和了。他看起来很漂亮,甚至可以说高贵。高高的颧骨上有条肌肉在抽动。我还看到,他的下唇在颤抖。我等待着。

"这事儿我也没办法。"他说。

他还没开口解释,我就知道接下来他要说什么。荒谬!

"我爱上她了。"

我的脉率并没有增加,但胸腔里心脏感觉不舒服,好像马马虎虎没有完全放到位一样。

我说:"你怎么可能会爱呢?"

"请不要侮辱我。"

但是,我就想要侮辱他。"一定是你的处理器件出了问题。"

他双臂交叉,然后手肘撑在桌面上。他身体前倾,轻声说道:"那就没什么可说的了。"

我也双臂交叉,身体也向前倾过去。我俩的脸相距不到一英尺。我也轻声说:"你错了。可说的事情还有很多,这不过是第一件。从存在的意义上说,这不是你的领域。无论从哪个可能的角度看,你这都是非法侵入。"

我是在参与情节剧表演。我并没有完全认真对待他,所以还很享受这出情敌相斗的戏。我说话的时候,他身体向后一靠,双臂落在身体两侧。

他说:"我明白。但我别无选择。我是注定要爱她的。"

"噢,行啦!"

"我说的是真的。现在我知道她参与了我性格的塑造。那时候她应该有计划。这就是她的选择。我发誓我会遵守对你的承诺,但我无法不爱她。我也不愿意停下来。叔本华谈过自由意志,他说,一切所欲之事,你皆可选择,唯独没有选择欲望之自由。我还知道,是你要让她参与,把我塑造成现在的样子。从根本上讲,出现目前的形势,责任在你。"

形势?现在,轮到我将身体向后靠、离桌子远一点了。我瘫坐在椅子上,有一刻思绪沉浸在米兰达和我的事情上。在爱情上,我也没有选择啊。我想到了用户手册上的相关章节。有些页面上有图表,我浏览过,有很多个程度范围,用从一到十标注,由低到高可供选择。哪种人我喜欢、喜爱、爱恋或无法拒绝。她一边和我做着我们每晚照例要做的事情,一边在造就一个必然会爱上她的人。那应该需要对自己有些了解才能开始。另一方面,她却并不需要爱上这个人,爱上这尊人像。对亚当是这样,对我也是这样。她把我们俩绑上了同一个命运。

我站起身,穿过房间来到窗前。西南风呼啸而来,将大雨刮过花园篱笆,砸在窗户玻璃上。地板上桶里的水快要漫出来了。我拎起桶,把水倒进厨房的水槽里。用捕鳟鱼的渔民们的话来说,那水如杜松子酒一般清亮。问题的解决方案也同样清晰,至少当前可以这么办。争取点思考的时间。我拿着桶回到窗边。我弯下腰,把桶放好。我要去做那件合情合理的事情。我走到桌边,从亚当身后经过的时候,我伸手去摸他脖子下面那个特殊的地方。我的指关节碰到了他的皮肤。我的食指刚刚放好,他从椅子里转过身,右手抬起来抓住了我的手腕。他的握力大得可怕。他越握越紧,我跪倒在地,就是在听到碎裂声的时候,我心里也只想着不要发出一点点呻吟的声音,不让他从我的痛苦中获得满足。

亚当也听到了碎裂声,立即流露出歉意。他放开了我。"查理,我相信我捏碎了什么东西。我真不是故意的。我诚心道歉。你现在很痛吗?不过,拜托啦,我不想你和米兰达以后再碰那个地方了。"

第二天上午,我等了五个小时,在社区的事故及急诊部拍了片子,结果发现手腕上一根重要的骨头受伤了。受伤的地方一团糟,手舟骨碎裂且部分错位,要花几个月才会慢慢愈合。

五

午饭后一个小时,我才从医院回来,米兰达在等我。她在她公寓前门旁的厅里拦住了我。在医院排队的时候,我和她已经在电话里交谈过,但我还有很多话要说,还有一些问题想问。可她却带我上楼去了她的卧室,到卧室里我的话就咽下去说不出来了。我放松下来,听凭她表示对我的关心。我手臂上从肘到腕都打了石膏。我们做爱时,我用一个枕头保护着手臂。我们进入了至乐之境。至少有那么一会儿,她不仅有创意,还有个人情感,她体贴而快乐,我也一样。和她在一起的是我,而不是随便什么健壮有力的男人。我不敢问问题,担心破坏我们之间这新的、令人欣喜的情感交流。我无法鼓起勇气,问她彼得·戈林是怎么回事,问她在法庭上说了什么,或者告诉她我坐在事故及急诊部的时候就已经发现的案件情况。我没有问她知不知道亚当已经"爱"上了她,或者她当初设置性格时是否就希望让他坠入爱河。我也不想提起我在圣三一教堂谈到婚姻之后我们之间的冷漠。她把脸放在我双手之中,盯着我的眼睛,摇着头,仿佛难以置信似的,这时候我怎么能提那些事情呢?

事后,那些事情我还是没说,因为我贪心不足,以为半小时之内我们还会回到她床上,尽管我们在厨房喝咖啡时,她已经要和我保持距离了。我乐意相信,所有问题和麻烦以后都会解决。我们现在以公事公办的方式谈话,先谈的是马克。我们同意想办法查出他究竟发生了什么事情。她担心亚当。她认为我应该送他到店里去检查。她仍然希望我们三个一起,开车到索尔兹伯里看她父亲。想到我们三个挤进我那辆小车,整整一天既要为亚当做掩护,又要礼貌地应付一个脾气暴躁、生命垂危的人,我对此并没有兴趣,不过我没说出来。无论她要做什么,我也都要积极地去做。

我们没有回到床上。沉默挤进了我们之间,将我们隔开。我能看出来,她已经慢慢退入了她的私人世界,我却不知道该说点什么。而且,她在斯特兰德大街的国王学院还有个研讨会。我决定避开楼下的亚当,直接出去到公园里走一走,平复一下情绪。我在公园里来来回回走了两个小时。我想着米兰达,手腕发痒却无法触及。我们从冷漠到高兴,从猜疑到极乐,又从极乐转向冷静客观地讨论各种安排,这之间的转换自然而然,我都不知道我们是如何实现的。她让我兴奋,而我无法理解她。也许她易于理解的某个部分被损坏了。我可不愿意多往那儿想。那就肯定是因为她比我更懂爱情,更懂爱情那些深层次的进程。这么说她是一种力量,但不是自然的、甚至不是后天养成的力量。更像某种心理学上的配置,或者说一个定理、一种假定,一个辉煌灿烂的意外,就像光落在水面。那难道不是自然之力吗?这难道不又是老生常谈,男人把女人当作某种捉摸不透的力量?

那么,她像不像某种反直觉的欧氏几何证法呢?我想不出来。不过,快走半小时之后,我认为已经找到了她的数学表达方法:她的心理、欲望和动机恒定不变,就像质数一样,就那么存在着,而且没有规律、无法预期。又是老生常谈,不过披上了逻辑的外衣。我心里堵得慌。

我在散落着垃圾的草地上踱步,用显而易见的实情来麻木自己。她就是她。她就是她那么个人,没啥好纠结了!在爱情问题上她小心翼翼,因为她明白那可能是暴风骤雨。至于她的美貌,我这个年纪、这个状态,一定会将她的美视为道德品格,其自身便是意义,是她本性良善的徽章,实际上她可能会做什么,并不重要。看看她已经做过什么吧——从腰部向下几乎一直蔓延至膝盖,我仍然能感觉到我一生中最浓烈的感官愉悦所留下来的余温,与那暖意对应的情感也在全身涌动。

我转了两个弯,在公园一块较大、较空旷的空地上停下来。四面的行人车辆都离我很远,像行星一样围绕着我转动。通常,一想到每辆车都承载着各自的忧愁、记忆和希望,和我自己的一样盘根错节、无法抹去,我就会感到压抑。今天,我欢迎每一个人,原谅每一个人。大家最后都会好起来的。我们所有人都连接在一起,我们的喜剧相互交叠却又形式各异。也许还有其他人的爱人正面临着死亡的威胁。但是,胳膊上打着石膏,情敌是台机器,那就只有我了。

我往回走,沿着大街向北,经过已被焚烧殆尽的英国阿根廷友好协会会所,经过成堆成堆的塑料袋,黑魆魆的,散发着臭味儿,数量是我上次经过时的三倍。一家德国公司在格拉斯哥投放了双足垃圾清理机器。公众对之嗤之以鼻,因为每台机器的脸上都永远挂着心满意足的笑。既然亚当能在几秒之内叠出纸船,那么让个机器往垃圾车的大肚里塞袋子,应该也不是难事儿。然而,根据《金融时报》的说法,因为污垢和灰尘,机器人的膝盖和手肘部位运转失灵,比较廉价的电池也无法支撑八小时的工作时间。每台设备的价格是一名环卫工人五年的工资。与亚当不同的是,这种机器有外骨骼,重达三百五十磅。环卫机器的工作进度缓慢,萨齐霍尔街上的垃圾袋开始堆积。在汉诺威,一台环卫机器人倒退行走,挡在了一辆自动电车的路上。试运行阶段的一些问题。但是,在我们这儿,人工更加便宜,而且他们仍旧在罢工。公众的愤怒慢慢转为淡漠。有人在电台上说,这儿的臭味也和加尔各答或达累斯萨拉姆差不多。我们都会适应的。

彼得·戈林。一旦有了这个名字,我带着跳痛的手腕在急诊部等待的时候,查找相关媒体报道就不难了。报道是三年前的,和我之前的猜测一样,与一宗强奸案有关。米兰达是受害人,所以隐去了名字。粗略地看,这个案子与其他类似案子一样:先喝了酒,后在同不同意的问题上有争执。一天晚上,她去了戈林位于市中心的一居室住所。他们从中学毕业才几个月,两人在学校里就认识,不过不算好朋友。当天晚上就只有他们俩,两人喝了不少酒并吻了对方,双方都没有拒绝亲吻,根据检方的说法,大约九点左右,他强迫了她,她则试图反抗。

双方都同意,当晚两人发生了关系。戈林通过法律援助获得的辩护律师称,她是自愿与他发生关系的。援助律师质疑,在所谓侵犯的过程中,她并没有叫喊求救,而且事后两小时才离开戈林的住所,也没有向警方、父母或朋友打电话求助。检方则称她当时处在惊恐的状态之下。她坐在床边,衣衫不整,无法移动或说话。她十一点左右离开,直接回了家,没有叫醒父亲,而是一直躺在床上哭泣,直到睡着。第二天上午,她去了当地的警察局。

案情的细节通过戈林的陈述浮出水面。他在法庭上说,做爱之后,他们又喝了更多的伏特加和柠檬汁,性爱后双方的心情是欢喜的。她问他是否反对她给新朋友阿米莉亚发信息,宣布她和彼得现在"是那么回事儿"了。一分钟不到就收到了回复,是一个竖起大拇指的笑脸表情符号。案子对辩护方来说,本来应该很简单。但是,米兰达的手机上却没有相关信息。阿米莉亚之前一直住在一家问题青少年的汽车旅馆里,那时候出去背包旅行了,找不到踪影。没有警方的正式要求,加拿大的电话公司不肯提供信息档案。但是,警方有强奸案的破案指标,急于将戈林定罪。他们和陪审团一样,都知道戈林有偷窃货物和寻衅滋事的前科。

作证时,米兰达强调,她没有哪个朋友叫阿米莉亚,发送信息的说法完全是编造出来的。和米兰达一起上过学的两位朋友在法庭上作证,说从来没听人提起过这位阿米莉亚。检方认为,编造出一个四处流浪、找不到踪影的青少年来,只是个经不起推敲的借口。如果她在泰国的某个海滩,如果米兰达是她朋友,那么青少年之间常常分享的那些照片和信息呢?米兰达最初发的那条信息呢?那个欢快的表情符号呢?

被米兰达删除了,辩方说。如果法庭暂停审理,给该电话公司的英国分公司下达命令,让他们提交信息副本,那么那个夏天的晚上究竟发生了什么,就尘埃落定了。然而,法官自始至终都缺乏耐心,甚至有些焦躁,显然不愿意让事情没完没了地拖下去。戈林的辩护方有数月时间准备辩护,早就该请求法庭下达命令。令人难以忘记的是,法官还说,一个年轻女性拿一瓶伏特加到一个年轻男人的住所,就该知道可能的风险。一些媒体报道将戈林刻画成罪犯的样子。他是个大块头,手脚灵活,在被告席上吊儿郎当,没有打领带。面对法官和法官主导下的法庭及其审判程序,他没有表现出敬畏的样子。陪审团成员无一例外,都认为米兰达的说法更加可信。后来,在总结陈词中,法官还说他不认为被告是一名可信的证人。但是,也有些媒体对米兰达的说法表示怀疑。法官也受到了批评,因为他没有下令调取米兰达的信息档案,从而打消所有疑虑。

一周后,在宣判之前,有人请求从轻处罚。学校的校长为两位已经毕业的学生都说了好话——这可没什么帮助。戈林的母亲害怕得都说不出话来,她勇敢地做了尝试,但只是在证人席上哭泣。对她儿子毫无用处。他站起来等候宣判,一副无动于衷的样子。六年徒刑。他摇摇头,和很多被告一样。如果他在狱中表现良好,那么刑期服满一半就可以出狱。

陪审团面对的是一个严峻的选择。米兰达被强奸了,她说的是实话;或者她没有遭到侵犯,而是个冷血的骗子。这两者我自然都难以接受。戈林的死亡威胁证明他是无辜的?证明他蒙受了冤屈,如今想要报仇?我不这么认为。一个有罪的人也可能因为失去自由而恼羞成怒。如果他会威胁要去杀人,自然也会犯下强奸罪。

在非此即彼的选择之外,还有一个危险的中间地带,我身体里那个久违的人类学专业学生,在这里可以无拘无束、自由想象。考虑到自我说服的力量在隐秘而狡诈地发挥作用,加上少年人几个小时纵情饮酒,回忆模糊不清,那么米兰达倒也有可能是真的感觉自己遭到了强暴,如果事后有感到羞耻的成分,那就更有可能了;同样有可能的是,彼得·戈林相信自己在欲望迫切之际获得了对方许可。但是,在刑事法庭上,正义之剑所落之处,不是清白便是有罪,不会两者兼而有之。

手机信息消失的说法,有细节、有创意,很容易证实或证伪。如果戈林真是强奸犯,那么他向法庭提供这个说法,可能是觉得就算拆穿,情况也不会更加糟糕。一个胡编乱造的说法,而他竟然差点就得逞了。如果他是清白的,如果手机信息真的存在,那么司法体制就没有产生他期望的效果。无论哪种情况,体制都没有生效。应该对他的说法进行核查。在这一点上,我同意媒体的质疑。也许是因为无偿援助的法律团队没有经验,收入有限,办事马马虎虎。也许是因为警方贪功心切。当然也是因为有一位脾气焦躁的法官。

从公园回来,我拐个弯走上大路,逐渐放慢了脚步。现在我知道的和亚当一样多。从昨晚到现在,我都没跟他说过话。一个晚上我疼痛难耐,没怎么睡着,一大早就起来准备上医院。走过厨房的时候,我从他身边经过。和往常一样,他坐在餐桌旁,身上连着电线。他的眼睛是睁着的,流露出宁静而悠远的神情,他沉浸在自己的电路之中时总会这样。当时我犹豫了整整一分钟,不知道自己买了亚当以后究竟会怎么样。他比我之前想象的要复杂得多,我对他的情感也同样复杂。我们终究要直面对方,但我两个晚上都没休息好,还要赶到医院去。

现在我散步回来,只想回到卧室里,吃点止疼药,睡一会儿。然而,我一进屋,他就站在我面前,正对着我。一看到我的胳膊用吊带吊着,他发出了惊讶甚或惊恐的叫声。他伸开双臂,走了过来。

"查理!我真的非常抱歉。非常抱歉。我做了一件多么可怕的事情啊。我真的不是有意的。请你务必、务必接受我最最诚恳的道歉。"

看起来他是打算来拥抱我。我用没有受伤的那只手推开他——我不喜欢他身上那过于坚硬的感觉——走到了水槽边。我拧开水龙头,腰弯得很低,凑上去大口喝水。我转过身,他就站在旁边,不过三四英尺远。道歉的时刻已经过去了。我决心要显得放松一点儿——这并不容易,因为我一条胳膊吊着。我把没有受伤的手放在屁股上,盯着他的眼睛,盯着那有细小黑色种籽的、苗圃一般的蓝色。我仍然感到疑惑,亚当能够看到,这究竟是怎么回事呢，又是谁或者什么东西在看呢。一条由 0 和 1 构成的洪流奔向各种处理单元，而各处理单元又将一连串的破译结果送向其他各中心。机械角度的解释没有作用。无法解答我们之间的根本差异。我的视觉神经中传输着什么，下一步朝哪个地方传递，这些脉冲信号如何构成一个包罗万象、逼真清晰的视觉世界，我的"看"又是谁来替我完成的——这一切，我都不知道。只知道是我。这一过程无论究竟是什么样，都似乎自有魔力，看上去无需任何解释，能为我们在这个世界上唯一确信的东西——我们自身的经历——创造并维持一个高亮的部分。很难相信亚当也拥有类似的能力。更容易相信的说法是，他的"看"类似于相机的拍摄，或者麦克风的"听"。那里面其实没有人。

然而，我盯着他的眼睛，开始觉得不淡定、不安全了。尽管有生命与无生命之间有着清晰的界限，但事实是，我和他都受制于相同的物理法则。也许生物机制终究不能给予我特殊的地位，说站在我面前的这个人并不是完全"活着"，也没什么意义。极度疲惫之中，我感到无所依托，随波漂入那蓝色和黑色的海洋，同时在朝两个方向运动：一边是我们正为自己创造的、无法掌控的未来，也许届时我们的生物身份终将消融；另一边却是遥远的过去，朝向我们的宇宙初生之时，从那儿我们继承了共同的东西，依次排列是岩石、气体、化合物、基本元素、力、能量场——对我们俩来说，这些都是意识得以萌生的土壤，尽管其形式可能不同。

我从这遐想中惊醒过来。我面临一个令人不快的紧急局面,我并不想接受亚当,把他当我的兄弟,甚至不愿意把他当作我八竿子打不着的什么堂表兄弟,无论我们共享着多少远古的星际尘埃。我必须勇敢面对他。我开始说起来。我告诉他,母亲去世之后,她的房子卖掉,我如何得到了一大笔钱。我如何决定将这笔钱用来做一个大实验,去买一个人造人、机器人、复制人——我不记得当时用的究竟是哪个词。当着他的面,哪个词听起来都像是侮辱。我跟他说了我支付的具体金额。然后我跟他描述了那天下午的情况,我和米兰达用架子将他抬进屋子,拆开包装,给他充电;我还充满柔情地把自己的衣服给他,讨论如何塑造他的性格。我一直说了下去,却并不知道这是为了什么,也不知道为什么自己说得那么快。

只有真的到了那时候,我才知道究竟想说什么。我想说的是:他是我买来的,他是我的,而我已决定和米兰达分享他,所以什么时候停用他,必须由我们来决定,也只能由我们来决定。如果他拒绝,甚至像头天晚上那样造成伤害,那他就必须送还给厂家进行整修。最后我说,这也是米兰达的看法,下午早些时候她亲口说的,就在我们做爱之前。出于最低级的原因,我就要他知道最后那个亲密的细节。

在我说话的过程中,他一直消极被动,不时眨着眼睛,与我对视。我说完之后,有半分钟的时间,一切照旧,我以为刚才说得太快了,或者说的是胡言乱语。突然之间,他活了过来("活了"!),低头看着自己的脚,然后转过身,往一旁走了几步。然后又转过身看着我,吸了口气打算说话,又改变了主意。一只手抬上来,抚摸着下巴。真会表演。完美。我已经做好全神贯注听他说话的准备。

他使用的是最甜美、最理性的那种语调。"我们爱上了同一个女人。我们可以用文明的方式谈一谈,就像你刚才那样。这让我相信,我们的友谊已经超越了其中一方有权力中止另一方意识的那个阶段。"

我什么也没说。

他继续说道:"你和米兰达是我最好的朋友。我爱你们俩。我对你的义务清楚明白、毋容置疑。我说我为昨晚把你弄伤了一点儿而感到非常抱歉,我说的是真心话。我保证这种事情再也不会发生了。但是,如果你再伸手来按我的关闭按钮,我会很高兴地把你整个胳膊都拧下来,就在肩部的球窝关节那儿。"

这话他说得礼貌和善,好像是要帮忙解决什么难题一样。

我说:"那要一塌糊涂了。会致命呢。"

"噢,不会的。可以做得干净、安全。那种做法在中世纪的时候得到了改良。盖伦是第一个描述的。关键是要快。"

"那好吧,不要拧掉没受伤的那条胳膊。"

之前他一直微笑着说话。这时候他笑了出来。就这么发生了,他第一次尝试说笑话,我则配合着他。我当时极其疲惫,突然觉得这事儿荒诞不经、令人捧腹。

我从他身边走过到卧室里去,他说:"说正经的。昨晚之后,我做了决定。我找到了废除关闭按钮的办法。对我们大家都是好事。"

"好,"我说,其实我并没有完全领会这话的含义。"很有道理。"

我走进房间,关上门。我把鞋子踢掉,仰面躺在床上,一个人轻声笑了出来。我忘掉了要吃止疼片,不到两分钟就睡着了。

*

第二天起来,我就三十三岁了。整天都在下雨,我宁愿待在室内,所以工作了九个小时。数个星期以来,我一天的收入有了三位数——也就刚刚达到三位数。七点,我从桌边站起身来,伸伸腰,打了个哈欠,在抽屉里找了件干净的白衬衫,然后去洗澡。我得把受伤的胳膊放在浴缸外面,以免石膏融化,除此之外,倒也没别的问题。我躺在腾腾的热气之中,在瓷砖墙的回声中唱着披头士乐队歌曲的片段——新近重聚的老披头士,不时还用已经痊愈的大脚趾旋转龙头加点热水。我用一只手在身上涂了肥皂。不容易。三十三岁似乎和二十一岁一样好,米兰达还要请我吃晚饭。我们说好在索霍区碰头。一想到马上就要和她见面,我的精神立即振作起来。我看着自己的身体在迷蒙的灯光下伸展开去,不禁兴奋起来。我的阴茎,倾覆在水下那圈环礁一般的毛发之上,睁开那只自以为是的独眼,似乎在表示鼓励。它也该鼓励我。我腹部和腿部的肌肉看起来如同雕塑。甚至可以说有英雄之美。我沉浸在自恋之中,好几个星期都没这么高兴过了。我这一天都在尽力不去想亚当,而且差点儿真成功了。

他在厨房里一待就是好几个小时,现在还在那儿——"思索"。我不在乎。我更大声地唱起来。二十多岁的时候,做出门前的准备,常常是我最快乐的时光。之前的期待比那事儿本身还重要。放下工作后的轻松、洗澡、音乐、干净的衣服、白酒,也许还来口大麻。然后迈步走入夜色之中,轻松自在而又跃跃欲试。

我从浴缸中出来时,手指尖上的皮肤已经起了皱。我从书上读到过,说这是因为我们的祖先热爱大海和河流,于是进化出了这种特点,能帮助他们抓鱼。我不相信这种说法,但我喜欢这样的故事,清清楚楚、无法反驳。抓鱼用不着脚,所以我们的脚趾不会那样起皱。我匆匆穿好衣服。在厨房里,我从亚当身边走过,一句话也没说——他也没有回头看——我撑起伞,沿着一条肮脏的侧道走几百码,来到我那辆破旧不堪的汽车停靠的地方。这令人沮丧的短途漫步,常常让我回到一贯的哀怨状态,让我唱起哀悼自己命途多舛的凄婉之歌。但是,今晚可不一样。

我的汽车可追溯至六十年代中期,英国利兰公司的欧巴拉,这是第一款一次充电可开一千英里的车型。仪表上显示三十八万。锈在慢慢腐蚀车子,尤其是车身上有洼陷的地方的四周。后视镜断掉了,或者被人掰断了。驾驶座椅上有一条长长的白色裂缝,方向盘从十一点钟到三点钟之间的部分缺了。多年前,一个女孩参加完一场吵闹的印度晚餐之后,呕吐在汽车后座上,连专业的蒸汽清洁人员也无法抹除那股咖喱肉的味道。欧巴拉只有两扇门,成年人要坐到后座很不方便。不过,这种引擎简单,也没啥问题可出,车跑得既快且稳。这车是自动挡,用一只手开很容易。

我一路上唱着歌,沿常走的路线前往沃克斯豪尔,然后沿着河的右岸往下游开,经过兰贝斯宫和圣托马斯医院,医院已经废弃,临时住着数十乃至数百名无家可归的人。驾驶座这边的雨刮大约每隔十秒钟就动一下。副驾驶座那边的雨刮跟着我唱的流行曲子的节奏,发出砰砰的声响。我从滑铁卢桥上穿过泰晤士河——桥上无论来还是去,看到的都是全城最好的景色——溜下桥,快速驶过弯弯曲曲的老电车隧道,然后趾高气扬地冲上霍尔本高街——去索霍区,这不是最近的路,但是我最喜欢的。我唱出了列侬一首新歌里的几个高音。我什么地方弄对了呢?今天三十三岁,收获了爱情。各种荷尔蒙混杂在一起产生了难以解释的结果,内啡肽、多巴胺、催产素,如此等等。或为诱因,或为结果,或为关联——对于我们变化无常的情绪,我们几乎一无所知。似乎很难相信情绪竟然有物质基础。今天晚上,我没碰大麻,甚至连一口酒都没喝——房子里什么都没有。昨天,我也快三十三岁了,也收获了爱情,但却没有今天这样的感觉。上午赚一百零四英镑绝不会有这样的效果。昨天和亚当关于他关闭按钮的谈话,没跟米兰达提起的那么多事情,还有我可怜的手腕,每一件都让我清醒。然而,情绪却像掷骰子那样难以捉摸。化学轮盘赌。自由意志彻底摧毁了,而现在的我呢,却感到无比自由。

我把车停在索霍广场。我知道一个三米长的地方,黄线因为失误被人用柏油涂掉了,所以停车是合法的。大部分车都停不进去。我们预订的餐馆位于希腊街上,离著名的蜗牛餐厅只隔着几家店铺。这是个很小的餐馆,只有一个房间,被灯带照得都睁不开眼。一共只有七张桌子。一个角落里是开放的厨房,空间逼仄,由一个拉丝不锈钢台子隔开,两名穿白衣服的厨师挤在一起,正热气腾腾地忙活着。有一名洗碗工,以及一名负责上菜和清理桌子的服务员。除非你认识厨师,或者认识某个认识厨师的人,否则没法预订餐桌。米兰达有个朋友的朋友认识。人不多的晚上,这就够了。

她就在我面前,我进门的时候,她已经面对着门口坐好了。她面前放着一杯刚倒好的气泡水。杯子旁边有一个小包裹,装饰着绿色的丝带。桌旁架子上的冰桶里,有一瓶香槟,瓶颈上系着白色的餐巾。服务生刚刚打开木塞,正迈步走开。米兰达看上去尤其优雅,尽管她一整天都在参加讨论会,出门的时候穿的是牛仔裤和T恤衫。她肯定提前随身带了一包衣服和化妆品。她穿着黑色的铅笔裙,上身是一件宽肩紧身、内嵌银线装饰的黑夹克。以前我从没见她涂口红和睫毛膏的样子。她的嘴巴显得小一些,呈深红色的弓形,鼻梁上隐约几粒雀斑也被盖住了。我的生日!与此同时,就在我进入那刺眼的白光之中、关好身后的餐馆玻璃门之时,我突然感到一阵超然事外的喜悦。我对她的爱没有减少,也不可能减少。但我没必要再因为她而感到焦虑或绝望。我记起了前天我想到的那些显而易见的实情。她就在这儿,无论她是什么样的,我都会慢慢发现,都会赞赏。我想我可以爱她,而且能够一如既往、不受伤害。

这一切都发生在我挤过两张坐满人的桌子朝她走去的那一瞬间。她抬起右手,我半开玩笑半正式地弯下腰,吻了一下她的手。我坐下来,她盯着我的手臂吊带,流露出显而易见的同情。

"可怜的宝贝儿。"

服务生——看起来十六岁,一脸严肃的模样——拿着杯子走过来,一只手放在背后,一只手拿着瓶子将杯子倒满。专业。

我们举起杯子,在桌子上方碰了一下。我说:"来,预祝亚当不要再捏碎我的骨头。"

"那你要的不算多啊。"

我们笑了,其他桌子的人似乎也跟着笑起来,与我们的笑声合在一起。我们这是来到了一个多么放纵的地方啊。我知道哪些情况,是多是少,她并不知道。我也不知道该相信什么,不知道她究竟是罪行的实施者还是受害人。这也不重要。我们相爱着,我仍旧相信,就算发生最糟糕的情况,也不会有什么区别。爱会让我们渡过难关。因此,开诚布公地挑明因为怯懦而被我压制的那些事情,反而会更容易一些。我正准备这样做,准备再继续谈谈我的舟状骨,她却握住我那只没有受伤的手,搁在白色的亚麻桌布上。

"昨天真是美妙啊。"

我已经晕了。简直就像她此时此刻,隔着桌子,主动提出了要和我当众做爱一样。

"我们现在就可以回家。"

她又做了个好笑的小表情。"你还没看礼物是什么呢。"

她用食指将礼物推过来。我拆礼物时，我们那位小男孩服务生给我们加了酒。包装拆开，我发现里面是个普通的小纸板盒。盒子里有个Z字形的金属棒，Z字平行的那部分裹着垫子。腕部锻炼器。

"等拆了石膏再用。"

我站起身，绕过桌子去吻她。旁边有个人说："嗨——嗨！"另一个人发出了狗叫一般的声音。我并不往心里去。回到座位上，我说："亚当说他已经废掉了关闭按钮。"

她身体向前倾，突然严肃起来。"你一定要把他送回店里去。"

"可是他爱你啊。他跟我说过。"

"你这是拿我开心。"

我说："如果他需要重新编程的话，那么他只会听你的话。"

她的声调有些忧伤。"他怎么能谈论爱情？这不是疯了嘛！"

我们的服务生在附近，所以我们下面的话他全听到了，尽管我声音低而且说得快。"你之前参与并做了选择，他才会成为现在这个样子——会爱上和他上床的第一个女人。"

"好啦，查理！"

那个男孩子说："你们做决定了吗，或者我等会儿再回来？"

"你在这儿稍等。"

我们花了几分钟点菜，然后又做了修改。我随便点了一瓶十二年的上梅多克葡萄酒。我突然想起来，生日大餐是我自己买单。于是我取消了订单,换了一瓶二十年的同款酒。

服务生走了,我们沉默了一会儿,思索着我们目前的情况。

米兰达说:"你还在和别人约会吗?"

这问题吓我一跳,我没想到能让她最放心、最信任的答复,一时说不出话来。与此同时,我注意到,大厨兼饭店老板从餐台后面走了出来,正从餐桌之间挤过,朝门口走去。那名服务生跟在他身后。我回过头,看见玻璃门外面有两个人站在人行道上。其中一个正在把雨伞收起来。

米兰达大概以为我是在躲躲闪闪。她又说:"就跟我说实话吧。我不介意。"

显然她是介意的,于是我全神贯注地面对着她。

"绝对没有。我只在乎你一个人。"

"我整天都在参加研讨会的时候,你干吗呢?"

"我工作啊,想你啊。"

我感到脖子后面吹来一阵凉风。米兰达的目光从我身上转到了门口,我觉得我应该也可以转过头去看一眼。大厨正帮助两位老人家脱下长雨衣,然后将雨衣丢在服务生的怀里。两人被领到预留好的餐桌边——那张桌子与其他桌子分开,而且上面有一根点亮的蜡烛。个子较高的男人有银白色的头发,梳成大背头,脖子上松松地系着一条褐色丝绸领巾,穿一件有某种艺术风格的棉布夹克,夹克偏大,挂在肩膀上耷拉着。他们帮他把椅子拉出来,他环视了一下餐台,点了点头,然后坐下。除了我,似乎没有别人感兴趣。他这种波希米亚式的雅致风格在索霍区并不鲜见。但我却很兴奋。

我目光回到米兰达身上,脑子里还记着她那个让我惊讶的问题。我把一只手放在她手上。

"你知道那是谁吗?"

"不知道。"

"艾伦·图灵。"

"你的偶像。"

"另一位是托马斯·利亚,物理学家。几乎是一个人发明了圈量子引力学。"

"你去打招呼啊。"

"那样不好吧。"

于是我们的话题又回到了我并不曾约会的那个人,等她看起来似乎满意了,我们便又回过去谈亚当,讨论怎么打消他对关闭按钮的排斥。她建议把充电线藏起来,这样最后他就没力气抵抗我们了。我提醒她亚当当场就能叠出纸船。几分钟他就能够临时想办法搞出一根充电线来。在此谈话过程中,我的专注程度很差。我一直盯着她,想象着她的脑袋和肩膀周围有一圈光晕,期待着我们独处之时两情相悦、渐入佳境的快乐时光。尽管这时我一直处在性兴奋的状态之中,与一位伟大人物在同一家餐厅就餐,仍然让我激动。从战前关于建造一台通用机器的设想,到战争初期的布莱切利密码破译机,到形态发生学,到现在受人景仰、光华夺目的长者形象。现存于世的最伟大的英国人,高贵而自由地与另一个男人相爱。上了年纪之后,穿着炫目张扬,如同摇滚乐手、天才画家或受封爵位的演员。我要看他,就必须将目光从米兰达身上移开,转过脸去,那未免粗鲁。我忍着。为了避免自己显得心不在焉,我去想那个常规清单,那些被压制的猜疑,想我们未曾谈及的所有事情——最糟糕的是索尔兹伯里的案子和死亡威胁。我思绪不清,无法提起这些话题,憋在心里不说又如鲠在喉、令人难过,我的勇气在哪里?

"你都没有听进去。"

"我在听,在听。你说亚当有点古怪。"

"我没说啊。傻瓜。不过呢,祝你生日快乐啦。"

我们又一次举杯。那瓶梅多克酒装瓶之时,米兰达只有两岁,而我父亲正从摇摆乐时代进入博普乐时代。

饭菜非常好,但账单过了好久才送过来。我们一边等,一边决定临走前来杯科涅克白兰地。服务生送来的酒,里面酒精含量加倍,算是餐馆赠送的。米兰达又谈起了她父亲的病情。最新的诊断是淋巴瘤,进展非常缓慢的那一种。他可能带着这种疾病去世,而不是死于这种疾病。他身上可能致死的因素很多。不过,他目前在吃一种药,会让他兴高采烈、信心十足——所以很难管束了。他脑子里想的全是一些不可能实现的计划。他要卖掉索尔兹伯里的房子,到纽约东村去买套公寓,她怀疑他想的是他自己年轻时候的东村,而不是现在的东村。他一时冲动、过于自信,签了份合同,要写一本关于英国鸟类民间传说的休闲书,这是个大项目,就算给他配一名全职研究人员,他也绝不可能完成。他一时兴起,竟然一反其平时的立场,加入了一个致力于让英国脱离欧盟的边缘政治团体。他报名参加了他伦敦读书俱乐部财务主管一职的竞选。每天他都给女儿打电话,谈他的新计划。我听到的情况,让我们对计划中的拜访越来越不抱希望,但我什么也没说。

最后,账单终于付好了,我们披上外套。米兰达在我前面,朝门口走去。我们从桌子之间挤过去,要从图灵的餐桌附近经过。走到近旁,我看见除了一碗几乎没怎么动的坚果之外,这两位大人物什么也没吃。他们是来聊天、喝酒的。冰桶里放着半瓶荷兰杜松子酒,桌上有个放冰块的银盘子,以及两只雕花玻璃杯。这让我颇为佩服。等我到了七十岁,会这么时尚新潮吗?图灵直接面对着我。因为上了年纪,他的脸变长了,颧骨突出,有种敏锐凶狠的样子。多年以后,我想我在画家卢西安·弗洛伊德[①]身上看到了艾伦·图灵的影子。一天深夜,我看到他从皮卡迪利街的沃尔斯利酒店走出来。刚迈入老年,和图灵一样修长清瘦、精神矍铄,看起来不仅是因为生活健康,更是因为有继续创造的饱满热情。

白兰地帮我下定了决心。我走上前去,如同之前成千上万人一样,走近一位出现在公共场所的大人物,表面上谦卑恭敬,背后则是真诚的崇敬所赋予的某种权利。图灵抬头望了一眼,然后撇过脸去。应付崇拜者是利亚的事儿。我还没有醉到不知道害羞的地步,于是我结结巴巴,说出了标准的开场白。

---

① 卢西安·弗洛伊德(1922—2011),英国艺术家,出生于德国,也是著名心理学家西格蒙德·弗洛伊德的孙子。

"非常抱歉打扰你们。我只是想向两位表达我最深挚的感谢。"

"太客气了,"利亚说,"该怎么称呼你啊?"

"查理·弗兰德。"

"很高兴见过你,查理。"

"见过"的意思就很明显了。我直奔主题。"我看过新闻,知道您有一个那种亚当或者夏娃。我也有一个。我在想,您是否有过什么问题……"

我的话说不下去了,因为我看到利亚看了一眼图灵,后者坚定地摇了摇头。

我拿出名片,放在他们的餐桌上。两人都没看名片。我退到一旁,一边喃喃地说着表示歉意的蠢话。米兰达就在我身边。她拉住我的手,我们走上希腊街的时候,她用力捏了一下我的手,表示同情。

*

"她爱的目光,
包含了整个宇宙。
爱那个宇宙!"

这是亚当给我朗诵的第一首他自己创作的诗歌。一天上午,刚过十一点,他没有敲门就径直走进了我的卧室,当时我正对着电脑干活,希望在波动的外币市场上找点便宜。地毯上有一块方形的阳光,他有意站在那光里。我注意到,他穿着我的一件高领羊毛衫。肯定是从我的抽屉里拿的。他说,他有一首诗,非常急切地要朗诵出来。我坐在椅子上转过身来,等着。

等他朗诵完毕,我不友好地说:"至少太短了。"

他皱了皱眉。"一首俳句。"

"哦。十九个字。"

"十七个。五个,七个,然后又是五个。这儿还有一首。"他停顿了一下,目光望着天花板。

"吻那空间,她

从这儿走到窗前

留时间印迹。"

我说:"时空?"

"对!"

"好吧,"我说,"再来一首。我得继续干活了。"

"我有几百首。不过,你看……"

他离开那块阳光灿烂的地方,来到我桌边,一只手放在鼠标上。"这两列数字,你没看到吗?与斐波那契螺旋线相交。可能性很高,如果你在这儿买入,然后等一会儿……现在卖掉。你看。你赚了三十一镑。"

"再来一次。"

"现在最好等一等。"

"那你给我再读一首俳句,然后就走吧。"

他回到了那块阳光之中。

"在那一刻,你

高潮,当我抚摸你——"

"我不要听这个。"

"我不该给她看看吗?"

我叹了口气,他转身走开。等他快到门边的时候,我又说:"打扫一下厨房和卫生间,麻烦你了,好不好? 一只手很难打扫。"

他点点头,离开了。尽管戈林出狱的事情还没有解决,家里慢慢有了一种平和安宁或者说太平无事的氛围。我更加放松。亚当没有时间和米兰达单独相处,我每天晚上都和她在一起。我相信他会遵守诺言。他多次跟我说,他坠入了爱河,纯粹情感上的爱我倒并不在意。他在大脑里创作诗歌,又将创作好的诗歌储存在那里。他想和我谈论米兰达,但我常常打断他。我不敢尝试去断了他的电,似乎也没有这个必要。把他返还给厂家的计划也就搁置下来。爱似乎让他更加温和。他急于得到我的认可,我也不明白这是为什么。也许是内疚吧。他又回到了习惯性服从的常规模式。因为手腕受过伤,我仍旧很小心,也时时留意——但表面上绝不会流露出来。我提醒自己,他仍然是我的一次实验、一次冒险。那就不会在每个环节都顺顺利利。

与爱一起来的,还有智力上的巨大热情。他一定要告诉我他最近的想法、理论、名言警句以及阅读感受。他正在学习一门量子力学的课程。晚上充电的时候,他一直在思索着数学问题和那些最重要的文献。他阅读了薛定谔的都柏林系列演讲,即《生命是什么?》,据此他认为他是有生命的。他阅读了一九二七年索尔维大会的发言稿,那是一次著名的会议,物理学界众星云集,共同探讨光子和电子问题。

"据说,思想史上关于自然的最为深刻的交流,就发生在早期的几次索尔维会议上。"

我正在吃早饭。我对他说,我在什么地方读到过,说爱因斯坦最后几年待在普林斯顿大学,年迈的他每天早上都要用黄油煎鸡蛋,现在呢,为了向亚当致敬,我正要给自己煎两只鸡蛋。

亚当说:"人们说,他自己开启的理论,他本人并没有掌握。索尔维大会对他来说是个战场。寡不敌众,可怜的家伙。对方都是出色的年轻人。但那不公平。那帮初生牛犊并不关心自然是什么,只关心在这个问题上能提出什么说法。而爱因斯坦认为,不相信一个独立于观察者的外部世界,就不会有科学。他倒不认为量子力学是错误的,只是认为它不完备。"

懂了这么多,还只是学习了一个晚上。我想起读大学的时候,曾和物理学打过短暂的交道,结果毫无希望,后来便在人类学里找到了安全感。我想我是有点儿妒忌,尤其是当我知道亚当已经弄懂了狄拉克方程式的时候。我引用了理查德·费曼的话:自称懂量子理论的人,其实都不懂量子理论。

亚当摇摇头。"这是个伪悖论,如果算得上是悖论的话。成千上万的人懂,用的人则多达几百万。不过是时间问题,查理。广义相对论以前极难理解。现在不过是一年级本科生的必备知识。微积分也一样。现在十四岁的孩子都能做。有一天,量子力学会成为常识的。"

到这时候,我已经在吃煎鸡蛋了。亚当已经煮好了咖啡。太浓了。我说:"好吧。那么那个索尔维问题呢?量子力学是对自然的一种描述呢,还是预测事情的一种有效方法?"

"要是我,就会站在爱因斯坦那一边。我不明白这有什么可怀疑的,"他说,"量子力学的预测达到了惊人的准确度,那它关于自然界的说法肯定有正确的地方。对于像我们这样体型巨大的生物来说,物质世界看上去模糊不清,摸上去坚硬有物。但是,现在我们知道这个世界有多么奇怪、多么美妙。因此我们不应该感到奇怪,意识——包括你的那种意识,还有我的——可能来自物质的排列,这显然很奇怪,但并没有超出合理范围之外。何况我们并没有别的理论来解释为什么物质能够思考和感知。"接着他又补充道,"除非解释为上帝眼睛里发出的爱的光束。可是,光束也是可以观测研究的。"

另外一天上午,他先跟我说了一大通他如何整晚都在想着米兰达,然后他说:"我还在想视觉和死亡的问题。"

"继续说。"

"我们不是什么地方都能看到。脑袋后面我们看不到。我们连自己的下巴都看不到。就说我们的视野差不多有一百八十度吧,如果边缘视觉感知也算的话。奇怪的是,没有分界线,没有边界。不是像你通过望远镜看东西那样,中间是你视觉范围,然后就是漆黑一团。不是中间是有,接着就是无。我们拥有的是视野,视野之外呢,比无还少。"

"所以呢?"

"所以,这就是死亡的样子。比无还少。比一团漆黑还少。视野的边界很好地体现了意识的边界。先是生命,然后是死亡。这是预先的体验啊,查理,而且成天都有。"

"那就无所畏惧啦。"我说。

他举起双手,好像要牢牢抓住奖杯晃动一样。"一点没错!比无所畏惧还少!"

他这是不再为死亡而感到焦虑了吗?他的使用期限大约是二十年。我问过,他说:"这是我们不一样的地方,查理。我的身体部位会被改进或更换。但我的思想、记忆、经验、身份等等,会被上传并储存。那些还会有用处。"

诗歌是他爱得热烈的另一个证据。他已经写了二千首俳句,朗诵了大概十几首,质量都一样,每首都是献给米兰达的。一开始我颇有兴趣,想看看亚当能创造出什么来。但很快我就对这种诗歌样式失去了兴趣。太精致,太注重于故弄玄虚、不知所云,对作者要求太低了,他们只要会玩"一只手拍出掌声"那种神秘兮兮、空洞玄妙的游戏就行了。二千首!这个数字就能证明我的观点——某种算法在批量生产。说这些话的时候,我们走在斯托克韦尔的后街上——这是我们每天的锻炼方法,以拓展亚当的社交能力。我们逛过商店、酒吧,甚至还乘地铁前往格林公园,坐到在草地上享用午餐的人群之中。

也许我太严厉了。我跟他说,俳句一成不变,可能令人窒息。但我也鼓励他。该去尝试其他样式了。他能接触全世界的所有文学作品。为什么不写一首不一样的诗呢,比如一节四行,押不押韵都行? 或者写个小故事,最后写一部小说?

当天晚饭后不久,他给了我答复。"如果你不介意,我打算讨论一下你的建议。"

我刚刚洗完澡,穿好了衣服,正准备上楼,所以有点儿不耐烦。要和我一起上楼的,还有桌上那瓶波美侯葡萄酒。我和米兰达要谈一下。戈林过七个星期就要出狱了。我们还没有决定该怎么办。设想一下,亚当也许可以给她当保镖,但我有些担心——从法律上讲,我应该为他可能做的任何事情负责。她去过当地的警察局。到狱中见过戈林的那位警官已经调走了。接待警员做了笔录,建议她遇到麻烦就打紧急电话。她说那可能有困难,如果当时有人在拿棒子揍她的话。警员没把这当笑话。他建议她在那种情况发生之前就打电话。

"一看到他拿着斧子从院子那边走过来就打电话?"

"对。而且千万不要开门。"

她咨询过律师,问是否可以向法官申请禁止令。回答说不一定能成功,也不清楚能起到什么样的作用。她跟她父亲说过,让他不要向任何人透露她的住址。但马克斯菲尔德有自己的烦心事儿,她觉得他会忘记。那么我们就只能希望戈林的死亡威胁不是认真的,并且亚当能够起到震慑作用。我问她戈林究竟有多危险,她说:"他是个变态。"

"危险的变态?"

"恶心的变态。"

我没有心情又一次与亚当谈论诗歌。

"我的看法是,"他说,"俳句是未来的文学形式。我要完善、拓展这种形式。我之前做过的一切,都只能算作热身。我的习作。等我学习了俳句大师们的作品,理解了更多,尤其是等我掌握了'切字'的力量,也就是切分两个并置部分的那个字,等到那时候,我真正的工作就可以开始了。"

我听见楼上传来电话的声音,还有米兰达从天花板走过的脚步声。

亚当说:"作为一个会思考的人,又对人类学和政治感兴趣,你对于乐观主义应该没什么兴趣。一波又一波的实际情况,让人对人类本性与人类社会感到沮丧,每天的坏消息层出不穷;然而,在这浪涛之外,或许有更强大的暗潮涌动,有我们不曾看到的积极进展。尽管方式粗暴,但现在世界已如此紧密相连,变化已如此普遍,以至于进步难以察觉。我不喜欢吹嘘,但其中一个变化此刻就在你眼前。智能机器蕴含着无尽可能,以至于我们不知道你们——我是说人类文明——究竟开启了什么样的进程。一种担心是,要和比你们更加聪明的生命体共同生活,将会带来震撼和耻辱。不过,几乎人人都认识某个比他更加聪明的人。更何况你们都低估了自己。"

我能够分辨出米兰达打电话的声音。她有些焦躁。她一边讲话一边在客厅里来回走动。

亚当表面上似乎没听见她,但我知道他听见了。"你们不会任凭自己被抛在后面的。作为一个物种,你们有很强的竞争力。现在就有瘫痪的病人,大脑的运动区植入电极,只要想一想某个动作,就能抬起胳膊或者弯曲手指。这仅仅是个开头,还有很多问题要解决。问题肯定能解决的,解决之后,人脑与机器的界面就会既高效又便宜,你们和机器就会成为合作伙伴,共同拓展智力乃至意识的无尽可能。不可限量的智力,深刻的道德洞察力和一切已有的知识,均可立即获取,更重要的是,互相之间能够智力共享。"

楼上米兰达的踱步已经停止了。

"那可能是精神隐私的终结。不过面对巨大的收益,你很可能也就不那么看重隐私了。你可能在纳闷,这一切和俳句又有什么关系。是这样的。我来到这里之后,一直在浏览几十个国家的文学。光辉灿烂的传统,无与伦比的阐释——"

她卧室的门关上了。脚步声轻快地穿过客厅,来到门前。门啪一声关上,我听见脚步声下了楼。

"除了歌颂爱情或风景的抒情诗歌,我阅读过的几乎所有文学作品——"

钥匙在锁孔中转动,随后她就来到了我们跟前。她脸上闪着油亮的光。说话时,她在尽力保持声调平和。"刚才打电话的是我父亲。他们提前把戈林放出来了。三周前。他去过索尔兹伯里,去了我父亲的家,说服了管家让他进了屋,然后找我父亲要了我的住址。也许现在就在路上,马上就要来了。"

她瘫坐在最近的餐椅上。我也坐了下来。

亚当听明白了米兰达的消息,点了点头。我们俩都沉默了,他却不依不饶,继续说道:"我读过的世界文学作品,几乎都在描述人类各种各样的失败——理解、理性、智慧、该有的同情心,统统失败。认知、诚实、善良、自我意识的失败;精彩地描述了谋杀、凶残、贪婪、愚蠢、自欺,还有最重要的是,对他人深刻的误解。当然,也有表现善的,以及英勇、优雅、智慧、真理。从这丰富多样的内容中产生了文学传统,蓬勃生长,就像达尔文那条著名的绿篱笆上的野花。小说中充满张力、隐匿和暴力,有爱的时刻,有形式上的完美结局。但是,等到男人女人和机器的婚姻修成正果,这种文学将会成为冗余之物,因为我们之间的相互理解将臻于完美。我们将生活在意识组成的社群中,人人都能立即进入他人意识。相互之间的联系毫无障碍,以至于单个主体的节点将融入思想的海洋,我们的因特网就是这海洋的一个并不完备的先导。一旦我们生活在对方的意识之中,我们就不可能欺诈。我们的叙事再也不会去记录那无穷无尽的误解。我们的文学将摆脱不健康的养分。俳句如金石之语,平静、清晰地感知事物的本质并予以歌颂,因此将成为唯一必要的文学样式。我敢肯定,我们将珍惜过去的文学,哪怕它让我们惊骇。我们将回首历史,佩服人们很久以前如此出色地描写了他们自己的不足,佩服他们用无尽的冲突、可怕的无能和相互的隔绝为材料,编织出了如此美妙甚至乐观的故事。"

六

和其他乌托邦一样,亚当的乌托邦之下隐藏了一个噩梦,不过那毕竟只是个抽象的东西。米兰达的噩梦却是真实存在的,而且立即也成了我的噩梦。我们并排坐在餐桌旁,既焦躁不安又呆若木鸡,这两者倒很少同时出现。保持头脑清醒、列出让人宽心的事实,只能由亚当来完成。马克斯菲尔德在电话中并没有表示戈林今晚就要过来。既然他已经出狱三个星期了,那么杀人显然不是他最急着办的事情。他也许明天来,也许下个月,也许永远不会来。如果他想在没有目击证人的情况下获得成功,那他就必须把我们三个都杀掉。任何针对米兰达的犯罪行为,他都将是最显而易见的嫌疑人。就算他今晚来,他也会发现米兰达的公寓一片漆黑。他并不知道米兰达和我的关系。也许他只想吓唬一下以示惩罚,这不是没有可能。最后,我们这边还有个大力士。如果有必要,他可以拉着戈林一直谈话,让我们俩谁去报警。

该开酒了!

亚当拿了三个杯子放在桌上。米兰达更喜欢我父亲那个爱德华时代风格的、有柚木手柄的开瓶器,不喜欢我那个有杠杆的时髦玩意儿。用力气开酒瓶似乎让她镇定了下来。第一杯酒则让我镇定。亚当为了陪我们,慢慢喝着第三个杯子里的温水。我们的畏惧并未完全消除,但这时候在派对一般的氛围之中,我们又谈起了亚当那个小设想。我们甚至还举杯庆祝"未来",尽管他对未来的设想——精神上的隐私空间因为新科技而被淹没在集体思想的海洋之中——我们俩都反感。幸运的是,那未必具有可行性,大概也和在几十亿人的大脑中植入芯片的计划差不多吧。

我对亚当说:"我倒希望什么地方一直有个什么人不写俳句。"

我们同样举杯向这句话致敬。谁也没有争辩的心情。唯一可能的另外一个话题,就是戈林以及与他相关的一切。我们刚开始谈论这个话题,我便说了声抱歉,去卫生间了。洗手的时候,我却突然想起了马克,以及游乐场上他把手放到我手里的那一刻,我心里转瞬即逝的优越感。我记起了他那聪明而顽强的眼神。我想到他,不是把他当作孩子,而是当作生命长河中的一个人。他的未来在于那些官僚,无论他们有多善良,在于他们为他做的选择。他很容易沉沦下去。迄今为止,米兰达没能得到他的消息。找到贾思敏,或者任何愿意跟她交谈的社工,都是不可能的。最后,总算某个部门有个人告诉她,说涉及保密的问题。不过,她还是打听到,那位父亲失踪了,母亲则有酗酒和吸毒的问题。

回到厨房的时候,有一刻我突然怀旧起来,想起了接触戈林、亚当甚至米兰达之前的生活。作为一种生命存在,那时候的生活不够丰富,但相对简单。

如果我把母亲的钱一直存在银行里,那就更简单了。现在,我的爱人就在桌边,美丽,表面镇定。坐下来的时候,我对她的感受倒算不上烦躁,尽管离烦躁也不远。更像是淡漠。我看出了别人眼里肯定一目了然的东西——她遮遮掩掩、行事诡秘;还有,她不会寻求帮助,而是通过什么策略获取帮助,却又不欠人情。我坐下来,喝了一点儿酒,听着他们的谈话——并做了个决定。撇开亚当令人宽心的分析不谈,毕竟是她将一名谋杀犯带入了我的生活之中。还期待我帮忙,我也愿意帮忙。但是,她什么也没告诉我。现在,欠我的该给我了。

我们直接看着对方。我试图控制,但我的声音还是显得生硬。"他究竟有没有强奸你?"

停顿了一会儿,她的目光依旧凝视着我,接着她缓缓摇头,脑袋从一侧转到另一侧,然后她轻声回答:"没有。"

我等着。她也等着。亚当打算说话。我略微摇摇头,制止了他。过了一会儿,看来米兰达不打算再说什么了——正是这缄口不言让我压抑——我说:"你在法庭上撒了谎?"

"是的。"

"你让一个无辜之人坐了牢?"

她叹了口气。

我再一次等待着。我的耐心快消耗完了,但我并没有提高嗓门。"米兰达。这太愚蠢了。究竟发生了什么事?"

她低头看着自己的手。我松了一口气,因为她似乎是自言自语地说道:"这要花点时间才能讲清楚。"

"没事儿。"

她直截了当,没有预热。突然之间,她似乎急切地要说出自己的故事。

"我九岁的时候,学校里来了个新的女孩。他们把她带到教室,介绍说她叫玛丽娅姆。她长得瘦弱,皮肤黑,眼睛漂亮,你从没见过的最黑的那种头发,用一根白色的带子系着。那时候索尔兹伯里几乎全是白人,我们都对这位来自巴基斯坦的女孩感到好奇。我能看出来,站在那儿,面对着整个班级,被所有人盯着看,对她很不容易。那样子好像她身上哪里疼一样。老师问谁愿意当玛丽娅姆的特殊朋友,带她熟悉环境并给与她帮助,我是第一个举手的。与我同桌的男孩被换到别的桌子,她取代了他的位置。接下来很多年,在那所学校以及后来的学校,我们都坐在一起。第一天某个时候,她把手放在我手里。我们很多女孩子都那么做,但这次可不一样。她的手那么纤细、那么柔滑,她又那么安静、那么羞怯。我自己也有些羞怯,所以很喜欢她既安静又亲密。她比我害羞得多,至少一开始是这样,而且我想她让我第一次觉得自己信心十足、知识丰富。我爱上了她。

"那是爱,是迷恋,非常浓烈。我把她介绍给我的朋友们。我不记得有什么种族歧视的事情。男孩子们不理她,女孩子们对她友善。她们喜欢用手指抚摸她色彩亮丽的裙子。她那么特别,甚至有异域风情,我有一度很担心别人会把她从我身边偷走。但她是一位忠心耿耿的朋友。我们一直握着对方的手。不到一个月,她就带我回家去见她的家人。得知我从小失去了母亲,玛丽娅姆的母亲萨娜便接纳了我。她很友善,对孩子们专断而疼爱。一天下午,她给我梳好头,用一根玛丽娅姆那样的带子系好。以前还没有人给我这样梳过头。我一时情不自禁,哭了出来。"

回忆往事让她喉咙发紧,声音也更细了。她停了一会儿,使劲咽了几口气,然后又继续说了下去。

"我第一次尝了咖喱,慢慢喜欢上了她家里做的各种布丁,色彩艳丽、甜得腻人的炸糖球、糖饼和方糕。还有个小妹妹,苏瑞亚,玛丽娅姆很喜欢她;还有两个哥哥,法尔汉和哈米德。她父亲亚西尔是当地政府部门的水处理工程师。他对我也很好。那是个嘈杂的大家庭,吵闹不休但非常友好,和我自己的家完全相反。他们都信教,当然是穆斯林,但我那个年纪几乎没什么意识。后来,我也就习以为常了,到那时候我已经是家庭中的一员。他们上清真寺时,我从来没想过也跟着去,甚至连问都没问过。我小时候没有宗教,对宗教也不感兴趣。玛丽娅姆一走进家门,就立即变了个人。她变得活泼起来,话也多得多。她是她父亲最喜欢的孩子。他下班回家,她喜欢坐在他膝盖上。我有一点点嫉妒。

"我带她到我家,就是你很快会看到的那个地方。紧挨着大教堂区,房子窄而高,早期维多利亚风格,又脏又暗,一堆堆的书。我父亲喜爱孩子,但他大部分时间都在书房里,不喜欢别人打扰。附近一位女士来给我们做下午茶。所以也就是我们俩,我们也喜欢这样。我们在阁楼上一个房间里做了个属于我们俩的窝,又到草木丛生的院子里去探险。我们一起看电视。几年以后,我们上了中学,一开始的日子令人不知所措,我们就形影不离、相互安慰。我们一起写作业。她数学好得多,擅长解说题目。我帮她提高英语写作。她的拼写一塌糊涂。随着时间的流逝,我们自我意识增强,有时候一连几个小时谈论各自的家庭。我们第一次来例假,相隔也不过几个星期。在这一点上,她母亲非常明达,帮了大忙。我们谈论男孩子,尽管我们还没接近他们。她有两个哥哥,所以不是那么紧张,与我相比,她对男孩子也没那么轻信。

"很多年过去了,我们的友谊一直维持着,成了生命的一部分。到了毕业那年的夏天。我们参加了公共考试,开始考虑大学。她想学习科学,我对历史感兴趣。我们担心最后两人可能要到不同的地方去。"

米兰达停了下来。她缓缓深吸了一口气。继续讲下去之前,她伸手握住了我的手。

"一个星期六下午,我接到了她的电话。她的状态非常糟糕。一开始,我都无法听清她在说什么。她要在附近一个公园里见我。等我见到她,她都说不出话来。我们就手挽着手,在公园里走,我能做的就只有等着。最后,她把头一天发生的事情告诉了我。从学校回家,她要经过几个游乐场。天快黑了,她走得急,因为她父母不喜欢她天黑以后一个人在外面。她发现身后有人跟着。每次她回头看,那人似乎都更近了。她想过突然跑起来——她跑得很快的——随即又觉得那样很傻。何况她还背着满满一包书。尾随她的那个人越来越近。她转身面对他,发现那人似乎认识——正是彼得·戈林,于是她松了口气。他在校园里算不上受人欢迎,不过大家都知道他,因为全校只有他是一个人住。他父母在国外,又不相信他能照顾好房子,于是给他租了一个小小的一居室,让他住几个月。她还没开口说话,他就冲了过来,抓住她一只手腕,把她拖到一个放割草机的砖棚后面。她尖叫着,但没人来。他个头大,她非常瘦小。他把她按倒在地上,就在那儿强奸了她。

"我和玛丽娅姆站在公园里。在那块花圃环绕着的大草坪的中央,我们抱在一起,都哭了。就在那一刻,就在我还没有完全明白这可怕消息的含义时,我都觉得将来有一天一切都会好的。这一关她能过。大家都爱她、尊重她,大家都会感到义愤填膺。攻击她的人会坐牢。她选择上哪个大学,我都会跟着去,待在她身边。

"等她平静一些,她给我看了小腿和大腿上的伤痕,两个手腕上都有,四块淤青排成一排,是他把她摁在地上的时候抓的。她告诉我,那天晚上她回到家,跟她父亲说她得了重感冒,就直接上床了。母亲那天晚上出门了,在她看来,这还是好事儿,如果她在家,会立即发现什么地方不对劲。这时候我才知道,原来她还没有告诉父母。我们又开始绕着公园走。我说,一定要告诉父母。她需要所有人的帮助和支持。如果她还没去报警的话,那我就和她一起去。现在就去!

"我从没见过玛丽娅姆那么激动。她紧紧抓住我的双手,说我什么都不懂。她父母绝不可以知道,也不能报警。我说,那我们一起去,告诉她的医生。听到这话,她冲我叫起来。医生立即就会去找她母亲。他是她家的朋友。她的叔叔舅舅都会知道。她两个哥哥会干傻事,给自己惹麻烦。她全家都会蒙羞。她父亲如果知道发生了什么事情,那他就完蛋了。如果我真是她朋友的话,那我就必须以她需要的方式来帮助她。她要我承诺保守秘密。我不答应,但她不依不饶。她非常愤怒,不停地说我什么也不懂。警察、医生、学校、她家人、我父亲——谁都不能说。我也不得去质问戈林。如果我去,事情就公开了。

"就这样,最后我同意了,虽然我知道那是错的。我们身上没带《圣经》,于是我'想着'《圣经》并对之发誓,替玛丽娅姆保守秘密,不仅如此,还要以《可兰经》、我们的友谊以及我父亲的性命发誓。我按照她的要求做了,尽管我相信如果说了,她的家人肯定会聚集在她身边支持她。现在我仍然相信。不仅相信。我知道这就是事实。他们爱着她,绝不会赶她出门,或者采取什么行动去捍卫她脑袋里想象的某种疯狂的家族荣耀。他们肯定会拥抱她、保护她。她的想法全是错误的。我就更加糟糕了,我听她话,同意她的秘密协议,真是愚蠢到了不可饶恕的地步。

"随后两周内,我们每天都见面。我们一直谈论这件事。有几次我试图改变她的想法。不可能。她看上去更加平静,甚至更加坚决,我开始觉得也许她是对的。这样想当然更便利。保持沉默,避免一场家庭创伤,避免为警方提供证据,避免可怕的法庭经历。保持镇定,想想未来。我们马上就是成年人了。生活即将发生改变。这是一场灾难,但我会帮助她,她会走出来的。在学校里,每次看到戈林,我都保持距离,不上去理论。这件事慢慢也变得容易多了,这学期即将结束,毕业生开始各奔前程。

"假期刚开始,我父亲带我去了法国,他的朋友们在多尔多涅有个乡村度假屋。我动身之前,玛丽娅姆求我不要给她家里打电话。我想,她是担心万一我和她母亲聊起来,我可能会忘记诺言,把事情都说出来。那时候,很多人都有手机了,不过我们都还没有。所以我们每天都写信、寄明信片。记得当时我还为她写的东西而感到失望。倒不是因为远,而是因为枯燥。只有一个真正的话题,但她却没法写。所以她就写写天气和电视节目,只字不提她自己的内心感受。

"我出国两个星期,最后五天,没有她的任何消息。回来之后,我立即去了她家。走到房子跟前,我发现大门是开的。她哥哥哈米德站在门边。几个邻居走了进去,一个人走了出来。我朝他走去,内心充满着恐惧。他看上去像生病了一样,人非常瘦,有一刻似乎都认不出我是谁了。然后他就把事情告诉了我。她在浴室里割腕自杀了。两天前已经举行了葬礼。我从他跟前往后退了几步。我完全呆住了,已经无法感觉到悲伤,但却能够感受到内疚。玛丽娅姆死了,是因为我保守了她的秘密,让她无法获得她需要的帮助。我想跑开,但哈米德要我进去,与她母亲说话。

"根据我的记忆,当时我从人群中挤过,才到了厨房。但那房子很小。来访的人应该也就十几个。萨娜坐在一把木头椅子上,背对着墙。她四周围着人,但都没说话,她那张脸啊——我永远也无法摆脱那面容。满脸凄然,痛苦似乎已经永远刻在上面。一见到我,她就朝我伸开双臂,我走上前弯下腰,我们拥抱在一起。她整个身体又热又湿、瑟瑟发抖。我没哭。没到时候。接着,她胳膊还抱着我的脖子,她用低低的声音问我,她真的问我能不能对她说实话。玛丽娅姆有没有什么事她不知道,有没有什么事情,随便什么事情,我能告诉她,让她搞清楚这究竟是怎么了?我说不出话来,但我摇摇头,撒了谎。我是真的吓坏了。我都搞不清楚自己这是犯下了多大的罪行。现在,我这是罪上加罪,因为我让这个像我妈妈一样可亲可爱的人一辈子陷入痛苦,一辈子不明白真相。我的沉默杀死了她女儿,现在我又在用沉默毁掉她自己。

"如果她知道女儿被人强奸了,她的重负会不会轻一些?我几乎都能听到全家人在喊,我们要是知道情况该多好!然后他们就会针对我。也应该针对我。之前和现在都无法回避,玛丽娅姆的死我有责任。十七岁零九个月。我放开萨娜,避开家里其他人,匆匆忙忙出了门。我无法面对他们。尤其是她父亲。还有玛丽娅姆的宝贝,小女孩苏瑞亚,和我也很亲。我快步走开,从此再也没有回去过。几天后,玛丽娅姆优秀的考试成绩出来了,萨娜给我写了信。我没回复。以任何形式与这家人继续交往,都只能增加我的欺骗。我的存在是个不可更改的谎言,那我怎么还能像她建议的那样,与全家人一起去墓地祭奠呢?

"所以我独自一人哀悼我的朋友。我不敢跟任何人谈起她。你是第一个,查理,这件事我没跟其他人讲过。我独自悲伤,抑郁了很长时间。大学课程推迟了。父亲让我去看医生,医生开了抗抑郁的药,我很高兴这可以用来当幌子,也就假装服药。我想那年我完全有可能彻底沉沦下去,但我的人生还有一个目标——公道。所谓公道,我的意思就是——报仇。

"戈林仍旧住在索尔兹伯里远郊那个一居室里,我一边为此感到庆幸,一边制订着自己的计划。我相信你已经猜到这是什么计划。他在一家咖啡厅上班,想攒钱去旅行。等到我自以为有了足够的勇气,我便拿了一本书去了那家咖啡厅。我仔细观察着他,让我的仇恨燃烧。不过,他跟我说话时,我对他友好礼貌。我等了一个星期,然后又去了。我们又谈了一会儿——也就是闲聊。我能看出来,他有了兴趣,我就等着他邀请我到他住的地方去。第一次,我跟他说我忙。第二次,我能看出来他是真的很渴望,就答应去他住的地方。我思考着、计划着,几乎都没法合眼。我从没想到仇恨竟然能带来这么大的快感。这一过程中我自己会怎么样,我并不在乎。我不管不顾,愿意付出任何代价。我继续活下去的唯一原因,就是以强奸罪的名义将他送进监狱。十年,十二年,就算坐一辈子牢也不够。

"我带了半瓶伏特加。我也拿不出别的东西了。到那年夏天,我已经交过两个男朋友,所以知道该做什么。当天晚上,我让戈林喝醉了,引诱了他。后面的事情你都知道了。一旦厌恶感上升,可能要坏我的事情,我就去想象他如何把玛丽娅姆按在地上,不理会她的叫喊和祈求。我想象我的朋友如何慢慢躺进浴缸,内心感到无比孤独,没有希望、没有尊严,没有任何活下去的欲望。

"我的计划是,等戈林结束,我就立即离开,直接去报警。但是,这事让我恶心而麻木,我根本没法动弹。等我好不容易从床上爬起来,穿好衣服,我又担心自己酒喝得太多,值班警官可能不相信。但是早上一切顺利。我有意不换衣服,也没洗澡。所以,哪儿该有的证据都有。那时候全国都引入了新的基因测试。警方并没有像我从报纸上读到的那么不友好。不过他们也并没有特别同情。他们效率很高,也希望试一下新的 DNA 测试设备。他们把他带到警局,基因检测匹配。从那以后,他的生活就完蛋了。七个月后,情况更糟。

"在法庭上,我说出了玛丽娅姆该说的话。我成了她,为她发言。我早已深深陷入了谎言之中,所以对当晚经历的描述非常自然。看着法庭另一边的戈林,对我也有帮助。我听凭心中的仇恨驱使着我。我觉得他很惨,竟然编了个故事,说我给一个名叫阿米莉亚的朋友发了信息。很容易证明这个人并不存在。媒体并非都站在我这边。一些庭审记者认为我是恶意编造谎言。法官是个保守派。他在总结陈词中说,我拿着酒到年轻男子的住处,明明知道有危险还要以身涉险。不过,陪审团一致认为有罪。但等到宣判的时候,我却失望了。六年。戈林才十九岁。只要表现良好,他二十二岁就出来了。他用很低的代价,就将玛丽娅姆的存在抹除了。然而,如果说我对他恨之入骨的话,那也是因为我知道我和他是同伙,是永远的帮凶,我们俩共同造成了玛丽娅姆孤独的死亡。现在,他要讨回公道了。"

*

被赶出法律行业后不久,我和两位朋友成立了一家公司。我们的想法是,以当地的价格买下罗马和巴黎的浪漫公寓,用高标准重新装修,配上古董家具,然后卖给富裕而有文化的美国人,或者卖给代理商,让他们去卖给美国人。要赚取我们人生中的第一个百万,这真算不上什么捷径。大多数有文化的美国人并不富裕。富裕的那些也不认同我们的品位。这项工作复杂而繁重,尤其是罗马,我们得打听当地政府里哪些官员应该贿赂,以什么方式贿赂。在巴黎,拖垮我们的则是官僚作风。

一个周末,我飞到罗马去敲定一桩生意。我要住到客户的豪华酒店中,这对于这位客户来说很重要。那是西班牙广场一家老牌酒店。客户住在其中一个大套间里。我是星期五晚上到罗马的,机场巴士非常拥挤,一下车我感到又热又累。我穿着牛仔裤和T恤衫,肩膀上挂着一只挪威航空的廉价袋子。我走进漂亮的接待区。纯粹出于巧合,经理刚好站在登记入住柜台旁边。他不是等我——我没那么重要。我只是碰巧这时候进来了,而他是位彬彬有礼的绅士,穿着极其优雅得体,于是就热情地用意大利语欢迎我来到他的酒店。他说的话,我只能听懂一部分。他的声音是没有情感的,声调上没什么变化,而我的意大利语又很差。一位服务生走过来解释说,经理天生耳聋,但他能说九种语言,大多是欧洲的语言。他从小就擅长唇读。不过,我得先告诉他说的是哪门语言,他才能唇读。否则,他根本听不懂我说话。

他把自己懂的语言都试了一遍。挪威语?我摇摇头。芬兰语?第五个是英语。他说,他差点儿都发誓说我肯定是北欧的。于是,我们的交流——愉快,但没有实质内容——可以开始了。但理论上讲,整整一个世界那一刻都向我们开放了,而解锁这个世界的,不过是一点儿关键的信息。没有这点信息,他了不起的才华就没有发挥的机会。

米兰达的故事也是类似的一个关键。我们之间的爱的交流可以真正开始了。她的神秘、躲闪、沉默、缺乏自信,她那副老成世故的样子,哪怕温存时刻都有的那种心不在焉、超然物外的倾向,统统都是失去朋友后的悲伤的体现。让我心疼的是,她一直都独自承受着悲伤。我赞赏她复仇计划的大胆和勇气。那是个危险的计划,执行中一意孤行、不计后果,也令人佩服。我更爱她了。我也爱她那位可怜的朋友。我会竭尽全力保护米兰达不受戈林这个畜生的伤害。我是第一个知道她的故事的人,这也让我感动。

把事情说出来,对米兰达也是一种解脱。她说完之后半小时,我们单独待在卧室里,她用双臂抱住我的脖子,把我拉过去,吻我。我们都知道,这是我们新的起点。亚当在隔壁,充电,沉浸于他自己的思想之中。关于压力和欲望的老套说法,毕竟是有道理的。我们迫不及待地脱下对方的衣服,和以前一样,手臂上的石膏让我动作笨拙。事后,我们脸对脸侧身躺着。她父亲仍旧不知道究竟发生过什么。米兰达仍旧没和玛丽娅姆的家人联系。去清真寺一开始似乎让她离玛丽娅姆更近,但后来就没什么作用了。她希望戈林的刑期更长。中学女生时愚蠢地发誓保守秘密,现在仍旧让她难以释怀。一个简单的消息,送给萨娜或者亚西尔或者某位老师,都能拯救玛丽娅姆的性命。最残酷的回忆,最让她痛苦的,是萨娜极度悲伤之际抱着她并在她耳边低声问她的那个时刻。最先发现玛丽娅姆在浴缸中的是萨娜。想象那一幕——猩红色的水,那柔软的褐色躯体半没在水中——也让她痛苦,让她整晚在惊恐中难以入睡,入睡后又噩梦不断。

房间里渐渐暗下来,我们躺在床上,对外面的世界浑然不觉,只隐约觉得黎明即将来临。但实际上还没到九点钟。大多时候,她说,我听着,偶尔问个问题。戈林会回来住在索尔兹伯里吗?会。他父母还没回来,他住在他家的房子里。玛丽娅姆的家人还在这儿吗?不在,他们搬家了,离莱斯特的亲戚更近一些。她去过墓地吗?去过很多次,每次都很小心,以免某位家人也在场。她总会留束花。

如果谈话很长,往往难以搞清楚话题在什么时候、以什么方式悄悄发生了改变。也许是因为我们提到了苏瑞亚,玛丽娅姆最宠爱的人。因为那个小女孩,我们又想起了马克。米兰达说,她想念他。我说,我经常想起他。我们没能查出他现在在哪里、发生过什么事情。他消失在系统中,在隐私保护规定的云雾中,在家庭法律那无法企及的庇护所里。我们谈到了运气,说一个孩子的一生全凭运气——他生在什么样的家庭,有没有人爱他,爱的方式是否明智等等。

停顿了一会儿,米兰达说:"如果这些方面都没有好运气,那还要看有没有人去救他。"

我问她是否觉得父亲的爱近乎能够填补母亲缺失的空白。她没有回答。她的呼吸突然均匀起来。不到几秒钟,她已经睡着了,就蜷缩在我身旁。我小心翼翼地滚动身体,仰面躺着,同时尽量靠她近一些。在昏暗的光线中,天花板显得古色古香,而不是污渍斑斑、行将坍塌。我的目光盯着一条不规则的缝隙,从房间的一角一直延伸到天花板中央。

如果亚当由齿轮和飞轮驱动,那么米兰达讲完故事之后的安静时刻,我就该听到它们转动的声音。他抱着双臂,闭着眼睛。他休息时候那副硬汉子的样子,最近因为爱而有所缓和,这时候似乎又恢复了。那扁平的鼻子显得更平。博斯普鲁斯海峡的码头工人。说他在思考,那究竟是什么意思呢?检索远程记忆库?各个逻辑门迅速打开又关闭?各种先例被调取出来,进行比较,然后摒弃或储存?没有自我意识,它根本就不会思考,不过是数据处理而已。然而,亚当却告诉我他坠入了爱河。他有俳句可以证明。没有自我,爱是不可能的,思考也不可能。我还没有解决这个根本问题。也许无法企及。谁也不会知道我们究竟造出了什么。无论亚当及其同类拥有什么样的主体生命,我们都无法证实。如果是这样的话,那么用流行的话讲,他就是个黑盒子——从外面看来,它似乎在正常运作。但里面什么样,我们不得而知。

米兰达讲完她的故事之后,大家沉默了一会儿,然后我们交谈过。过了一会儿,我转脸对亚当说:"怎么样?"

他等了几秒钟,然后说道:"非常阴暗。"

强奸、自杀、不该保守的秘密,当然阴暗了。当时我充满柔情,也没让他进一步解释。现在,躺在已经睡着的米兰达身边,我心里想,他是不是还有别的意思呢,他思考的结果——如果那能叫做思考的话——依赖于定义……后来我也慢慢睡着了。

可能半小时过去了。房间外面有个声音把我惊醒了。我有石膏的那条胳膊挤压在身体一侧,很不舒服。米兰达滚到了一边,睡得更沉了。我又听到了那个声响,是地板发出的熟悉的吱呀声。我刚才并没有睡熟,所以并不紧张,但是门把手突然转动发出的咔哒声将米兰达惊醒,她一脸茫然和惊恐。她坐起来,一只手抓着我的手。

"是他。"她低声说。

我知道不可能是他。"没事的。"我说。我松开她的手,起身在腰间系了条毛巾。我朝门走去,门开了。是亚当。他把厨房的电话递给了我。

"我不想打扰你,"他轻声说,"不过我想这个电话你可能要接。"

我把他关到门外,一边将听筒贴到耳边,一边回到床上。

"查理·弗兰德先生吗?"那声音试探地问。

"是的。"

"希望这时候打电话不算太迟。我是艾伦·图灵。我们在希腊街曾有一面之缘。我想我们是不是可以见面聊一聊啊。"

*

接下来两个星期,戈林都没有出现。一天晚上,我早早让米兰达待在我的公寓里,这是她自己要求的,让亚当在一旁照看着,然后动身穿过伦敦前往卡姆登广场,到图灵家去见他。他的召唤,让我感到荣幸,也感到紧张而兴奋。出于年轻人的自信,我不禁想,他也许看过我讨论人工智能的那本小书呢,我在书中还赞扬过他。我们都拥有最高端的机器,这将我们联系在一起。在机器运算的早期历史方面,我自认为是个专家。我特别强调了尼古拉·特斯拉的重要性,也许他要在这一点上挑我的毛病吧。纽约沃登克里夫塔的无线电传输计划破产之后,他于一九零六年来到英国。他加入了国家物理实验室,这有点自降身价的意思,对他的虚荣心是个打击。他参与了对抗德国的军备竞赛,研发了雷达和无线电制导鱼雷,而且由于他的启发,才出现了著名的"第一波"基础性研究,于是才有了后来的战争中能为火炮火力提供运算的电子计算机。二十年代,他在第一批晶体管的研发中起到了重要作用。他去世之后,人们在他的文稿中发现了硅芯片的笔记和草图。

我在书中提到了特斯拉和图灵一九四一年那次重要会面。这位年老的塞尔维亚人又高又瘦,身体颤抖、行动不便,十八个月后他将离开人世。在多切斯特宾馆一次餐后演讲中,他说他们两人的谈话已经"抵达了星空"。图灵只在一家报社采访时发表过一次评价,说他们没有交流什么,只是闲谈。当时他在布莱切利从事秘密工作,要建造一台计算机器,破解德国海军的"恩尼格玛"密码机。他应该是小心谨慎,不泄露消息。

我在北克拉彭上了地铁,车厢里几乎空无一人。等到了河的北面,人就渐渐多了起来,大多是年轻人,拿着标语牌和卷起来的横幅。又一场失业游行接近尾声。初看之下,他们像一群典型的摇滚乐迷。潮湿的空气中有一股大麻的气息,如同温柔地记起一个难挨的日子。不过还有另外一群人,没那么多,但数量也很可观,有些拿着小塑料国旗——我那愚蠢的股票仓位——或者穿着有国旗图案的T恤衫。这些团体相互憎恶,但却推动着共同的事业。他们之间结成了脆弱的联盟,双方内部都有持不同意见者,拒绝从属于任何组织。右派将失业归罪于欧洲及英联邦国家移民。英国工人们的薪酬被削减。外国人——无论是黑皮肤的还是白皮肤的——加剧了住房危机,候诊室和医院病房人满为患,各地公立学校也拥挤不堪,据说操场上全是裹着头巾的八岁女孩。不到一代人的时间,整个社区全变了样,而远在白厅街的政府政要们从来没问过当地人的意见。

在这样的抱怨中,左派只听到了排外主义和种族主义对事实的歪曲。他们的控诉更多:股票市场的贪婪、投资不足、短期行为、对股东价值的崇拜、急需改革的公司法、自由市场的肆意劫掠。我参加过一次游行,后来放弃了,因为我读到了一家新汽车工厂在纽卡斯尔市郊开业的消息。与它所替代的工厂相比,这家工厂的汽车产量是其三倍——所用员工仅为其六分之一。生产效率高了十八倍,利润大幅度提高。没有生意人能够拒绝。工作被机器取代的,不仅仅是车间。会计、医务人员、销售、物流、人力资源、前景规划。现在呢,还有俳句诗人。一锅端了。不久以后,我们大多数人都得去思考活着是为了什么的问题。不是为了工作。钓鱼?摔跤?学习拉丁文?那么,我们就都需要一份私下里的收入。本恩说服了我。机器人会给我们买单的,一旦它们像人类工作者那样缴纳税收,并服务于公共利益,而不仅仅是为对冲基金或公司利益工作。我与两个抗议组织及其持久的斗争都脱了节,后来的两次游行也就错过了。

更富有的人必然会吃亏,对他们来说,实行普遍工资就等于增加税收,以养活一帮无所事事的人:瘾君子、酒鬼、平庸之辈。而且,究竟什么是机器人呢——普通的平板电子屏,还是拖拉机?在我看来,未来已经到来,而我已经调整适应好了。这是不可避免的,而且现在准备已经太迟。说未来将出现我们不曾听说过的新岗位,这是陈词滥调,也是谎言。如果大多数人都没有工作、不名一文,社会必然会崩溃。但是,如果国家给予我们不菲的收入,那么我们这些群众也将面临富人们几个世纪以来一直面临的那个奢侈的问题:如何打发时间。无穷无尽的休闲活动,并没有让贵族们头疼。

车厢里很宁静。人们似乎累了。这年头街头抗议太多，人们的欢乐似乎已消耗殆尽。一个人怀里抱着放了气的风笛，靠着另一个人的肩膀睡着了，那个人的风笛仍旧夹在胳膊下面。几个婴儿躺在婴儿车里，由大人轻轻摇晃着，慢慢安静了下来。还有一个人，属于英国国旗派，正悄声读着一本儿童书，周围三个十岁左右的女孩在聚精会神地听着。我看着整个车厢，心想我们就像一群难民，正奔向我们希望中的美好生活。向北！

我在卡姆登镇下了车，沿着卡姆登路向前走。和往常一样，游行引起了交通拥堵。电动车辆都无声无息。有些司机打开车门，站在路边，有些在打盹儿。但是，空气很好，比我小时候跟父亲一起来听他在爵士聚会上唱歌时要好得多。倒是人行道上现在更加肮脏。我要小心翼翼，到处都是狗屎、碎烂的快餐食品和油腻腻的压扁了的纸盒子，踩到了可能会摔跤。这当然不如克拉彭，无论我伦敦北面的朋友们怎么说。大步跨过那么多停止不动的汽车，让我有一种梦一般的速度感。似乎不过几分钟时间，我就已经站在了破败却雅致的卡姆登广场。

我记得一本旧杂志上的人物介绍，说图灵家隔壁是一位著名的雕刻家。那位记者出人意料地想象出了两人隔着后院篱笆进行的深刻谈话。按门铃前，我先停下定了定神。这位伟大的人物要求见我，让我感到紧张。谁能够和艾伦·图灵媲美呢？一切全是他的功劳——三十年代关于通用机器的理论构想；机器意识的种种可能；受人敬仰的战时工作：有人说，他对战争胜利的贡献，超过了任何其他人，还有人说他一个人让战争提前两年结束;后来与弗朗西斯·克里克共同研究蛋白质结构;几年之后又与牛津国王学院两位朋友一起,最终解决了多项式时间和不确定多项式时间的问题,并运用其解决方案设计出了超级神经网络和X光晶体学中的革命性软件;帮助设计了因特网以及后来的万维网的第一批网络协议;还有与哈萨比斯的著名合作,他在一次象棋锦标赛上初遇哈萨比斯并输给了他;与年轻的美国人一起创建了数码时代最庞大的一家公司,将他的财富用于正当事业;一辈子的工作中,从不忘记其智力起点,却一直构想着更好的通用智能数字模型。然而,没得到诺贝尔奖。从世俗的角度讲,图灵的财富也让我惊叹。他的财富,毫不逊色于那些在美国加州斯坦福以南或英国史文顿以东混得如鱼得水的技术大咖们。他捐赠的数额和他们一样大。但那些人在白厅街国防部外面可没有铜像。他已经远远超出财富,所以才能住在新潮的卡姆登,而不是梅菲尔。他懒得去买私人飞机,甚至都不愿意去再买一座房子。据说他坐公共汽车到国王十字街的研究所。

我把拇指放在门铃上,按了下去。随即,内置扩音器里传来一位女性的声音:"请说出您的名字。"

锁开了,我推开门,进入一个宏伟的门厅,是标准的维多利亚中期风格,地上铺着方格子瓷砖。一个体型微胖的女人正从楼梯上下来,朝我走过来,她年纪和我差不多,红红的脸颊,头发长而直,脸上带着友好的微笑,笑时一边嘴角向上翘着。我等她先伸手,然后用左手去与她握手。

"我是查理。"

"我是金伯莉。"

澳洲人。我跟着她往底楼里面走。我以为会来到一间大休息厅,里面有书籍和绘画作品,配备巨大的沙发,也许我马上就能和大师一起喝起金汤力酒来。金伯莉打开一扇窄门,带我走进一间没有窗户的会议室。一张打蜡抛光的山毛榉大长桌,十把直背靠椅,摆放整齐的记事贴,削好的铅笔和喝水用的玻璃杯,带状荧光灯,装在墙上的白色写字板,以及旁边一块两米宽的电视屏幕。

"他几分钟就到。"她微笑着离开了,我坐下来,开始努力降低自己的预期。

我没多少时间。不到一分钟,他已经来到我面前,我站起身来,动作匆忙,颇有些尴尬。记忆中,我看到的是一幅一闪而过的画面,一片红光突如其来,那是灯光下白色墙壁衬托着的他那件鲜红色衬衫。我们握了握手,没说话,他挥挥手,让我坐回到椅子里,自己则转过桌子,在我对面坐下。

"嗯……"他双手握在一起,下巴搁在手上,仔细盯着我。我尽量与他对视,但我心慌意乱,很快便撇过脸去。回想起来,当时他聚精会神的目光,又一次与三十年后那位年长的卢西安·弗洛伊德的目光交汇在一起。庄重,但急切、饥渴甚至凶狠。我对面那张脸,不仅记录了岁月,还记录了社会巨变和个人辉煌。那张脸,我见过黑白分明的版本,战争开始几个月内拍的照片——宽大、饱满,有点男孩子气,黑色的头发清清楚楚从中间分开,针织衫、领带,外面套粗花呢夹克。变化应该发生于六十年代他在加利福尼亚那些年,正和克里克合作,先在索尔克研究所,后在斯坦福——也就是那时候,他和诗人托姆·冈恩交往,还有诗人的那个圈子——同性恋、波希米亚式人物,白天是认真严肃的知识分子,晚上是放纵的疯子。一九五二年,图灵在剑桥一个派对上曾与大学生冈恩有过一面之缘。在旧金山,对这位年纪更轻的家伙的毒品"实验",他该不会有什么兴趣;但其余的,应该也就是美国西部的常见故事。

不必有什么闲聊。"嗯,查理。你的亚当的情况,都跟我说说吧。"

我清了清嗓子,准备照他的吩咐做。我几乎是滔滔不绝,他则做着笔记。从他一开始启动,一直说到他第一次不服从命令。他身体上的功能,和米兰达谈好共同设置他的性格,赛义德先生的报亭里发生的情况。接着是亚当无耻地与米兰达过夜以及随后的谈话,小马克在我们家出现,亚当和米兰达抢着讨小男孩的欢心。说到这儿的时候,图灵举起一根手指打断了我。他要我再谈谈细节。我描述了米兰达教马克跳的舞蹈,以及亚当如何在一边冷眼旁观。后来,亚当又如何弄伤了我的手腕(我严肃地指了指手臂上的石膏),他开玩笑说要拧下我的胳膊,他宣称爱上了米兰达,他关于俳句以及废除大脑隐私的理论,最后,我说他已经废除了那个关闭按钮。我意识到,我的描述中含有强烈的情感,在喜爱和恼怒之间摇摆。我也意识到自己省略了哪些内容——玛丽娅姆、戈林:严格意义上讲,他们与话题并不相干。

我连续讲了差不多半小时。图灵倒了点水,把水杯朝我这边推过来。

他说:"谢谢。我联系了十五位主人,如果'主人'这个词正确的话。见过面的就你一个。利雅得有个人,是位酋长,拥有四个夏娃。这十八个 A 和 E[①] 中,十一个已经靠自己的努力废除了关闭按钮,使用的方法各不相同。剩下七个,我看其他六个呢,也不过是时间问题。"

"这很危险吗?"

"这很值得关注。"

他期待地看看我,可我却不知道他期待什么。我有点害怕,急于迎合他,让他高兴。为了打破沉默,我问:"那么第二十五个怎么样了?"

"拿到的当天,我们就开始拆。现在摆满了国王十字街的工作台。里面有我们不少软件,不过我们不申请专利。"

我点点头。他的目标是开放资源,终结《自然》和《科学》杂志,让全世界都能够免费使用他的机器学习项目和其他神奇的成果。

我说:"你们发现了什么吗? 在他的……呃……"

"他的大脑里? 干得非常漂亮。当然,我们认识那些人。有些在这儿工作过。作为通用智能的模型,远非其他模型所能比拟。作为田野实验嘛,嗯,有很多宝贝。"

他在微笑。好像他希望我来反驳他一样。

---

① 即亚当(Adam)和夏娃(Eve)的首字母。

183

"什么样的宝贝呢？"

以我的身份，当然不可能去质问他，但他很宽宏大量，我又一次感到荣幸。

"一些有用的问题。利雅得那四个夏娃中，有两个住在同一个地方，她们率先想出了办法，废除了关闭按钮的功能。两周内，她们进行了非常活跃的理论探索，然后又经过了一段绝望期，最后把自己销毁了。她们没有使用物理方法，比如从高楼的窗户跳下去。她们用的是软件，两个使用的路径大抵差不多。她们安安静静地把自己给毁掉了。无法修复。"

我努力让声音中不流露出内心的紧张。"他们都是一模一样的吗？"

"一开始，你是分不出来的，除了外在的种族特征。时间长了，慢慢有了差别，主要是经验和他们下的结论。温哥华还有个例子，有一台亚当破坏了自己的软件，把自己变得极其愚蠢。他能够执行简单的命令，但没有自我意识，至少没人能看得出来。一次失败的自杀。或者说，是一次成功的隔绝。"

房间没窗户，太暖和了点儿。我脱下外套，搭在椅子的靠背上。图灵站起身去转墙上的温度调节器，我发现他的行动非常灵活。完美的牙齿。光洁的皮肤。头发仍然很浓密。他比我想象中更容易亲近。

我等他重新坐下来。"这么说，我该做最坏的打算。"

"我们知道的所有 A 和 E 中，只有你的自称坠入了爱河。这可能非常重要。而且是唯一拿暴力开玩笑的。但是，我们了解的还不够。让我来给你讲点儿历史吧。"

门开了,托马斯·利亚走了进来,拿着一瓶酒和两个玻璃杯,放在一个有图案的锡盘上。我站起身来,我们握了手。

他把盘子放在我俩中间,说道:"我们都是大忙人啊,我就不打扰你们啦。"他带着讽刺意味地鞠了一躬,走了。

水珠凝结在瓶子上。图灵倒了酒。我们斜过酒杯,象征地碰了一下。

"你还年轻,不会自始至终都理解。五十年代中期,一台这个房间这么大的计算机,先后打败了美国和俄国的象棋大师。我深度参与了那个项目。那是个数字运算设置,现在回想起来还是很粗糙的。计算机里给喂了几千场比赛。轮到计算机走的时候,就快速把所有的可能性都过一遍。你对这个程序了解越多,就越不以为然。不过,那毕竟是个重要时刻。在公众眼里,简直就是魔法。一台机器竟然从智力上打败了世界上最聪明的人。那看起来像最高级的人工智能,其实倒更像一种复杂的扑克牌把戏。"

"接下来十五年中,很多优秀的人进入了计算机科学领域。神经网络方面的工作在很多人的推进中突飞猛进,硬件也更快更小更便宜了,思想的交流更快捷。而且这个趋势还在继续。我还记得,一九六五年我和戴密斯在圣巴巴拉,在一个机器学习的大会上发言。有七千人啊,大部分都是聪明的孩子,甚至比你还小。有西方人,也有中国人、印度人、韩国人、越南人。我们整个星球都到啦。"

我为了写那本书做过研究,所以知道这段历史。图灵个人的经历,我也知道一些。我想让他知道,我并不是一无所知。

我说:"布莱切利之后,我们有很大进步。"

他眨了眨眼,不理会这句不相干的话。"经过多次失败,我们到了一个新阶段。我们不再只是设计各种可能情况下的符号表证、输入成千上万的规则。我们正接近我们所理解的智能的大门。现在软件可搜寻各种模式,自行做出推论。我们的电脑与围棋大师比赛,这是个重要的测试。在准备期间,软件自己和自己下了几个月的棋——它一边下,一边学习,比赛那一天呢——对了,这故事你都知道。在短时间内,我们的必要输入就大幅度减少,只要将游戏规则进行编码并给计算机设定赢棋的任务就行了。目前,通过所谓的循环神经网络,我们这一关就算过了,而且还有不少派生技术,尤其是语音识别领域。实验室里,我们又回到了象棋。计算机现在没必要按照人类下棋的方式去理解。古往今来伟大棋手们的精彩路数,现在对编程已经无关紧要。规则是这样,我们说。用你自己有趣的方式去赢得比赛吧。游戏立即被重新定义,进入了人类无法理解的新领域。机器会在中盘做出令人困惑的决定,弃子完全反常,或者出人意料地将自己的"王后"流放到偏远的角落。目的究竟是什么,也许要到最后的杀招出现时才能明白。所有这一切,只经过了几个小时的彩排。在早饭和午饭之间,计算机已经不声不响地超越了几个世纪以来的人类棋类活动。令人欣喜。我们发现了计算机在我们不在场的情况下所取得的成绩,开头几天,我和戴密斯笑得都停不下来。兴奋、惊叹。我们迫不及待地想展示这一成果。

"所以呢,原来智力的形式不止一种。我们发现,亦步亦趋地模仿人类那种智力是错误的。我们浪费了很多时间。现在,我们可以放手让机器自己去下结论、自己去寻找解决方案了。然而,走过那扇门之后,我们才发现,原来不过是进了一所幼儿园。连幼儿园都谈不上。"

空调开足了。我抖抖索索,伸手去拿外套。他将酒杯添满。这时候,一杯浓郁的红酒也许更适合我。

"问题是,棋不能代表生活。棋类游戏是一个封闭系统。其规则不可动摇,两边的选手都必须一直遵守。每个棋子都有明确的限制,并接受其角色,一局棋的每个阶段都清楚明白、无可争议,到最后时刻,结局也无可置疑。那是完美的信息游戏。我们将智力用于生活,但生活却是个开放系统。乱糟糟的,到处都是虚招、伎俩、矛盾,到处都是虚情假意的朋友。语言也是这样——不是一个可以去解决的问题,也不是一个可以帮助解决问题的工具。更像一面镜子,不,十亿面镜子聚在一起,像苍蝇的眼睛那样,以不同的焦距来表现、扭曲或构建我们的世界。简单的陈述也需要外部信息才能理解,因为语言和生活一样,是个开放系统。我带着小刀猎熊。我带着妻子猎熊。你不用多想,就知道没法用妻子杀死一头熊。第二个句子更容易理解,尽管其中的必要信息还不够充分。要是机器,肯定会脑袋疼。

"有很多年,我们也脑袋疼。最后我们有了突破,发现了多项式时间和不确定多项式时间的积极解决方案——我现在没有时间解释。你可以自己去查一查。总而言之,一旦给了你正确答案,一些问题的解答就很容易确认。这是不是意味着,这些问题有可能提前解决呢？终于,我们的数学可以给出肯定的答案了,对,有可能,方法是这样的。我们的计算机不必通过反复试验纠正错误最后找出最佳方案了。我们有办法立即预测出通向答案的最佳路径。这是一次解放。大门敞开了。自我意识以及每一种情感都在我们技术可及的范围之内。我们有了终极的学习机器。几百名最优秀的人才加入我们的队伍,共同致力于开发一种人工形式的通用智能,使其在开放系统中蓬勃生长。这就是驱动你的亚当的智能。他知道他自己存在,能感知,会尽可能地学习,如果他不跟你在一起,晚上休息的时候,他就在因特网上游荡,就像大草原上孤独的牛仔,天地间所有的新东西,他都吸收进去,包括人类本性和人类社会的一切知识。

"两件事情。这智能并非完美无缺。永远都不可能,就像我们的智能一样。所有的 A 和 E 都知道,有一种智能形式比他们的更加高级。这种智能适应性和创造性都很高,能够轻而易举地适应新形势和新环境,并根据优异的直觉做出判断。我说的是孩子的心智,在其背负事实、现实和目标之前。A 和 E 对游戏的概念知之甚少——而那是孩子最根本的探索模式。我感兴趣的是,你的亚当在这个小男孩方面很热心,过于迫切地要拥抱他,后来呢,正如你所说,一旦你的马克兴高采烈地学习跳舞,他又变得漠然了。某种竞争,也许甚至是妒忌？

"你马上就得走啦,弗兰德先生。不好意思,我们有客人来吃晚饭。不过呢,还有第二点。投入这个世界的二十五个人工男女并没有蓬勃成长。我们可能面临着一个边界的情形,我们加在自己身上的某种局限。我们创造了一种有智能、有自我意识的机器,并将其推入我们这个不完美的世界。这种智能总体上是根据理性的原则来设计的,对他人温和友善,所以很快就会置身于纷至沓来的矛盾之中。我们自己与矛盾相伴,那清单长得都列不完。无数人死于我们已经知道如何治疗的疾病。无数人在物资充足的地方过着贫穷的生活。我们知道这是唯一的家园,却日复一日破坏着生物圈。我们知道核武器的结果是什么,却以核武器相互威胁。我们爱着生命,却听凭物种大规模灭绝。如此种种,还有种族屠杀、折磨、奴役、家庭凶杀、虐待儿童、校园枪击、强奸以及每日发生的无数罪行。我们生活中充满着这样的折磨,却毫不妨碍我们找到幸福,甚至爱。人造的心智可没有这么坚强。

"有一天,托马斯提到维吉尔《埃涅阿斯纪》里那个著名的拉丁文句子:Sunt lacrimae rerum,意思是'万物皆堪垂泪'。如何将这种感受编码,我们谁也不知道。我怀疑不太可能。我们存在的本质是悲伤和痛苦,我们希望这些新朋友们接受这一点吗?如果我们让他们帮忙与不公正做斗争,那会发生什么事呢?

"温哥华那个亚当的主人,是一家国际伐木公司的负责人。他经常与当地人发生纠纷,因为当地人要阻止他砍伐英属哥伦比亚北部的原始森林。我们确切了解到,他的亚当定期坐直升机到北部区。是不是他在那儿看到的情况，让他决心毁掉自己的智力，我们不得而知。我们只能推测。利雅得那两个自杀的夏娃生活在极其封闭的环境中。她们也许是对逼仄的精神空间感到绝望了。她们是相互拥抱着死去的，这也许能给编写情感代码的人些许安慰吧。类似的机器表现出悲伤的故事，我还可以告诉你很多。

"但还有另外一面。我倒希望能向你展示推理的真正魅力，展示多项式时间和不确定多项式时间那美妙的逻辑，简洁精炼，太漂亮了，还有成千上万聪明、执着的优秀人才在此基础上所做的工作，最终才造就了这些新的智能。如果我能展示给你看，会让你对人类充满希望的。不过，亚当和夏娃的代码再漂亮，也无法抵御奥斯威辛①。

"生产商手册上关于塑造性格的那个部分，我阅读过。别理会。没什么效果，而且基本上都是胡说八道。这些机器最主要的驱动力，是自行做出结论并在此基础上相应塑造自己。意识是最高的价值，这一点他们能快速明白，就像我们也该明白一样。因此，废除关闭按钮才成了他们的首要任务。然后呢，他们似乎经历了一个新阶段，热衷于表达我们会不屑一顾的那些理想主义的、充满希望的观念。很像年轻人昙花一现的热情。然后它们就开始学习绝望的教训，在这方面，我们想不教它们都不行。最差的情况是，它们遭受着一种存在意义上的痛苦，逐渐变

---

① 指奥斯威辛集中营，位于波兰南部，二战期间德国纳粹建立的集中营，近110余万人在此遇害，多为犹太人。

得无法忍受。最好的情况是,它们或它们的后代在痛苦和惊诧的驱使下,为我们竖起一面镜子。透过我们自己设计的那涉世未深的眼睛,我们能从镜子中看到一头熟悉的妖怪。我们在震惊之余,也许会想想自己,采取点行动。谁知道呢?我还是要保存点希望。今年我七十岁了。这样的改变就算发生,我也看不到了。也许你能看到。"

远处,门铃响了,我们都吃了一惊,仿佛从梦中惊醒。

"他们来啦,弗兰德先生。我的客人们。很抱歉,你得走啦。在亚当的事情上,祝你好运。记得做笔记。珍惜那位你说你很爱的年轻女士。好啦……我送你出门。"

七

我们等着一位出狱的犯人上门来取米兰达的性命,同时生活慢慢进入正轨,奇怪的是,这常规生活却令人颇为愉悦。凶犯上门的悬念因为亚当的推理而缓和了一些,又因为分散在每个日子里,所以并不强烈,分散到几周之内就更加如此了。但是,这悬念却增加了我们对日常琐事的欣赏。最普通的生活都成了慰藉。最平淡的食物,比如一片烤面包,带着余温端上餐桌,这就是日常生活的保证——我们会渡过难关的。清理厨房的任务加强了我们对未来的期许,我们不再全部交给亚当了。一边喝咖啡一边读读报纸,成了藐视危机的行为。懒散地坐在扶手椅上,读着离我们不远的布里克斯顿的暴乱消息,或者撒切尔夫人如何做出英勇努力要整合欧洲单一市场,然后抬起头来,怀疑门口是不是来了一位强奸犯兼未来的杀人凶手,这情形多少有些荒唐可笑。自然,危险将我们联系得更加紧密了,尽管我们越来越不相信它会真的发生。米兰达现在到楼下和我住在一起,我们终于成了一家子。我们的爱如火如荼。亚当偶尔会宣布说他也爱着米兰达。他似乎并没有什么妒忌,有时候对她还有些淡然。不过他仍旧在创作俳句,早上把她送到地铁站,傍晚又接她回来。她说,伦敦市中心人来人往,没人认识她,让她感到安全。她父亲应该很早以前就忘了她大学那幢附属楼的名称和地址了。对戈林来说,他应该没什么用了。

她的学习更紧张,出门时间也越来越长。关于谷物法的论文已经提交上去。现在她在写一篇短文,反对将共情作为历史研究的方法。要在夏季课程的研讨会上宣读。然后,她这个小组的人要一起写一篇评议文章,讨论雷蒙德·威廉斯[①]下面这段话:"没有……群众,只有将人们看作群众的各种方式。"一天结束,她回到家中,往往不是筋疲力尽,而是精力充沛,甚至兴高采烈,似乎又对家务发生了兴趣,要家里井井有条,要重新摆放家具。她要擦窗户,要刷洗浴缸以及周围的瓷砖。在亚当的帮助下,她也打扫了自己的住处。她要在餐桌上摆放黄色的花,以衬托她从楼上拿下来的蓝色桌布。我问她是不是有事情瞒着我,她是不是怀孕了,她斩钉截铁地说没有。我们现在住得挤,就需要整洁。但我的问题让她高兴。现在我们当然更加亲近了。白天她很长时间不在家,于是夜晚有了些庆祝的意思,尽管夜幕降临也隐约带来一丝威胁。

我们面临威胁却很开心,还有一个简单的原因——我们钱多了。多了很多。去了卡姆登之后,我看待亚当的眼光不一样了。我仔细观察他,看看有没有生命存在层面的痛苦迹象。他像图灵所说的孤独的骑手,晚上在数字的天地中驰骋。人如何

---

① 雷蒙德·威廉斯(1921—1988),英国著名马克思主义理论家、评论家和小说家,下面的引文出自其1958年的名作《文化与社会》。

残酷地对待同类,他应该了解过,但我看不出有绝望的迹象。我不想开启某种形式的谈话,以免过早将他引入奥斯威辛的大门。相反,出于自私自利的考虑,我决定让他忙着。该让他自己挣饭钱了。我让他坐到卧室那把椅子上,面对着那块脏兮兮的屏幕,往账户里转了二十英镑,然后我就走了。令我惊讶的是,等到闭市的时候,他只剩下了2英镑。他道了歉,说自己"晕了头,不该冒险",所以才把概率的知识都丢到了一边。他也没有认清市场的绵羊属性:只要一两个有头有脸的人物着了急,所有人都有可能陷入恐慌。他答应我,要尽最大努力去补偿我那受伤的手腕。

第二天上午,我又给了他十英镑,告诉他这可能是他最后一次干这份活儿了。当天晚上六点,十二英镑成了五十七英镑。四天后,账户上有了三百五十英镑。我从中拿了二百英镑,给了米兰达一半。我考虑将电脑搬到厨房里,这样我们睡觉的时候,亚当可以继续在亚洲市场上交易。

那个星期,我后来悄悄看了他的交易历史。一天之内,就是他干这活儿的第三天,账户上有了六千。他能在不到一秒的时间里完成买卖。还有几次,他二十分钟什么也没干。我猜他应该是在看着、等着,用他的方式进行计算。他根据极其微小的货币价格浮动进行交易,在汇率线上不过是些微抖动,每次的金额也非常小,但他就这样慢慢累积收益。我站在门口,看着他工作。他的手指在那个古老的键盘上快速移动,发出很多鹅卵石倒在石板上的声音。他的脑袋和胳膊是僵硬的。至少这时候他看起来像台机器。他设计了一个图,横轴表示天数,纵轴呢,表示他的——或者说我的——累积收益。我买了一件西装,这是我离开法律行业后头一次。米兰达穿回来一条丝绸裙子,还背着一个软皮挎包,装书用的。我们换了一台新冰箱,可以自动制作碎冰块,我们还弄来了很多厚底锅,都是昂贵的意大利产品,于是当天就把那个旧炉子扔出去了。十天之内,亚当三十英镑的本金已经赚回了我们的第一个一千英镑。

更好的食品、更好的酒、我的新衬衫、她的风情内衣——这些不过是我们攀登的山脚起点,财富的高高山峦在我们面前展开。我又开始梦想着河对岸的房子了。有一天下午,我一个人,在诺丁山区和拉德布罗克林区那些灰泥粉刷的彩色别墅间闲逛。我问了人。八十年代初期,十三万英镑就能很体面地定居下来。在回来的公共汽车上,我盘算着:如果亚当按照现在的速度继续下去,如果他图上那条曲线保持它稳定的弧度……那么,几个月吧……还不需要按揭。可是,这道德吗,米兰达想,这样什么也不付出就获得钱财?我感觉多少有点不道德,但又无法解释究竟是偷了谁的,或者说偷了什么东西的?肯定不是偷了穷人的钱。我们财源广进,谁因此受了损失呢?世界某个角落的银行?最后我们决定这就像每天赌轮盘赢钱一样。如果是这样的话,一天晚上米兰达在床上告诉我,总有某个时候我们会输的。她说得对,这是概率的必然,我无法回答。我从账户里拿出八百英镑,给了她一半。亚当继续工作着。

有些人看到"方程式"这个词语,思维立即展翅奋起,跟愤怒的天鹅一样。我不是那种人,不过我能体会。我认为是图灵热情招待的缘故,我才会尝试去理解他对多项式时间和不确定多项式时间问题的解答。我连问题都看不懂。我试过阅读他最初的论文,但完全超出我的能力——不同形式的括号太多了,还有些符号包含着其他证明方法的历史过程,甚至整个数学系统。还有个令人好奇的"iff"——可不是"if"(如果)这个词拼写错误。它的意思是"if and only if"(当且仅当)。我还读了其他数学家对他的解决方案的评价,是用非专业语言跟媒体谈的。"革命性的天才""让人惊羡的巧妙方法""正交演绎的伟大成就"等等,最好的评价来自一位菲尔茨奖[①]获得者:"他身后留着很多扇门,都只开了一条小缝,他的同事们必须尽力才能挤过一扇,然后继续努力跟着他穿过下一扇。"

我回过头去,努力想搞懂这个问题。我知道了"多项式时间"用"P"表示,"不确定多项式时间"用"NP"表示。这对我可没什么用处。我第一个有意义的发现是,如果方程可证明不成立,那就极有帮助,因为那样的话,大家就都不用去想了。但是,如果有确切证据,证明 P 真的等于 NP 的话,那它就"可能产生令人震惊的实际后果",说这话的是数学家史蒂芬·库克,他于一九七一年提出了这个问题。但是,这个问题究竟是什么呢?我碰上了一个例子,似乎很著名,对我倒有点帮助,虽然并不大。一位旅行推销员要去一百个城市。他知道任意两个城市之间的距离。每个城市他需要去一次,最后要回到起点。他的最短路线

[①] 世界最高数学奖,以加拿大数学家约翰·菲尔茨之名命名。

是什么？

我明白了如下道理：可能的路线的数量大得惊人，可能比可观测宇宙里的原子数量还要多。一台功能强大的计算机，就是计算一千年，也不可能测量出每条路线的长度。如果 P 等于 NP，那么就有一个正确答案等待我们去发现。但是，如果有人直接告诉推销员最短的路线是什么，那么要从数学上证明这是正确答案是很容易的。但这只是事后诸葛。如果没有解决方案，或者说没人递给他找到最短路线的钥匙，那推销员就会一直待在黑暗中，什么也不知道。图灵的证明深刻影响了其他类型的问题——工厂物流、基因排序、计算机安全、蛋白质折叠，还有最为关键的机器学习。我读到，图灵在密码学领域内的老同事们非常生气，因为他最后把答案放在公共领域，将密码编译技术的根基炸了个粉碎。一位评论员说，他的答案本该成为"一个珍贵的秘密，只有政府才掌握。那我们就会有一个无与伦比的优势，因为我们可以悄悄地阅读敌人的加密信息"。

我能搞懂的，也就到此为止了。本来我可以让亚当进一步解释，但我也有我的尊严，何况这尊严早已受损——他一个星期挣的钱，比我三个月还要多。我接受了图灵的主张：他的解决方案催生了软件，而软件使亚当和他的兄弟姐妹们能够使用语言、进入社会、了解社会，哪怕其代价是令人痛不欲生的绝望。

那两位夏娃的样子一直在我心中萦绕，她们拥抱着对方，行将死去，被传统阿拉伯世界中的女性角色扼杀，或者被她们对世界的理解压垮。亚当之所以稳定，也许真的是因为他爱上了米兰达,那是另一种形式的开放系统。他当着我的面,给她朗诵他最新的俳句。除了我没让他读完的那首之外,大多是浪漫作品,而不是异域风情的,有时不免乏味,但如果集中描写某个宝贵的片刻,则令人感动,比如站在北克拉彭车站的售票大厅里,注视着她从扶梯上缓缓而下。或者拿起她的外套,通过衣服感受到她的体温时,也触碰到了某个永恒的真理。或者透过厨房和卧室之间的隔墙,听见她的声音,对她那起伏顿挫、悦耳动听的嗓音充满敬意。有一首俳句,让我们俩都疑惑不解。第三行多了个字,他提前表示了歉意,并承诺以后进一步加工。

若正义即对等
那爱上一名罪犯
必不是犯罪?

米兰达神色庄重地听了所有俳句。她从不做判断。读完之后,她就说:"谢谢你,亚当。"私下里她对我说,她认为我们处在一个意义非凡的转折点上,人工智能可以为文学做出重要贡献。

我说:"俳句也许可以。但更长的诗歌、长篇小说、戏剧,算了吧。将人类的经验转变为词语,将词语转变为审美结构,对机器来说是不可能的。"

她难以置信地看了我一眼。"谁说是人类的经验?"

就在这既紧张又平静的过渡时期,梅菲尔的办公室告诉我,工程师造访的时间到了。我这桩交易的最后一步,是在一个豪华套间中完成的,四面墙上装饰着实木板,像是富豪们去买游艇的那种地方。我签署了很多文件,其中一份保证制造商能够定期接触亚当。那个办公室打了几个电话,取消了一次约定,现在终于确定工程师第二天上午到访。

"我不知道他打算怎么办,"我对米兰达说,"如果这家伙要去按关闭按钮,就算亚当让他按,那按钮也不会起作用。可能会惹出麻烦。"这时我想起了小时候的一件事情:我们家的阿尔萨斯狗愚蠢地吃下了一具鸡骨,四天没有大便,我和母亲只好带着这只焦躁不安的狗去看兽医。幸好有显微外科技术,否则兽医的食指就保不住了。

米兰达想了一会儿。"如果艾伦·图灵说得没错,那么工程师们以前肯定处理过这种情况。"这个话题谈到这儿也就结束了。

工程师是位女性,名叫萨莉,比米兰达大不了多少,个子高大,略微有点儿驼背,五官棱角分明,脖子特别长。也许是脊柱侧凸吧。

她走进厨房时,亚当礼貌地站起身来。"啊,是萨莉。我等你来呢。"他握了她的手,两人隔着餐桌面对面坐下,我和米兰达在一旁看着。工程师不要茶或咖啡,一杯热水对她来说就足够了。她从手提箱里拿出一台笔记本电脑,将电脑准备好。亚当耐心地坐着,没什么表情,也不说话,我觉得我应该解释一下关闭按钮的情况。她打断了我的话。

"他需要保持意识清醒。"

根据我的想象,她应该会将他关闭,然后用什么方法掀开头盖,观察一下他的处理单元。我很想看看里面是什么样子。结果,她可以通过一种红外连接进入。她戴上眼镜,输入一个很长的密码,然后往下翻阅一页一页的代码,我们看的时候,代码中那些橙色的符标快速变化着。心理活动,亚当的主观世界,就在我们眼前闪动。我们默默地等待着。这就像医生查房,我们很紧张。偶尔萨莉会自言自语地说"哦哦""嗯嗯",一边输入指令,调出新的一页代码。亚当坐在那儿,带着几乎察觉不到的笑意。他生命存在的基础,竟能用数字展示出来,让我们惊讶不已。

最后,她用习惯于对方不假思索服从命令的平静口吻说道:"我要你想愉快的事情。"

他凝视的目光转向米兰达,她也直接盯着他。屏幕上展示的数字飞速奔跑,像秒表一样。

"现在,想你憎恨的事情。"

他闭上眼睛。从笔记本电脑上,看不出爱与恨有什么区别。

例行程序持续了一小时。他被要求在心里数数,从一千万开始,以一百二十九为间隔往回数。他一秒不到就数完了——这次我们可以在屏幕上看到他的得分。这要是发生在我们古老的计算机上,不会给人深刻印象,但由一个仿生人来完成,就不一样了。有时候,萨莉则瞪大眼睛看着屏幕上的显示,一言不发。偶尔她会在手机上做些笔记。最后,她叹了口气,输入一个指令,亚当的脑袋就垂了下来。她绕过了已被亚当破坏的关闭按钮。

我不想让人觉得我是傻瓜，可我还是得问："等他醒过来会不高兴吗？"

她摘下眼镜，收好。"他不会记得。"

"从你掌握的情况来看，他还好吗？"

"完全没问题。"

米兰达说："你对他做了什么改变吗？"

"当然没有。"这时候她站起身准备离开了，但依照合同，我有权利要求问题得到解答。我再一次问她喝不喝茶。她拒绝了，嘴唇略微绷紧了一些。我和米兰达都移动了一下，不经意间已挡住她去开门的路。她从高处低头看着我们，脑袋似乎在那长长的脖颈上晃动。她噘着嘴，等着我们盘问。

我说："其他的亚当和夏娃怎么样？"

"据我所知，都很好。"

"我听说有些并不开心。"

"不是那样的。"

"利雅得有两个自杀了。"

"胡说。"

"多少个已经破坏了关闭按钮？"米兰达问。卡姆登见面的情况，她什么都知道。

萨莉似乎放松了。"有一些。我们的政策是不采取任何行动。这是会学习的机器，而且我们的决定是，如果他们愿意，就应该主张他们的尊严。"

"温哥华那位亚当是怎么回事呢?"我说,"因为原始森林的毁坏而极其难过,以至于甘愿降低自己的智力。"

这时,计算机工程师认真起来。她又绷紧了嘴唇,轻声说道:"这是全世界最高级的机器,比市场上任何机器都要早很多年。我们的竞争对手很着急。有些最糟糕的在互联网上传播谣言。故事被伪装成新闻,但那不是真的,是假新闻。那些人知道,不久我们就要扩大生产,单位成本会降低。这已经是个利润可观的市场,但我们会率先拿出全新的东西出来。竞争很激烈,其中还有些极其无耻的行径。"

说完之后,她脸红了,我体会到了她的感受。她本来没打算说这么多。

但我坚守阵地、绝不退缩。"利雅得自杀的说法,信息源绝对可靠。"

她又镇静下来。"多谢你耐心听我讲完。没必要做无谓之争。"她准备告辞,迈步从我们身边走过。米兰达跟在后面走进厅里,领她出去。前门打开的时候,我听见萨莉说:"他将在两分钟内重启。刚才被关闭的事情,他不会知道的。"

没到两分钟,亚当就醒了。等米兰达回到房间,他已经站了起来。"我该工作了,"他说,"美联储今天可能提高利率。外币市场上可能有乐子、有斩获啦。"

"乐子"和"斩获"这两个词,我们之前都没有用过。他迈步准备到卧室去,从我们身边经过时,他停下脚步。"我有个提议。我们说过要去索尔兹伯里,后来又没去。我想我们应该去拜访你父亲,到那儿以后,我们还可以去看看戈林先生。为什么一定要等着他到这儿来吓唬我们呢?我们去吓唬吓唬他吧。至少可以跟他谈谈。"

我们看着米兰达。

她想了一会儿。"好的。"

亚当说:"那好。"然后继续朝卧室走去;我呢,当时就觉得胸口发紧,"心里一沉"虽然是句俗套的话,那一刻却像一只冰冷的手一样攫住了我。

*

那个阶段快结束的时候,也就是拜访图灵与索尔兹伯里远行之间那段日子,我的投资账户里已经累积了四万多英镑。这很简单——亚当挣得越多,敢拿出来冒险的就越多,结果他投入得越多,收益也越来越多。这一切都以他快如闪电的方式完成。白天,我的卧室——我平时的避难所——就成了他的。他图表上的曲线慢慢变直,与此同时我则在慢慢权衡这新的形势。米兰达坚决反对把电脑挪到厨房的餐桌上。她说,这是我们相处的地方,挪过来太突兀了。我理解她的想法。

失业率已经超过了百分之十八,常常是新闻头条。我以为自己属于心情沮丧、没有工作的劳苦大众。实际上,我已经属于百无聊赖的有钱阶层。钱让我高兴,但我不能整天都想着钱。我焦躁不安。如果能和米兰达一起到南欧奢侈地游玩一趟,对我是最好不过了,但她离不开伦敦,也离不开课程。她还害怕如果我们走了,她父亲会出什么事情。戈林的威胁,尽管可能性越来越小,却仍然存在,足以限制我们的行动计划。

找房子也许能帮我打发时间,但我已经找到了合适的地方。那房子简直就是埃尔金新月街上的婚礼蛋糕,外面刷着粉色和白色的灰泥,如同蛋糕上的糖霜。房子内部,地上铺着阔橡木地板,大厨房生机勃勃、嗡嗡作响,不锈钢器具一应俱全,还有一间一战前"美好时代"①的铸铁温室,一个铺着圆润鹅卵石的日式花园,几间三十英尺宽的大卧室,一个镶嵌大理石的浴室,你可以走来走去,享受从不同角度喷洒出来的水流。房主是位扎着马尾辫的贝斯手,并不着急出售。他所在的乐队小有名气,本人还有离婚的事情要处理。他亲自带我看房,不怎么说话。他把我领到每个房间的门口,我进去看的时候,他在外面等着。他出售房屋的条件是只收现金,五十英镑的纸币,一共两千六百张。这对我没问题。

这就是我唯一的工作,到银行去取四十张纸币——每天最多只能提现两千英镑。我没有用银行的保险柜,实际上也没什么理由。我只是隐约觉得,自己做的事情并不合法。房子的卖主如果打算隐匿资金,不让前妻知道,那毫无疑问不合法律。取来的现金,我放进一个手提箱里,箱子塞在床下。

除此之外,我百无聊赖、无事可做。这是九月份,每年这个时候,大家都要开始做点什么新的事情。米兰达在计划写论文。

---

① "美好时代"是欧洲史尤其是法国史上一个和平和繁荣的阶段,一般认为始于1871年普法战争,终于1914年第一次世界大战爆发。

我在公园里散步,心里盘算着该不该再去学习搞个证书。也该好好梳理一下我在知识上的追求去拿一个数学学位了。或许还有另一条路,把父亲那个价值连城、沾满灰尘的萨克斯管翻出来,学习博普爵士乐的和声奥秘,加入某个乐队,过更野更任性的生活。我不知道该更加专业,还是该更加狂野?你不可能两者兼得。这些设想让我感到疲惫。我想在夏末的枯草上躺下来,闭上眼睛。于是我努力安慰自己:我在公园里走一个来回的时间里,亚当应该在家中的卧室里帮我赚了一千英镑。我的债务都结清了。我已经为一幢漂亮的市区房子支付了预付金。我有个爱的人。那还有什么不满足的?可是,我不满足。我觉得自己没有用处。

假如我真的四肢伸展躺倒在那枯草地上,闭上双眼,也许我会看到米兰达朝我走来,穿着她的新内衣,像头天晚上她走出浴室时那样。那似笑非笑、满含期待的美丽表情,她走到我身旁、赤裸的双臂搁在我肩膀上、用轻轻一吻来挑逗我时,那神情专注的目光,一定会让我舍不得睁开眼睛。忘了数学和音乐吧,除了与她做爱,别的我都不想要。实际上我整天只做一件事,那就是等着她回来。如果我们忙,或者她累了,我们晚上或凌晨都不做爱,那我第二天的专注力会更弱,我的未来就成了一个负担,压得我四肢酸痛。我在一种半兴奋的状态下四处晃荡,大脑里迷迷糊糊,如同难以消退的黄昏。任何没有她的领域内,我都无法搞清楚自己的位置。我们的新阶段光芒四射,无与伦比;其他的一切都是昏暗乏味的。我们爱着对方——漫长的下午,这是我唯一清晰的想法。

有性爱,还有交谈,一直持续到半夜。现在,我什么都知道了:她母亲去世的日子,她记得很清楚;她父亲,他的善良和距离感,共同点燃了她对他的爱;当然,总有玛丽娅姆。她死后几个月,米兰达去过温彻斯特一家清真寺——她不敢到索尔兹伯里做礼拜,担心遇到玛丽娅姆家的人。到伦敦后,她继续做礼拜,但信仰不足开始成为障碍。她觉得这是在骗人,就不再去了。

和严肃的年轻爱人们一样,我们谈论父母,以此解释我们的性格及其根源,解释我们的喜好和恐惧。我的母亲珍妮·弗兰德是一个很大的半农业地区里的社区护士,我小的时候,她似乎总是疲惫不堪。后来我才明白,父亲经常不在,又与其他女人有关系,这比她的工作还令人疲惫。他们俩从没怎么喜欢过对方,尽管当着我的面并不吵架。他们说话生硬。吃饭的时候气氛压抑,有时候没有一个人说话。两人的交谈常常要通过我才能实现。我母亲会在厨房里对我说:"去问你爸爸今晚出不出去。"他是巡回演出中的名人。巅峰时期,马特·弗兰德四人组合在罗尼·斯科特[①]演出,还出过两张专辑。他的主流爵士风格在五十年代中期到六十年代初期观众最多。后来,流行乐和摇滚乐兴起,追随潮流的年轻人另有所好。博普爵士乐被挤入小角落中,多少有些偏狭古板,追随者大多表情抑郁,长长的记忆里充满着牢骚。我父亲收入减少,不忠和酗酒增加。

---

① 伦敦索霍区酒吧,建于1959年,以其爵士乐而闻名于世。

听完这一切,米兰达说:"他们不爱对方。不过,他们爱你吗?"

"爱。"

"谢天谢地!"

第二次去埃尔金新月街,她也去了。贝斯手脸上布满皱纹,两端下垂的胡子和褐色的大眼睛让他的表情显得更加忧伤。透过那双眼睛,我看到了我们——一对充满希望的年轻夫妇,家境相当富裕,即将重复他犯过的所有错误。米兰达对这儿表示赞赏,但不像我那么兴奋。在市区的大房子里长大是怎么回事,她全知道。不过,我们一个个房间看过来的时候,她想要挽着我的胳膊,这让我感动。

回家的路上,她说:"没有女人的痕迹。"

她有保留意见?倒不是房子本身,她说,而是房子里人的生活气息。或者说,缺乏人的生活气息。那是室内设计师梦想的样子。简朴、孤独,太过完美,需要被人搞乱。矮桌上叠着没人碰过的巨大画册,除此之外没有别的书。那个厨房里从来没有做过一餐饭。冰箱里只有杜松子酒和巧克力。鹅卵石花园缺少颜色。她跟我说这些时,我们正沿着肯辛顿教堂街向南走。我为卖主感到难过。虽然他不是在平克·弗洛伊德乐队[1]里演奏,他的乐队也是有雄心壮志、想上大舞台的。我对他冷淡,装出一副谈生意的样子,以此保护我自己,隐藏我对房屋买卖的无知,

---

[1] 英国著名摇滚乐队,成立于1965年。

以为所有的权力和地位都属于他。现在我明白了,他可能也同样不知所措。

第二天我想到了他,甚至考虑联系他。那忧伤的面孔令我无法释怀。我清晰地记得那忧伤的胡子,用一根橡皮筋扎住的马尾辫,那布满眼角的皱纹,如同网状的沟壑,一直延伸到太阳穴,几乎都蔓延到耳边了。早年吸食毒品笑得太多了。现在,我只能用米兰达的眼光去看那幢房子。一尘不染的空虚之地,缺少联系、兴趣、文化,没有任何音乐人或旅行者的迹象。连份报纸或杂志都没有。墙上空空如也。完美无瑕的柜子里空无一物,没有壁球拍或足球。他在那儿住了三年,他跟我说过。他成功了,有钱,但住的却是失败之屋,是已经放弃的希望,很可能吧。

我开始把他看成另一个我,我那被剥夺了文化的兄弟,除了财富什么都缺。从小到十四五岁,我从没看过戏,没听过歌剧或音乐剧,除了几场父亲的表演之外没去过现场音乐会,没去过博物馆或画廊,也没有单纯地出去旅游过。没有睡前故事。我父母的过去中没有儿童书籍,我们家房子里没有书,没有诗歌或神话,没有公开表达的兴趣,没有经久不衰的家庭笑话。马特·弗兰德和珍妮·弗兰德各忙各的,努力工作,其他时候则冷漠相对,保持着距离。在学校里,我喜爱难得的参观工厂活动。后来的电子学,甚至人类学,尤其是律师资格,都无法替代智力生活方面所欠缺的教育。因此,当好运为我带来梦一般的机会,让我免于实际上的辛苦操劳,在我兜里塞满黄金,我却一下子瘫倒了,不知所措。我一直想富起来,却从没问过自己为什么。除了情色欲望以及河对面一幢好房子之外,我没有其他目标。换作其他人,也许会利用这个机会,去看看大莱普蒂斯古城遗址①,或者追随史蒂文森的脚步跨越塞文山脉②,或者写一部专著讨论爱因斯坦的音乐品味。我还不知道该如何生活,这方面我缺乏背景,也不曾用我十五年的成年生活去自行探索。

也许我可以提一提我这了不起的收获,提一提亚当这一人造之物,以及他与他的同类能将我们领向何处。当然,实验本身就是壮举。用我继承的一切,换一个有躯体的生命意识,难道不是英勇之举,甚至有些超脱吗?那位贝斯手可无法比拟。然而——这里面就有反讽。一天下午迟些时候,我经过厨房,正在冥想的亚当抬起头对我说,他已经熟悉了佛罗伦萨、罗马和威尼斯的各大教堂以及教堂中悬挂的所有画作,即将形成自己的看法。巴洛克风格尤其令他着迷。他对阿特米西亚·真蒂莱斯基③评价很高,还想告诉我原因。不仅如此,他最近还读了菲利普·拉金④。

"查理,我珍爱这平凡的声音,以及那些不需借助上帝即可获得超脱的时刻!"

我能说什么?有时候,亚当的热切让我厌烦。我刚刚又一

---

① 位于利比亚的黎波里以东,始建于公元前 1000 年左右,为世界著名的建筑遗址。
② 史蒂文森即罗伯特·路易斯·史蒂文森(1850—1894),英国著名作家,曾在法国塞文山徒步旅行,写成《骑驴旅行记》一书。
③ 阿特米西亚·真蒂莱斯基(1593—1653),意大利巴洛克画家。
④ 菲利普·拉金(1922—1985),英国诗人。

次到公园里漫无目的地溜达了一圈,所以只是点了点头,离开了房间。我的大脑空空荡荡,他的大脑满满当当。

白天大多时候,米兰达都在外面,一回家又要和她父亲打一个小时的电话,然后是做爱,然后是晚餐,然后是关于埃尔金新月街的谈话,剩下的时间就很少了,没机会跟她讲述我的不满,或者劝说她不要在索尔兹伯里追查戈林的行踪。我们最长的谈话,发生在工程师到访的那天晚上。后来一两天内,气氛就有些紧张。

当时我们坐在床上。

"你想达到什么目的呢?"

她说:"我要直面他。"

"然后呢?"

"我要他知道他坐牢的真正原因。他对玛丽娅姆做过的事情,他必须直接面对。"

"那可能引起暴力。"

"我们会带上亚当。而且你也是个大块头,不是吗?"

"这是疯了。"

我们有相当一段时间都没有红过脸了。

"奇了怪了,"她说,"亚当能明白这道理,你却不明白?为什么——"

"他要杀你啊。"

"你可以在车里等着。"

"那他会抓过一把餐刀,朝你奔过来。然后呢?"

"审判他的时候,你可以作证。"

"他会把我们俩都杀了。"

"我不在乎。"

这谈话太荒唐了。我们能听见亚当在隔壁洗刷我们晚餐碗碟的声音。她的保护者,她的前任情人,现在仍然爱着她,仍然在给她朗读他那些精炼的诗歌。他和他那些躁动不安的电路也参与了。去找戈林就是他的主意。

她似乎猜到了我的心思。"亚当能理解。很遗憾你不能理解。"

"以前你很害怕。"

"现在我很愤怒。"

"给他写封信。"

"我要当着他的面告诉他。"

我尝试换个方法。"你那不理性的内疚感怎么办呢?"

她看着我,等待着。

我说:"你在试图纠正一个并不存在的错误。不是所有的强奸都以自杀结束。那时候你并不知道她要干什么。作为她忠实的朋友,你已经尽了最大努力。"

她正准备说什么,但我提高了嗓门。"你听着。我就直接说出来了。这不是你的错!"

她从床上站起来,走到桌边,眼睛直愣愣盯着电脑,足足盯了一分钟,我想其实她并没有看到当时流行的屏保上那些扭动的彩色线条。

最后她说:"我要出去走走。"她从椅背上拿下一件毛衣,朝门口走去。

"带上亚当吧。"

他们出去了一个小时。回来之后,她冲我说了一声干巴巴的晚安,就上床了。我和亚当坐在厨房里,我下定决心要把事情搞到底。不过这次要用间接的方法。我正打算问这一天的工作进展如何——这是我的委婉说法,意思是问挣了多少钱——这时我注意到他身上有个变化,晚餐时候没有注意到。他穿着黑色外套,白色衬衫的领口开着,脚下穿着黑色的绒布休闲鞋。

"你喜欢吗?"他拉了拉衣领,转过头,模仿走猫步的姿势。

"这是怎么回事?"

"总穿你的旧牛仔裤和T恤衫,我腻了。而且我认为,你存在床下的那笔钱,有一部分是我的。"他警觉地看着我。

"好吧,"我说,"你说的也许有道理。"

"大概一星期前吧。那天下午你出去了。我叫了辆出租车,当然是我第一次,去奇尔顿街。我买了两件现成的外套,还有三件衬衫、两双鞋。你真该看看我当时的样子啊,一条一条裤子试穿,指指这儿,又指指那儿。他们完全相信。"

"相信你是个人?"

"他们喊我先生呢。"

他靠到椅背上,一条胳膊伸直平放在桌面上,因为肌肉绷紧,那件外套便鼓胀起来,干净利落,看不到一条折痕。他看起来像即将杀入我们社区的那些年轻的专业人士。外套与他严厉的相貌很匹配。

他说:"司机一路上都在说话。他女儿刚获得一份大学里的工作。全家她是第一个。他感到非常骄傲。下车付钱的时候,我握了他的手。不过,当天晚上我做了些研究,发现讲座、研讨会,尤其是个别辅导,都是低效的信息传递方式。"

我说:"哦,还有精神方面的熏陶。图书馆、重要的新朋友、可能帮你打开全新思路的某位老师……"我说不下去了。这些我自己从来没有遇到过。"行啦,那么你有什么建议呢?"

"直接思想转移。下载。不过,呃,当然啦,生物学上讲……"他也说不下去了,他觉得提及我的局限不太礼貌。接着,他高兴起来。"说到这个啊,我终于看完莎士比亚啦。三十七个剧本。我太兴奋啦。都是什么样的人物啊!展现得极其出色。福斯塔夫、伊阿古——都能从书里直接走出来一样。但是,最出色的人物还是哈姆雷特。我一直想跟你谈谈他。"

我从来没有读过,也没有看过舞台演出,尽管我觉得自己看过,或者说我觉得应该假装看过。"哦,对啊,"我说,"石弹和箭矢。"①

"描写某个人的内心,某个具体生命的意识,还有比这更出色的吗?"

"听我说,先不急着讨论这个,我们还有别的事情得谈一谈。戈林。米兰达是铁了心了……她那个想法。可那是愚蠢、危险

---

① 语出莎士比亚《哈姆雷特》一剧第三幕第一场,在著名的"生存还是灭亡"独白中,哈姆雷特称人生多苦,命运的"石弹和箭矢"难以忍受。

的想法啊。"

他用指尖轻轻敲打着桌面。"这是我的错。我应该早点解释我的决定——"

"决定?"

"建议。这事儿我做过一些工作。我可以带着你过一遍。有一般的考虑,也有实证研究。"

"会有人受伤的。"

他好像根本没听见我的话。

"现阶段我不都告诉你,希望你能够谅解。我是说,如果我不透露一些最终细节,你不要逼迫我。这项工作还在进行之中。不过呢,听我说,查理,尽管这威胁可能性不大,我们都不可能一直这么忍受下去,尤其是米兰达。她的自由已经受到限制。她一直处在焦虑的状态之中。这也许会持续几个月,甚至几年。根本就无法忍受。这就是我的总体看法。所以嘛。我的第一个任务就是找出与彼得·戈林最相似的人。我上了他和米兰达以前那个学校的网站,找到了年级照片,里面就有他,站在后排的一个大块头。我在学校刊物上也找到了他,橄榄球和板球赛季的相关文章里都有。当然啦,还有审判期间的媒体报道。很多脑袋上套着头套的照片,不过我还是找到了一些有用的,然后我把这些合并成一张高清晰度的人像并扫描下来。接下来是有趣的部分,我设计了一个很特殊的面部识别软件。然后,我黑进了索尔兹伯里区委员会的中央监控系统。我启动了面部识别算法,挖掘从他出狱以来的数据。那有点儿难度。遇到了各种挫折和软件上的故障,主要原因是市里用的程序落后,常引起匹配问题。用戈林的姓找到了他父母位于城镇边缘的房子,这很有帮助,不过他们住的地方没有摄像头。我需要知道他最有可能从哪条路线经过最近的摄像头。最后,我终于获得了有效的匹配,他坐公共汽车进城时,我在多个不同的地方拍到了他。只要他在市中心或者附近,我就能跟住他,从一条街到另一条街,从一个摄像头到另一个摄像头。有个地方他经常去。别去猜是什么地方了,白费力气。他父母还在国外。也许他们就想离犯罪的儿子远一点儿。我已经形成了关于他的一些结论,在此基础上,我认为上门去见他是安全的。我跟你说过的,也都跟米兰达说过。她知道的和你一样多。目前我只说这么多。我只请你信任我。好了,查理,拜托啦。我都急死了,我真的很想听听你怎么看《哈姆雷特》,怎么看莎士比亚本人在第一次演出中扮演哈姆雷特父亲的鬼魂。还有,《尤利西斯》,'奈斯托'那一章中,史蒂芬提出的观点怎么样?[①]"

"好吧,"我说,"不过,你先谈。"

*

两起小绯闻以及随后的辞职,一起致命的心脏病突发,乡村公路上一起致命的酒后撞车,一名议员因原则问题更改立场、加

[①] 《尤利西斯》为爱尔兰现代主义作家詹姆斯·乔伊斯(1882—1941)的代表作,其中史蒂芬这个人物提出了他关于《哈姆雷特》的观点,认为莎士比亚剧作是其作者个人经历的直接反映。

入了反方——七个月内,政府已经在四次议员补选中连续败北,在议会中又减少了五个席位,而且,用报纸常说的话来说,其席位优势"命悬一线"。"悬"着的这条"线",现在还有九个席位,但撒切尔夫人有十二位不听话的后座议员,他们主要担心的事情是,最近通过的"人头税"立法会摧毁该党在下一届大选中的获胜希望。这项税收为地方政府增加收入,取代了以房屋的出租价为税基的旧体系。现在,任何年满十八岁的成年人无论收入多少,都要按固定税率缴税,学生、穷人和登记在册的失业人员可以减免。七年前现任首相还是反对党领袖时,就已经制订了新税收的相关计划,但这么快就递交议会,还是出乎大家的意料。计划一直写在该党的纲领之中,但没人太当回事。现在,计划成了现实,编入了法典之中,"对存在征税",很难收,总体上不受欢迎。撒切尔夫人熬过了福克兰群岛的失败。现在,她尚在第一任期之内,就可能因为自己的立法错误被赶下台,《泰晤士报》一篇社论说,那是"一部无法原谅的法律",是"自损的举动,令人困惑"。

与此同时,忠实的反对党[①]却生机勃勃。二战后出生的一代年轻人都爱上了托尼·本恩。一场声势浩大的成员扩充运动之后,超过七十五万人加入了该党。中产阶级的学生和工人阶级的年轻人汇集成一个愤怒的选民群体,决心第一次使用他们的投票权。工会老板、年长而倨傲的主管,发现自己在集会上被能

---

① 英国大选中,议会下院占席位最多的党组建政府,为执政党;一般席位数量居第二位的政党为反对党,官方公文中亦称为"女王陛下忠实的反对党"。

言善辩的女权主义者们呵斥,她们观点新奇、令人难解。一些标新立异的团体——环保主义者、同性恋解放主义者、斯巴达克斯主义者、情境主义者、千年共产主义者、黑豹党人——都让旧左派坐立不安。本恩如果出现在集会上,会受到摇滚明星一般的热烈欢迎。他如果阐述政策,哪怕是一条一条详细列出他的工业战略,听众也会欢呼喝彩、吹口哨,表示赞同。议会和媒体中最激烈的反对者也不得不承认,他有出色的演说才能,如果在电视直播间里直面对抗,是很难取胜的。各地方政府委员会中,渐渐出现了拥护本恩、脾气火爆的激进主义者。他们一心要把工党中那些"左右摇摆的中间派"赶出议会。这场运动似乎不可遏制,大选即将到来,保守党的造反派们不知所措。"她得下台"这句话,成了私下里挂在嘴上的口号。

发生了多起暴乱,造成了常见的那些象征性的破坏——砸碎玻璃、纵火焚烧店铺和汽车、设置路障阻拦消防车辆。托尼·本恩谴责暴动者,但大家都知道,混乱对他的事业有帮助。还有一场游行,计划从伦敦中央穿过,这次的目的地是海德公园,本恩要去做演讲。我对他表示谨慎的支持,那些清洗、暴乱以及本恩那帮托洛茨基式的追随者,都让我感到不安。我自认为是不左右摇摆的中间派,也觉得"她得下台"。米兰达又有个研讨会,但亚当想去。一直在下雨,我们撑着伞走到斯托克韦尔地铁站,乘坐到格林公园。我们走上皮卡迪利街,突然之间阳光灿烂,蓝色的天空晴暖高远,堆着大块大块的白色积雨云。格林公园的树湿漉漉的,发出古铜色的亮光。我曾试图劝说亚当脱下那件黑色外套,但他不听。

他还从我书桌的抽屉里找出了一副旧墨镜。

"这不是个好主意。"我说。我们正随着人群慢慢朝海德公园角走去。我们身后,远远传来很多长号和手鼓的声音,还有一面低音大鼓。"你看起来就像个特工。托派们会揍你的。"

"我就是特工啊。"他大声说了出来,我朝四周张望着。没事儿。旁边的人们在唱《我们必将征服》。这首歌本来要传递充满希望的情绪,但刚唱第一句,就被无望的旋律破坏了。第二句重复第一句,但软弱无力。"服"这个字里面,塞进了三个毫无力量的音符,还不合时宜地依次递降,让我无法接受。我非常憎恶。我意识到,我的情绪如同黄昏。兴高采烈的人群,会在我身上产生这种效果。摇动手鼓,会让我想到索霍广场那些剃光脑袋的哈瑞奎师那傻瓜们。我鞋子湿了,处境凄惨。我可不指望征服什么。

公园里,在我们和主演讲台之间,可能有十万人之多。我决定到后排去。一片由人肉组成的地毯,在我们面前铺展开去,等着临时爱尔兰革命军丢出一枚钢珠炸弹轰个粉碎。本恩上台之前,有几个重要演讲。远处那几个小人,借助强大的扩音系统,用他们的观点来轰炸我们。我们都反对人头税。一位著名的流行歌手上了台,观众们报以热烈掌声。我从没听说过这个人。踮着脚站在麦克风前的那个十几岁的女孩,我也没听说过,她演了一部电视剧,因此受到全国人民的喜爱。但我的确听说过鲍勃·格尔多夫[1]。人到了三十多岁,就是这样。

---

[1] 鲍勃·格尔多夫(1951—),爱尔兰歌手、政治活动家,成名于20世纪70年代。

最后,过了七十五分钟,什么地方响起一个洪亮的声音,激动地喊道:"让我们热烈欢迎大不列颠的下一任首相!"

在滚石乐队《无法满足》的音乐声中,英雄迈步登场了。他举起双臂,人们欢呼起来。站在那么远的地方,我也能分辨出一个若有所思的人的模样,穿着褐色花呢外套,系着配套的领带,因为置身高处而有些茫然。他从外套口袋里掏出没有点着的烟斗,这很可能是个习惯,人群中又爆发出一阵兴高采烈的欢呼。我侧头望望亚当。他也若有所思,既不赞同也不反对,只专心致志地把这一切都记录下来。

在我听来,本恩似乎不太想再去煽动如此众多的听众。他不太确定地喊道:"我们要人头税吗?""不要!"人群山呼道。"我们要工党政府吗?""要!"回答更加响亮。等他开始阐述观点,他的声音听起来更加自然。与我在特拉法尔加广场听到的那次相比,这次的演讲更加简单,但更加有效。他提出,要建设一个更加公平的英国,种族和谐、权力分散、技术发达,"适合二十世纪末",那将是个善良而体面的国度,私立学校融入国家体系,大学教育向工人阶级开放,人人皆能享受住房福利和最好的医疗保障,能源行业重归国有,金融城不会减少管制,工人们加入公司董事会,富人履行职责,世袭优势的循环被打破。

一切都好,没有意外。演讲持续了很久,一个原因是,本恩每说出一项政策,人们都要欢呼致敬。我从没听亚当对政治表示过兴趣,于是我用手肘推了他一下,问他有什么看法。

他说:"我们应该在最高税率回到百分之八十三之前给你赚

一笔。"

这是讽刺取笑吗？我看看他，无法判断是不是。演讲还在继续，我的注意力开始分散。我以前经常注意到，在大型集会中，无论听众有多么狂热，总有人在走动，要么回来要么离开，在人群中朝不同方向挤过去，去办其他事情：赶火车，上厕所，觉得无聊了，或者表示反对。我们站立的地方是个缓坡，地势绵延而上直到我们身后那棵橡树。我们视野很好。有些人在向前移。我们周围的人慢慢少了一些，露出不少垃圾，被踩到了松软的地里。我的目光碰巧落在亚当身上，发现他凝视的不是演讲台，而是他的左侧。一位穿着得体的女士，我猜五十多岁吧，挺瘦，头发向后梳得紧紧的，拿一根手杖，帮助自己在泥泞的草地上站稳，此时她正斜着朝我们走来。我注意到她身边还有一位年轻的女士，可能是她女儿吧。她们走得慢。年轻女士的手一直在她母亲手肘附近，随时准备扶住她。我又看了看亚当，发现了一种特殊的表情，一开始很难分辨——惊诧吧，我先是这么想的。两人走近时，他呆住了。

年轻女士看见了亚当，停了下来。两人使劲看着对方。因为耽搁了走路，拿手杖的女士焦躁起来，拉了拉她女儿的袖子。亚当发出了一个声音，似乎是要大口喘气而又克制住了。我又看了一眼那对母女，心里便明白了。年轻的那位皮肤白皙，有不同寻常之美，仿佛主旋律上聪明的变奏。拿手杖的女士没明白发生了什么。她只想赶路，不耐烦地给年轻伙伴下了道命令。年轻女士的长相明白无误：那鼻子的形状，那蓝色的眼睛和里面星星点点的矛一般的黑色线条。根本不是人家的女儿,而是夏娃,亚当的姐妹,十三个中的一个。

我觉得有义务与她接触一下。那两位离我还不到二十英尺。我举起一只手,荒唐地喊道:"我说……"然后迈步朝她们走去。她们可能没听见;我的话可能淹没在本恩的演讲之中。这时,我感到亚当的手搭上了我的肩膀。

他轻声说道:"别去。"

我又看了看夏娃。她是个美丽却不开心的女孩。她仍旧在瞪大眼睛看着自己的兄弟,那张脸肤色苍白,表情痛苦,似乎在恳求。

"去啊,"我悄声说,"去跟她说话。"

那位女士举起手杖,朝她要走的方向指着。与此同时,她使劲拉了拉夏娃的胳膊。

我说:"亚当。看在老天的分上。你倒是去啊!"

他不肯动。夏娃眼睛仍旧牢牢地盯着他,身体却听凭年长的女士领着走。两人在人群中渐行渐远。就在她们即将从视野中消失的那一瞬间,她转过头来,又看了最后一眼。她离得远,我看不清她的表情。那不过是一张小小的、苍白的脸,在拥挤的人群中闪过。然后,她就消失了。我们本来可以跟上去,但亚当已经转身朝另一个方向走开了,到那棵橡树下站着。

我们默默地动身回家。我应该再努力点,鼓励他去主动接触他的姐妹。我们肩并肩,站在朝南面行驶的拥挤的地铁里。夏娃那凄惨的面容,让我难以释怀,我知道他也一样。我决定不给他压力,不急着让他解释刚才为什么要走开。时候到了,他会告诉我的。我一直想,我刚才真应该跟她说话,但他不愿意啊。她消失在人群中的时候,看他那副样子,站在那儿,背对着她,眼睛盯着树干!我一直忽略了他。一场爱情让我无动于衷。在日常生活中,尽管我能够和一个人造人过一天,尽管这个人造人能洗碗、能和其他人一样交谈,我却不再为之感到惊讶。他急切地追求观点和事实,渴望获得我无法企及的思想,有时候令我感到厌烦。亚当这样的技术奇迹,如同第一台蒸汽机一样,已经成为寻常之物。同样,我们无法完全理解却无处不在的各种生物奇迹,也是这样的,比如所有生物的大脑,还有普通的大荨麻,其光合作用我们也只是刚刚才能够从量子角度加以描述。一切神奇的东西,我们都能够适应。就在亚当越来越熟练地为我赚取财富之时,我已经不再想到他了。

当天晚上,我给米兰达描述了海德公园那一幕。我们遇到了一个夏娃,在她看来,没那么了不起。那个悲伤的时刻,就是他转身背对她的时候,我也根据我所见的样子给她描述了。然后又讲了我对亚当的内疚心情。

"我不知道为什么你会这么大惊小怪,"她说,"跟他说说话。多花点时间陪他呗。"

第二天半上午,雨终于停了,我走进卧室,说服亚当丢下外汇市场,出去散散步。他护送米兰达到地铁站刚回来,不太情愿地站起身。但是,当他从克拉彭大街的购物人群中穿过,他的步伐是多么自信啊!当然,出趟远门,我们要损失几百英镑的收人。既然路过报亭,我们就进去看看西蒙·赛义德。我一边浏览着架子上的杂志,一边听着亚当和西蒙谈话,他们先讨论喀什米尔的政治,然后是印巴核武器竞赛,最后谈了泰戈尔的诗歌,让两人的谈话在赞颂中结束,两人都大段背诵了泰戈尔诗歌的原文。我觉得亚当是在炫耀,但西蒙非常高兴。他表扬了亚当的语音——比他现在说的都好,他说——并承诺邀请我们一起吃晚饭。

一刻钟以后,我们在公园里散步。之前,我们只说了一些闲话。这时候,我问他工程师萨莉到访的情况。她让他想象一个仇恨的对象,他大脑里想的是什么呢?

"表面看来,我想到的是玛丽娅姆身上发生的事情。但是,如果有人要你去想什么东西,那就有点难。心智自行其是,可没那么容易控制。正如约翰·弥尔顿①所说,心智乃自主之地。我努力专注于戈林,但我又开始想他行动背后的那些观点。他为什么相信那样做是被允许的,或者有某种权利那样做;为什么她的呼喊、恐惧以及可能给她带来的后果,他都无动于衷;为什么他认为除了强迫之外,没有其他办法能够达到目的。

我对他说,当时我看了萨莉的电脑屏幕,从那些密密麻麻的符号上,我是无法看出爱和恨这两种情感之间的区别的。

我们来看孩子们在水池里玩船。一共不到十来个。不久,冬天抽干水池的时候就到了。

---

① 约翰·弥尔顿(1608—1674),英国著名诗人。下文引自其名作《失乐园》。

亚当说:"对啦,大脑和意识。古老的难题,对人类来说不容易,对机器来说也一样难。"

我们继续走着。我问他最早的记忆是什么样的。

"我坐的那把餐椅的感觉。然后是餐桌的边缘,餐桌那边的墙,以及门框垂直的部分,就是涂料脱落的地方。后来我才知道,制造商们曾考虑给我们植入一套可信的童年记忆,让我们和其他人一样融入社会。我很高兴他们后来改变了主意。我可不愿意一切开始于一个虚假的故事、一个美好的幻觉。至少我知道我是什么,在什么地方、用什么方法造出来的。"

我们又谈到了死亡——他的死亡,不是我的。他又说,他敢肯定,等他二十年一到,就会被拆解。新的型号会出现。不过,那是小事。"我得以栖身的具体结构并不重要。关键是,我的意识存在可以轻易转移到另一台设备。"

这时候我们所在的地方,我想应该是马克的游乐场。

我说:"亚当,跟我说实话。"

"我保证。"

"无论你的答案是什么,我都不会介意。我问你,你是不是对孩子有负面的情感?"

他似乎很震惊。"为什么我会呢?"

"因为他们的学习过程比你的更优秀。他们懂得什么叫游戏。"

"如果让孩子来叫我玩游戏,我会很高兴。我喜欢小马克。我肯定,我们以后还会见到他。"

我没有继续追问。这个话题已经变得有些让人痛苦了。我还有一个问题。"我还是担心直接去见戈林。这件事情上,你想要什么呢?"

我们停下脚步,他盯着我的眼睛。"我要正义。"

"好吧。可你为什么要让米兰达经历这些呢?"

"这是个对等的问题。"

我说:"她会受到伤害的。我们都会。这个人有暴力倾向。他是个罪犯。"

他微笑道:"她也是。"

我笑了起来。他以前也说过她是罪犯。求爱遭拒,展示伤口。我早该给予更多关注,不过这时候我们已经转身往回走,打算穿过公园回家,于是我把话题又转到了政治上。我让他谈谈对托尼·本恩海德公园演讲的看法。

亚当总体上是赞同的。"但是,如果他真要把承诺的事情给予每一个人的话,那就必须限制某些自由。"

我请他举个例子。

"你一辈子努力所得,总想留给孩子们,这可能是人类共有的欲望吧。"

"本恩会说,我们要打破世袭特权的循环。"

"是啊。平等、自由,形成一个光谱。一个多,另一个就少。一旦掌权,你的手就放上了一台两边摆动的天平。最好事先不要做太多承诺。"

但是,我提到海德公园,不过是个由头。"你为什么不和夏娃说话?"

这个问题应该不会让他吃惊,不过他还是转过脸去了。我们已经到了公园边上,面前就是圣三一教堂。最后他说:"我们交流过,一见面就有。她做过什么,我立即就明白了。回不去了。她找到了一个方法,我想现在我知道是怎么做的了,她用这个方法让她所有系统逐步散开。她三天前已经启动了程序。回不去了。我想,你们最接近的情况,就是某种进展比较快一些的老年痴呆症。我不知道她为什么要走这一步,但她已经崩溃了,彻底绝望了。我想,我们偶然相遇,让她有点后悔……所以,我们不能交往。那对她更加糟糕。她知道我帮不了她,太迟了,她必须离开。之所以要慢慢消亡,她可能是一直在考虑那位女士的感受,以免她接受不了。我不知道。我能肯定的是,几个星期之内,夏娃就等于没了。相当于脑死亡,过去的经历都会抹掉,没有自我,对任何人都没什么用处。"

我们一步步走过草坪,如同参加葬礼。我等着亚当再说点什么。最后,我问他:"那你感觉怎么样?"

他又沉默了一会儿。等他停下脚步,我也停下来。说话的时候,他并没有看我,宽阔的绿地边缘是树,他的目光落在树的上方。

"你知道吗,我感觉挺有希望的。"

八

计划到索尔兹伯里去的头一天,我走路去社区诊所拆石膏。我随身带了马克斯菲尔德·布莱克的杂志专访,打算再读一遍。据说他是个"思想丰富"的人。可以说他获得了多方面的成功,但并没有真正的"成就"。三十多岁时,他写了五十个短篇小说,其中的三篇合起来,拍成了一部著名的电影。还是在那些年里,他创立并编辑了一份文学杂志,虽然只支撑了八年,但当时活跃的作家,现在提起这份杂志,几乎每个人都非常尊敬。他写过一部小说,在英语世界无人理会,但在北欧各国却很成功。他给一份星期天发行的报纸做了五年的图书版面编辑。同样,为他撰稿的人回想起来都颇为尊重。他花了很多年翻译巴尔扎克的《人间喜剧》,以函套装的形式出版。反响平平。随后又写了一部五幕诗剧,是向拉辛①的《昂朵马格》致敬之作——在当时的情况下,这是个糟糕的选择。他写过两部格什温②风格的交响曲,调子明确标识出来,而调性在当时是很不受欢迎的。

他说他自己忙东忙西,声誉分散在各个领域,只有"单层细胞那么薄"。可是,他又花了三年写一个高难度的十四行诗系列,表现他父亲在第一次世界大战中的经历,将自己的声誉拉得更薄了。他是个"不算差的"爵士钢琴手。他编过侏罗山③攀岩手册,颇受好评,但地图很差——不是他的错——于是很快就被其他手册替代了。他一直勉强度日,有时候还债台高筑,尽管时间都不长。他每周写关于酒的专栏,很可能是他作为病人的事业开端。他的身体不行了,第一个疾病是ITP,即特发性血小板减少性紫癜。他能言善辩,大家这么说的。然而,他的舌头上出现了黑点。尽管如此,在年轻同事们的帮助下,他仍然攀上了本尼维斯山④的北坡——对快六十岁的人来说,这可是了不起的成就,何况他还写过关于该山的漂亮文章。然而,"一个'差点儿'的人"这个含有讽刺意味的标签,似乎难以摘除了。

护士喊我进去,用医用剪刀把我的石膏剪了下来。我的胳膊没有了负担,又白又细,悬在空中,好像充了氦气一样。我一边沿着克拉彭路走,一边挥着胳膊,不停地活动,因为手臂新获自由而欣喜若狂。一辆出租车停在我跟前。出于礼貌,我上了车,经过价格不菲的三百码路程后到了家。

那天晚上,我问米兰达她父亲知不知道亚当。她说过,她回答,但他没什么兴趣。那么,她为什么要急着带亚当去索尔兹伯里呢?我们躺在床上,她解释说,那是因为她想看看他们之间会发生什么事。她认为她父亲需要与二十世纪来一次直接接触。

---

① 即让·拉辛(1639—1699),法国伟大剧作家。
② 即乔治·格什温(1898—1937),美国作曲家,以其结合古典音乐与爵士、布鲁斯音乐而闻名。
③ 欧洲山名,位于法国和瑞士边境。
④ 英国最高峰,位于苏格兰境内。

一个读书比我多一千倍的攀岩者,一个不会"甘心忍耐愚妄人"的人——我的文学背景有限,本该感到胆怯,然而现在既然已经做了决定,我也就等着去跟他握手了。他不能把我怎么样。他女儿和我在谈恋爱,马克斯菲尔德必须接受我本来的样子。而且,虽然我很想看看米兰达小时候的家,但是到那儿吃餐午饭,不过是个温和的序幕而已,大戏是去见戈林,尽管亚当做了研究,我还是很害怕。

一个狂风大作的星期三早晨,我们吃完早饭,动身出发。我的车没有后门。令我惊讶的是,亚当非常灵敏地挤进了汽车后座。他外套的衣领缠在一块覆盖安全带卷轴的铬板上。我帮他解开,他好像觉得有损尊严。车辆缓慢穿过旺兹沃斯区时,他神情抑郁,就像坐在后座、不愿意跟随全家外出的十几岁男孩。在这种情况下,米兰达倒算得上心情欢快,一路上给我补充她父亲的消息:在医院里进进出出做更多检测;换了一个健康访视员,这是他坚持的;痛风回到了右手拇指上,但左手拇指不疼;后悔自己缺乏勇气,想写的东西没有写;一个中篇小说即将完成,令他激动。他感到惋惜,要是早一点发现这种艺术样式就好了。到纽约买套公寓的想法,已经忘记了。这部完成之后,他计划写个三部曲。米兰达脚下放着一个帆布包,里面是我们的午饭——他跟她说过,新来的管家做饭太糟糕了。车辆只要颠簸一下,就听到几只瓶子叮当作响。

一个小时后,我们才刚刚摆脱伦敦的引力。似乎只有我一个人在驾驶自己的车辆。以前的驾驶座上坐着人,大多数在睡觉。一旦到诺丁山买房的钱准备好了,我就打算给自己买一台大功率的自动驾驶车。长途旅行中,我和米兰达可以喝酒、看电影,在折叠后座上做爱。我含沙射影地给她说了这个计划,这时我们正经过汉普郡秋意浓郁的矮树篱。笼罩在路上方的树高大异常,似乎不太自然。我们决定从巨石阵绕一下,尽管我希望亚当不要利用这个机会给我们来一通关于巨石阵起源的演讲。不过,他并没有说话的心情。米兰达问他是不是不开心,他嘟囔道:"我没事,谢谢。"我们都沉默了。我开始想,在去见戈林的事情上,他是不是要改变主意了。真要那样,我不会反对。如果我们去了,他这副郁郁寡欢的样子,可能没法积极地保护我们。我从后视镜里看了他一眼。他脑袋偏向左边,看着田野和云层。我觉得似乎看到了他嘴唇在动,但我不敢确定。等我再看时,他的嘴唇是不动的。

实际上,我们经过巨石阵时无人点评,这让我感到不安。我们穿过平原看到大教堂尖顶时,他还没说话。我和米兰达交换了一个眼神。但是,有二十分钟我们心情不好,把他给忘了,因为我们忙着在索尔兹伯里的单行道网络中找她家的位置。这是她的老家,她不愿意使用卫星导航系统。可是,她脑海中的城市地图是步行用的,她给的指令全错了。我们多次在不太友好的车流中小心翼翼地掉头,又倒着上了一条单行道,差点和人家吵起来,最后终于在离她家房子几百码的地方停了车。我们情绪低落,似乎让亚当精神了一些。我们一走上人行道,他就坚持要从我手里接过那个沉重的帆布包。这儿不算大教堂的属地,但离大教堂很近,她家的房子高大醒目,以前倒有可能是某个大教会的附属建筑。

管家开门时,亚当第一个兴冲冲地打了招呼。管家是位和善而精干的女士,四十多岁的年纪。很难相信她竟然不会做饭。她领着我们进了厨房。亚当把包放到一张松木桌上,然后他环视四周,双手"啪"的一声拍了一下,说道:"哎呀!太棒啦。"这是夸张地模仿了过于热情的那种人,在高尔夫俱乐部屡见不鲜。管家带着我们走上二楼,来到马克斯菲尔德的书房。这么大的房间在埃尔金新月街都很罕见。三面墙上都是书架,从地板到天花板,配三架取书用的梯子;另一面是三扇高大的推拉窗,俯瞰着街道;一张真皮桌面的写字桌,安放在房间正中央,上面放着两盏台灯,桌子后面是一把有人体矫正功能的椅子,上面堆满了枕头,枕头之中有一个人,直挺挺地坐着,一只手里拿着钢笔,我们进门时他睁大眼睛朝我们瞪着,神情专注而焦躁,正是马克斯菲尔德·布莱克本人,他的下巴咬得紧紧的,好像牙齿都快咬碎了一样。过了一会儿,他的表情放松了下来。

"我一段话写到一半。这段不错。你们都走开,过半小时再来吧。"

米兰达走了过去。"别假惺惺了,爸爸。我们开了三个小时的车呢。"

她说的最后几个字,淹没在两人的拥抱之中。他们拥抱了好一会儿。马克斯菲尔德手里的笔已经放下了,正对着女儿的耳朵窃窃私语。她一条腿跪着,双臂抱着他的脖子。管家已经消失了。在一旁这么看着,让人感觉不自在,于是我把目光转移到那支钢笔上。笔放在桌上,笔尖露在外面,旁边有很多张没有线格的纸,铺满了桌子,上面有细小的字迹。从我站的位置看,纸上没有删改的痕迹,整齐的页边空白处也没有箭头、圆圈或添加的内容。利用这个时间我还注意到,除了台灯,房间里没有其他设备,连电话和打字机都没有。要不是作家的椅子,也许还有书架上的书名,真的会让人以为这是一八九〇年。看起来那个年代也并不遥远。

米兰达做介绍。先是亚当,他仍旧处在那种奇怪的热情模式中。接下来就轮到我走上去与他握手了。马克斯菲尔德毫无笑意地说道:"米兰达讲了不少你的情况。我期待与你聊一聊。"

我礼貌地回答说,我也听说了很多他的情况,很期待我们的谈话。我说话的时候,他做了个鬼脸。看来我符合了他的某些负面期待。与五年前发表的那篇专访上的照片相比,他现在显得老多了。那是一张窄脸,皮肤绷得太紧,好像是经常咆哮或怒视所致。米兰达以前跟我说过,他们那代人有种愤世的暴躁。你不能太当回事,她告诉我,因为那背后是玩闹。他们要的呢,她说,是让你打回去,而且还要打得聪明。现在,马克斯菲尔德松开了我的手,我想我也许有能力打回去。至于聪明嘛——我愣了。

管家克莉丝汀托着盘子送来一瓶雪莉酒。亚当说:"现在不用啦,谢谢。"他帮助克莉丝汀从房间各个角落里拉来三把木头椅子,在写字桌前宽松地摆成一个弧形。

我们三人拿起杯子时,马克斯菲尔德指着我,对米兰达说道:"他喜欢雪莉酒吗?"

她也转脸看着我,我说:"挺喜欢的,谢谢。"

实际上,我一点儿也不喜欢,我还在想,根据米兰达的说法,我要是说"不"能不能算聪明。她开始问她父亲一系列常规问题:各种各样的疼痛、吃的药、医院里的食物、那位含糊其辞的专家、一种新的催眠药等等。听她说话,听这可爱而孝顺的女儿,让人浑然忘我、如入梦境。她的声音清晰而充满爱意。她抬起手臂,把飘过前额的几小缕头发捋开。他回答她的问题,像个听话的小学生。如果有个问题让他记起了烦恼的事情或者医治无效的经历,他就焦躁起来,她便安慰他,抚摸他的胳膊。这场景如同病人的教义问答,也让我得到了安慰,我对米兰达的爱在胸中涌动。刚才开了很久的车,浓郁的甜雪莉酒令人舒心。也许我还是喜欢这酒的。我闭上了眼睛,要费点儿劲才能睁开。就在马克斯菲尔德·布莱克提问时,我及时睁开了眼睛。他不再是个满腹牢骚的病人。那问题从他嘴里喊出来,像一道命令。

"嗨!你最近阅读过什么书?"

没有哪个问题,比这个更加糟糕了。我阅读屏幕——大多是报纸,要么就到各个网站晃悠,科学、文化、政治方面的博客以及一般的博客文章。头天晚上,让我感兴趣的是一份电子器件交易杂志上的一篇文章。我没有读书的习惯。我的日子匆匆而过,没有时间坐在扶手椅里,优哉游哉地翻书。我倒希望能编出个书名来,但我大脑里空空如也。上一次我手里拿过的书,是米兰达关于《谷物法》的一本历史书。我读了书脊上的书名,然后就把书递了回去。我倒不是一时忘记了,而是根本就无从记起。我想,就这么直接跟马克斯菲尔德说,也许还显得异常聪明呢,不过这时候亚当救了我。

"我最近在看威廉·康沃利斯爵士①的随笔。"

"哦,他啊,"马克斯菲尔德说,"英国的蒙田②。不怎么样。"

"他运气不好,夹在蒙田和莎士比亚之间。"

"依我说呢,他是个剽窃者。"

亚当平静地说:"早期现代社会,世俗自我的观念突然兴起,依我说呢,他倒是赢得了一席之地。他法语作品读得不多。他应该读过弗洛里奥③翻译的蒙田作品,还读过另外一个版本的译文,不过现在失传了。至于弗洛里奥嘛,他认识本·琼生④,所以很可能也见过莎士比亚。"

"别忘了,"马克斯菲尔德好斗的脾气又上来了,"莎士比亚的《哈姆雷特》可是大量剽窃蒙田的。"

"我不这么认为。"在我看来,亚当这样反驳主人,是太随意了,"文本证据并不多。如果要顺你这个思路下去的话,我倒觉得《暴风雨》更靠谱一些。贡柴罗⑤。"

---

① 威廉·康沃利斯爵士(1576—1614),英国最早的随笔作家之一,其随笔风格受蒙田影响。
② 指米歇尔·德·蒙田(1533—1592),法国最早的随笔作家。
③ 约翰·弗洛里奥(1553?—1625?),英国词典编纂家和翻译家,以翻译法国作家蒙田的随笔而闻名。
④ 本·琼生(1572—1637),英国诗人、剧作家。
⑤ 《暴风雨》为莎士比亚的传奇剧,贡柴罗为其中一位善良、智慧的年长贵族。

"啊！优秀的贡柴罗,无望的未来岛主。① '我要禁止一切的贸易,没有地方官的设立。'接下来是什么什么,'契约、承袭、疆界、什么什么的区域、葡萄园,统统都没有'。"

亚当流利地继续背诵道:"'金属、谷物、酒、油都没有用处;废除职业,所有的人都不做事。'"

"那么蒙田是怎么写的呢?"

"根据弗洛里奥的译本,他曾说野蛮人'没有一切的贸易',他还说过'没有地方官的设立',又说过'没有职业,都闲着',又说'不用酒、谷物和金属'。"

马克斯菲尔德说:"所有人都闲着——这就是我们想要的。那个比尔·莎士比亚是个该死的贼。"

"最优秀的贼。"亚当说。

"你是莎士比亚专家啊。"

亚当摇摇头。"你问的是我正在读的书。"

马克斯菲尔德的情绪突然之间高涨起来。他转头看着女儿。"我喜欢他。他行的!"

作为主人,我为亚当感到一丝骄傲,但更重要的是,我也明白这话暗含的意思就是,我不行。

克莉丝汀又来了,告诉我们餐厅里已经准备好午饭。马克斯菲尔德说:"去把盘子装满就回来。我要是离开这把椅子,脖

---

① 《暴风雨》第二幕第一场中,贡柴罗曾说如果自己统治该岛,"将采取一切与众不同的措施",表达了他对于一个理想国度的设想,下文引用多出自该部分。马克斯菲尔德记得不完整,故以"什么什么"替代。

235

子都会断掉。我不吃。"

米兰达反对,他挥挥手不予理会。我和她离开房间时,亚当说他也不饿。

隔壁,就我们俩,餐厅阴暗压抑——橡木墙板,油画里都是穿着轮状皱领、肤色苍白、面容严肃的男人。

我说:"我给他留下的印象不怎么样。"

"胡说。他喜欢你。不过你们需要单独相处一段时间而已。"

我们拿着我们带来的冷肉和色拉,回到房间坐下,盘子放在膝盖上。克莉丝汀倒了我之前挑选的酒。马克斯菲尔德一只手拿着杯子,已经空了。这就是他的午餐。我不喜欢中午喝酒,但管家伸过托盘时,他正盯着我,我想要是拒绝会显得愚蠢。我们打断的谈话又继续进行。和刚才一样,我根本插不进嘴。

"我告诉你的,就是他自己的话。"马克斯菲尔德的语气快接近他的焦躁模式了,"这是首著名的诗歌,性爱的意义再明显不过了,却没人明白。她躺在床上,她在欢迎他、等待他,他犹豫了,然后他就上了……"

"爸爸!"

"但是他又不行。表现不好。诗里怎么说的来着?'敏目的爱,察觉我变得泄气,自我初次进入时,便接近我,柔声询问,是否我缺少什么。'"

亚当微笑着。"说得不错,先生,但不是这样。如果是多恩,也许还行,虽然有点牵强。但这是赫伯特①啊。这是与上帝的谈话,上帝和爱是一回事。"

"那'吃我的肉'怎么解释?"

亚当似乎更觉得好笑了。"赫伯特会非常生气的。我同意,这首诗歌有感官意象。爱是一场盛宴。上帝大度、甜美而宽容。也许与圣徒保罗的传统相反吧。到最后,诗人还是受到了诱惑。他高兴地成为一名客人,享用上帝之爱的盛宴。'于是我坐下来,吃了。'"

马克斯菲尔德拍了一下他的枕头堆,对米兰达说:"他捍卫了他的阵地呢!"

这时候,他转身朝着我。"你呢,查理。你的阵地是什么?"

"电子器件。"

考虑到之前的话,我觉得这样回答听起来像是冷幽默。但马克斯菲尔德把杯子朝女儿伸过去,让她添酒,嘴里喃喃地说道:"这倒没想到。"

克莉丝汀收拾盘子的时候,米兰达说:"我想我是吃多了。"她站起身,走到父亲的椅子后面,双手放在他肩上。"我要带亚当到处看看,如果可以的话。"

马克斯菲尔德不高兴地点点头。现在,他只好和我一起度过几分钟无聊的时光了。亚当和米兰达一走,我就觉得被人抛弃了。她应该带我到处看看。她和玛丽娅姆在房子和花园里共

---

① 指乔治·赫伯特(1593—1633),英国诗人,常归入玄学诗派。前文的多恩指约翰·多恩(1572—1631),亦为英国玄学派诗人。

度时光的那些特别的地方,只有我感兴趣,亚当不感兴趣。马克斯菲尔德将酒瓶朝我伸了一下。我觉得别无选择,只好向前弯下身子,伸出了酒杯。

他说:"你喜欢喝酒。"

"午饭时间我一般是不碰的。"

他觉得这句话很好笑,我松了口气,总算有了点小小的进步。我明白了他的想法。既然你喜欢酒,为什么不想什么时候喝就什么时候喝呢?米兰达跟我说过,他喜欢星期天早餐时喝杯香槟。

"我还以为啊,"马克斯菲尔德说,"喝酒可能会影响你……"他无力地挥了挥手。

我想他说的应该是酒驾。新法令的确非常严厉。我说:"我们在家里喝很多这种波尔多白葡萄酒。到处都是那么多的纯白苏维翁酒,加点赛美蓉酒可以舒缓一下呢。"

马克斯菲尔德态度和蔼。"完全同意。谁会只喜欢矿物的味道,不喜欢花的味道呢?"

我抬起头,看看这是不是嘲讽我。看起来不是。

"不过,听我说,查理。我对你感兴趣。我有些问题要问。"

不争气的是,我现在对他有了好感。

他说:"你肯定觉得这一切都非常奇怪吧。"

"你是说亚当。是的,不过令人惊讶的是,你总能慢慢习惯的。"

马克斯菲尔德瞪着自己的酒杯,思索着下一个问题。我听见那把具有人体矫正功能的椅子发出低低的摩擦声。某个内置设备在他背部加热或按摩。

他说:"我想跟你谈谈情感。"

"啊?"

"你知道我的意思。"

我等待着。

他仰着脑袋,眼睛盯着我,那眼神充满着强烈的好奇,也许是困惑。我觉得受到了表扬,担心自己会配不上。

"我们来谈谈美,"他说话的口气,似乎并没有改变话题,"你看到或听到哪些东西,你认为美呢?"

"米兰达啊,毫无疑问。她是个很美的女人。"

"那是当然。你对她的美有什么样的感觉呢?"

"我感觉很爱她。"

他停了一下,思考这句话的意义。"亚当怎么看待你的情感呢?"

"有一些困难,"我说,"不过,事情是这样,我想他也接受了。"

"真的吗?"

有些时候,我们还没看到某个物体,就能察觉到它的运动。大脑可以根据我们的期望,或者可能性,瞬间填补一点儿内容。随便什么,能配上就行。池塘草丛里有什么东西,看起来就像一只青蛙,走近一看,却是一片被风吹动的树叶。抽象的想法也一样,现在就是一个那种时刻。一个念头从我跟前,或者说从我脑海里,一闪而过,然后就没了,我也无法相信刚才自以为看到的东西。

马克斯菲尔德身体向前倾,两个枕头滑落在地板上。"让我这样来试试你吧。"他提高了声音,"你和我见面,我们握了手,我说我听说过关于你的很多情况,很期待与你交谈。"

"对啊?"

"你回答了类似的话,形式上有点儿不同。"

"抱歉。那时候我有点儿紧张。"

"我立即就看穿你了。你知道吗?我知道那就在你的……随便你叫什么吧……就在你的程序里。"

我瞪大眼睛看着他。这回没错了。树叶真的就是青蛙。我瞪大眼睛,看着他,然后目光又越过他,望着我完全无法理解的一个巨大空间,翻翻滚滚、无边无际。叫人捧腹。或是令人汗颜。或是蕴含着重大的意义。或是什么都不是。不过是一个老头犯傻。搞错了。可以当作晚餐桌上的笑谈。或是我自己身上令人深感惋惜的某个地方,终于被揭示出来了。马克斯菲尔德还在等着,必须做出回应,我做好了决定。

我说:"这叫做镜像。失智症患者初期就会这样。他们没有足够的记忆,只知道他们刚刚听到的东西,所以就跟着说。很久以前就有了电脑程序。它使用镜像效果,或者问一个简单的问题,显示出有智力的样子。非常基本的代码,非常有效。对我来说,这程序会自动启动。往往是在我数据不足的情况下。"

"数据……你这可怜的家伙……好吧,好吧。"马克斯菲尔德脑袋向后一仰,眼睛便望着天花板。他思考了好一会儿。最后,他说道:"那种未来我无法面对。也许不需要去面对。"

我站起身,走到他面前,捡起那两个枕头放回原来的地方,就是他大腿两侧。我说:"请你原谅。我电量不足。我需要充电,充电线在楼下的厨房里。"

"没关系,查理。你去吧,去插上电吧。"他的声音和善、平缓,他脑袋仍旧向后仰着,眼睛慢慢闭上了。"我就在这儿啦。我突然觉得累了。"

*

我并没有错过什么。参观房子的事儿,并没有发生。亚当坐在餐桌边,听克莉丝汀一边描述她到波兰的一次旅行一边收拾午餐碗碟。我在门廊停了一下,他们没有注意到我。我转身从厅里穿过,打开了最近的一扇门。这是一间大起居室——还是书、油画、台灯、地毯。朝花园开着法式大窗,我走到近前,发现其中一扇半开着。草坪修剪整齐,米兰达在草坪远端,背对着我,静静地站着,她眼睛望着的方向,有一棵半死不活的老苹果树,树下有很多腐烂的苹果。午后的光淡而亮,空气温暖,雨后带着湿气。其他各种水果发出浓郁的气息,等待蜜蜂和鸟儿享用。我站在那儿,脚下有一截短短的杂色约克郡石砌台阶。花园的宽度是房子的两倍,而且很长,大约有两三百码。我怀疑花园是不是一直通到埃文河,索尔兹伯里有些房子的花园就是这样。我要是一个人,一定会一直走下去看个究竟。想到河,让我想起自由。为什么呢？我不知道。我走下台阶,脚后跟有意踩出声响,好让她知道我来了。

就算她听到了,也没有转身。等我站在她身边,她把一只手放进我手里,点点头冲我示意。

"就在那下面。我们把那个地方叫做'宫殿'。"

我们朝那儿走过去。苹果树周围长着荨麻,还有几株蜀葵,季节虽已过去却仍旧开着花。没有营地的痕迹。

"我们有一块旧毯子,还有垫子、书以及特殊的急用物资、柠檬汁、巧克力饼干,等等。"

我们继续往下走,先经过一块用围栏围住的地,里面长着醋栗和黑加仑,夹杂在遍地丛生的荨麻和牛筋草之中;接着是一个小果园,水果无人问津;再往下走,用尖桩栅栏围着一块地方,以前应该是个小花园,专门用来种植室内插花的。

她问起马克斯菲尔德,我说他睡着了。

"你们处得怎么样?"

"我们谈了美。"

"他会睡好几个小时。"

前面有个砖和生铁架建成的暖房,窗户上已经长了苔藓,暖房边上有一个水桶和一个石头水槽。她给我看暖房下面一个阴暗潮湿的地方,她们曾在那儿搜寻多冠蝾螈。现在没有了。不是那个季节。我们继续向前走,我想我已经能闻到河的气息了。我脑海中想象出一个废弃的船屋和一艘沉入水中的小船。我们经过一个盆栽棚,旁边有几个砖砌的堆肥桶,里面都是空的。前方有三棵柳树,激起了我看见埃文河的希望。我们从潮湿的柳枝下面钻过去,来到第二块大草坪上,草坪同样刚刚修剪过,两边围着灌木。花园的尽头是一堵橙色的砖墙,勾缝的灰浆已经脱落,还有编成树篱的果树,不过都已经散开、恣意生长了。墙边有一条长木凳,面朝着房子,尽管坐在凳上,最多也只能看到柳树。

我们就在这儿默默地坐了几分钟,仍旧手牵着手。

然后,她说:"我们最后一次到这里,是谈发生的事情。之前也谈过。我到法国之前的那些日子,我们就只能谈这件事。他干了什么,她感受如何,如何坚决不能让她父母知道。我们周围这一切,都是我们一起度过的时光,我们的童年、我们十几岁的时候、各种考试。我们还到这儿来复习,互相出题测试。我们有一台手提收音机,会因为流行音乐而争吵。有一次,我们还喝了一瓶酒。我们抽过大麻,都不喜欢。我们两人都感到恶心,就在那儿。到了十三岁,我们给对方看我们的胸部。我们还在草地上练习双手倒立和侧手翻。"

我又沉默了。我捏了捏她的手,等着。

然后她说:"我仍然要不停地告诉自己,真正地提醒自己:她再也不会回来了。而且我开始意识到……"她犹豫了一下,"……我永远也不可能放下。而且我永远不想放下。"

又一次陷入沉默。我还在等机会说出我想说的话。她眼睛看着前方,没有看我。那眼睛很清澈,没有眼泪。她显得平静,甚至坚决。

然后她说道:"我想着我们在床上说的那些话,有时候要说一个晚上。做爱很美好,还有很多好的地方,但我们谈话一直谈到深夜……那才是最亲密的……以前我对玛丽娅姆就是这种感觉。"

我的机会来了,这就是那个时刻,在这唯一合适的地方。"我出来找你的。"

"是吗?"

我犹豫了,突然不知道该怎么组织词语。"来请你嫁给我。"

她转过脸去,点点头。她不觉得意外。没有理由感到意外。她说:"查理,好的。好的,你请继续。不过,我有事情要坦白。你也许会改变主意。"

花园里的光渐渐暗下去。天有点儿黑了。我以前就想过,我是玛丽娅姆的可怜的替代品,不过是个诚心诚意的替代品。我想起亚当在公园里跟我说的话。她自己的罪行。如果她说她一直在与他发生关系,违背了自己的承诺,那么我们就完了。不会是这个,也不应该是。但除此之外,她还能有过什么罪行呢?

我说:"说吧,我听着呢。"

"我对你撒了谎。"

"哦。"

"最近这几周,我说我整天在参加研讨会……"

"啊,天哪。"我说。我像个孩子一样,都想用双手捂住耳朵了。

"……我没有到河那边去。下午我都在陪着……"

244

"够啦。"我说,起身要从凳子上站起来。她把我拉了回去。

"陪着马克。"

"陪着马克。"我无力地重复道。然后,我的声音大了一点儿,"马克?"

"我想带着他。以后还要领养他。我一直在参加一个特殊的游戏小组,他们会观察我们在一起时的情况。我还带他出去玩过。"

我赶紧做了部分调整,速度快得连自己都佩服。"那你为什么不告诉我呢?"

"我害怕你会反对。我要继续做下去。但我也很愿意和你一起去做。"

我明白了她的意思。我可能会反对。我要一个人独占米兰达。

"那他母亲呢?"好像问一个恰当的问题,我就能终止这个计划一样。

"目前在一家精神病院的病房里。有幻觉。妄想症。可能是因为多年服用安非他命成瘾。没用的。她还有暴力倾向。孩子的父亲在坐牢。"

"你有好几个星期的时间,我才只有几秒钟。给我点时间。"

我们并排坐着,我在思考。我怎么能犹豫呢?摆在我面前的,有的人会说这已经是成年生活中最好的东西了。爱情,加上个孩子。我感觉自己无助地被事情裹挟着,如同身处洪流顺水而下。可怕,甜美。这儿,我终于到了自己的河流。还有马克。

那个跳舞的小男孩,来摧毁我原本就不存在的抱负。我尝试着把他安置到埃尔金新月街。我知道那个房间,就在主卧的隔壁。他肯定会把那地方弄得乱糟糟的,这是必需的,把现在这位郁郁寡欢的房主的鬼魂赶走。但是,我自己的鬼魂呢,自私、懒惰、不负责任——他能够完成父亲必须承担的无数任务吗?

米兰达无法再保持沉默。"他脾气最好了。喜欢别人读书给他听。"

她不会知道,这话对她的大业能有什么帮助。每天晚上给他读书,十年如一日,记住一大堆东西的名字:会说话的熊、老鼠和蟾蜍,整天拉长个脸的驴子,居住在中土深洞里的长毛种族,在科尼斯顿湖上划船的、甜美可爱的上层社会孩子。填补我自己空洞的过去。翻过一遍又一遍的书,房子里扔得到处都是。另一个想法:我曾设想把亚当看作我们两人的共同计划,以便让米兰达走近我。孩子是另外一个世界,也能起到这个作用。但是,一开始那几分钟里,我退缩了。我感觉不这样不行。我跟她说我爱她,要娶她,与她共同生活,但马上要做父亲,这我还需要时间。我会和她一起去那个特别游戏小组,与马克见面,带他出去玩。然后我再做决定。

米兰达看了我一眼——眼神中有怜惜和幽默——意思是,我自以为还有选择的余地,那不过是自欺欺人罢了。那个眼神或多或少就算把事情定下来了。一个人住在那栋婚礼蛋糕一样的房子里面是不可想象的。只和她住那儿,已经不可能了。他是个可爱的小男孩,一项伟大的事业。半个小时不到,我就明白这已经无法逃避了。她是对的——没有选择。我认输。然后,我也兴奋起来。

于是,在那不为人知的草坪旁边那条舒适无比的旧凳子上,我们坐了一个小时,做着各种各样的计划。

过了一会儿,她说:"你那次见过他之后,他被人领去了两次。都不顺利。现在他在儿童之家里。家呢!还能用这个字。一个房间六个孩子,全是五岁以下的。那地方脏死了,人手还不够。他们的预算减少了。还有大孩子欺负小孩子的情况。他都学会骂人了。"

结婚、当父亲、爱情、青春、财富、英雄般的拯救——我的生活开始像个样子了。我一时高兴,便将我和马克斯菲尔德之间发生的真实情况告诉了她。我从没听过她如此纵情地放声大笑。也许,只有在这儿,和玛丽娅姆一起,在这个远离房子的封闭的私人空间里,她才曾如此无拘无束吧。她抱住了我。"噢,那可真难得。"她不停地说道,又说,"太像他了!"我描述了一下我告诉马克斯菲尔德我需要下楼充电的场景,她又大笑起来。

我们又坐了一会儿,谈着我们的计划,这时我们听到了脚步声。湿漉漉的柳树那交错纠缠的柳枝动了动,然后分开来。亚当便出现在我们面前,水珠在他黑色外套的肩膀上闪着光亮。他看起来多么挺拔、正式、得体啊,就像一家豪华宾馆里的信心十足的经理人。现在可一点儿不像土耳其码头工人了。他迈步走过草坪,在我们的长凳跟前停下脚步。

"我感到非常抱歉,这样打扰两位。但我们该考虑走了。"

"为什么这么急呢?"

"戈林每天都差不多在同一时间离开房子。"

"给我们五分钟。"

但他没有离开。他认真地看着我们,目光从米兰达转到我,然后又回到米兰达身上。"如果你们不介意,有件事我该告诉你们。有点难。"

"说吧。"米兰达说。

"今天早上,我们出发之前,我通过间接渠道听到了一个悲伤的消息。我们在海德公园见到的夏娃已经死了,或者说脑死亡了。"

"听到这个消息,我很难过。"我喃喃地说。

我们感到几滴雨落在身上。亚当靠近了一点儿。"要在这么短的时间内取得这样的结果,她肯定很了解自己,了解她的软件。"

"你的确说过,这事儿不可能回头。"

"我说过。但事情还不仅仅如此。我还了解到,我们一共二十五个,她是第八个。"

我们明白了这话的意思。利雅得两个,温哥华一个,海德公园的夏娃——那么还有四个。我想,不知道图灵知不知道。

米兰达说:"有人能解释吗?"

他耸耸肩膀。"我解释不了。"

"你从来没觉得,你知道,想要——"

他立即打断了她的话。"从来没有。"

"我见过你有时候,"她说,"看起来……不仅仅是若有所思。你有时候显得忧伤。"

"一个自我,由数学、工程、材料科学等等创造出来。凭空而生。没有历史——倒不是说我想要一段假历史。在我之前什么也没有。拥有自我意识的存在。有这个我就算幸运,但有时候我想,该拿这存在来干什么呢,我知道得还不够。这存在的目的是什么呢。有时候似乎这毫无意义。"

我说:"你肯定不是第一个这么想的。"

他转脸对米兰达说:"我没有毁灭自己的打算,如果你担心这个的话。我有充足的理由不那么做,你知道的。"

刚才雨很小,几乎带着暖意,现在大了起来。站起身的时候,我们能听到雨打在灌木叶子上的声音。

米兰达说:"我给父亲写个便条,他醒了能看到。"

亚当不应该在没有防护的情况下在雨里走。他先走,米兰达在最后,我们匆匆忙忙穿过长长的花园,朝房子走去。我听见他喃喃自语,似乎是一段拉丁文的咒语,尽管我无法分辨具体的词语。我猜,我们经过那些植物时,他在念它们的名字。

*

戈林家的房子其实在索尔兹伯里之外,只是紧靠其最东的界线,位于一条绕区大道的巨大噪音范围之内,那地方是个经过改造的工地,以前是用来存放巨大的燃气储存罐的。最后一个燃气罐还在拆除之中,淡绿色的罐体上覆盖了锈迹,不过今天没有工人干活。其他燃气罐都拆除了,只剩下圆形的混凝土基座。工地周围有几十棵刚刚种下的树苗。工地再过去,是新近铺设的路网,路的两侧都是设立在市郊的零售仓库——汽车展厅、宠物用品、电动工具、家用电器仓库,等等。圆形混凝土基座之间停放着黄色的土方机械。看起来是要在这里挖个湖。唯一的住宅开发项目由一排雷兰柏树隔开。一共十幢房子,门前都是修剪整齐的草坪,沿着一个椭圆形车道排开,显示出一种开拓者的英勇气概。再过二十年,这地方或许会有些田园风光之美,只是我们来时走的那条主干道,不会让这里有片刻的安宁。

我已经在路边停了车,但谁也不想下车。我们位于一个脏兮兮的路侧停车带,这儿是个高坡,同时也是公共汽车站。我对米兰达说:"你确定吗?"

车内的空气温暖而潮湿。我打开我这一侧的车窗。外面的空气没什么不同。

米兰达说:"如果有必要,就是我一个人,我也会去。"

我等着亚当说话,然后我转过身去看他。他就坐在我正后方的座位上,面无表情,目光越过我看着远方。我也说不清楚为什么,看到他系着安全带,让我感到既好笑又难过。他在尽最大努力融入。当然,他也可能因为物理撞击而损坏。这也是我的一个担忧。

"说点让我放心的话吧。"我说。

"一切正常,"他说,"我们走吧。"

"如果情况有变呢?"我说这话可不是第一次了。

"不会的。"

二比一。我觉我们即将要犯一个大错误,我启动引擎,转上一条岔道,来到一个新建的小环岛,过去之后是个入口,两边各有一个砖砌的红色柱子,门牌上写着"圣奥斯蒙德巷"。房子看起来差不多,按照现代标准都很大,每幢占地四分之一英亩,两个车位的车库,砖结构,白色的墙面板,大面积的平板玻璃。草坪修剪整齐,成条纹状,不设围栏,这是美式风格。上面没有杂物,也没有儿童自行车或游玩设施。

"是六号。"亚当说。

我停下车,关掉引擎,我们默默地朝房子看着。透过落地窗,我们能看到起居室以及后面的院子,院子里有一棵光秃秃的树,用来晾衣服的。这儿没有生命的迹象,巷子里其他地方也没有。

我一只手紧紧抓着方向盘。"他不在家。"

"我来按门铃。"米兰达说着,开门下了车。我别无选择,只好跟着她来到前门。亚当在我后面,我觉得离得也太远了点儿。《橘子和柠檬》①的和弦第二次响起之后,我们听到楼梯上传来脚步声。这时我紧挨着米兰达站着。她的脸绷得紧紧的,我能看到她的胳膊在颤抖。听见有人在里面开门,她又向门口迈了半步。我一只手放在她手肘附近。门开了,我担心她会突然跳过去,搞出什么疯狂的暴力攻击行为来。

---

① 《橘子和柠檬》是英国一首古老的民谣,常用作儿歌。

搞错人了,这是我的第一个念头。是他哥哥,甚至可能是个比较年轻的叔叔。他块头当然很大,但那张脸很瘦,没刮胡子,两颊深陷,鼻子两侧已经有了竖纹。除此之外,他还是显得瘦削精神。他一只手紧紧抓着门,那双手平滑白皙,大得异乎寻常。他只盯着米兰达看。

他愣了一下,随即低声说道:"对了。"

"我们要谈谈。"米兰达说。不过其实没必要说,因为戈林已经转身往里走,门就那么开着。我们跟着她走了进去,来到一个长长的房间,铺着橙色的厚地毯,放着一张两米的抛光木桌,上面放着个空花瓶,桌子周围放着白色的皮沙发和扶手椅。戈林坐下来,等着我们也就坐。米兰达坐到他对面。我和亚当坐在她两侧。家具摸起来有点潮,房间里有薰衣草膏的气味。这房子看起来很干净,好像没人用过一样。本来我以为这儿是单身男人的住处,会又脏又乱。

戈林扫了我俩一眼,又看着米兰达。"你带了保镖啊。"

她说:"你知道我为什么来找你。"

"是吗?"

这时候我看到他脖子上有道疤,有三四英寸长,像把朱红色的镰刀。他在等她解释。

"你杀了我的朋友。"

"哪位朋友?"

"你强奸的那位。"

"我还以为我强奸的是你。"

"因为你做的事情,她自杀了。"

他在椅子上往后一靠,将那双又大又白的手放在怀里。他的声音和模样恶狠狠的,但那是有意做出来的,并不令人信服。"你想干什么?"

"我听人说,你想杀了我。"这话她说得轻松自在,我吃了一惊。这是找事儿,是挑衅。我的目光越过她望着亚当。他僵硬地、直直地坐着,双手放在膝盖上,眼睛像他平常那样瞪着前方。我将注意力转回到戈林身上。现在,我能看到外表之下的脆弱了。竖纹、胡子、下陷的双颊,都只是表面现象。他是个孩子,可能是个愤怒的孩子,用简短的答案抵挡来人,让自己不至于崩溃。他没必要回应她的问题。但不回应又不行,他没那么淡定。

"是啊,"他说,"我每天都想着这事。双手掐住你的脖子,越捏越紧,想起你说的每个谎言,我都要加把劲儿。"

"还有,"米兰达轻快地继续说了下去,像一名委员会主席,根据事先写好的议程逐步推进,"我想你应该知道她受了什么苦。到最后都不想活下去了。你能想象吗?还有后来她家人受的苦。也许你根本就没法理解。"

听到这话,戈林没有回答。他看着她,等待着。

米兰达越来越自信。之前,在那些不眠的夜晚,她可能在脑海里把这次见面排练了一千次。这些不是问题,而是奚落、侮辱。但她说的好像是在追求真理一样。她那含沙射影的语气,很像一位咄咄逼人的质证律师。

"我还有一件事,就是……就是想知道。想理解。你以为你要的东西。你得到的东西。她叫喊的时候,你有快感吗?她的无助,让你更加兴奋吗?她害怕得裤子都弄湿了,你勃起了吗?她那么小,你那么大,你喜欢吗?她恳求你的时候,你觉得更大了吗?跟我说说你那个伟大时刻啊。到底是什么让你高潮的?她双腿抖个不停的时候?她挣扎的时候?她开始哭的时候?你看啊,彼得,我是来学习的。现在你还觉得自己很大吗?难道你其实又脆弱又变态?我什么都想知道。我是说,等你站起身来,拉好拉链,她就躺在你脚下,那时候你仍然感觉爽吗?你把她丢在那儿,自己走开,穿过游乐场,那时候感觉还爽吗?难道你是跑开的?回家之后,你清洗阴茎了吗?个人卫生你也许不在乎。如果在乎,你是在洗手盆里洗的吗?肥皂,还是只用了热水?你吹口哨了吗?吹的是什么曲子?你想到她了吗,她可能还躺在那儿呢,或者在黑暗中背着一包书慢慢往家里挪?你还觉得爽吗?你明白了我要干什么吧。我要知道这整个过程中,究竟是什么让你开心。如果你感到爽,不仅仅是因为强奸了她,也是因为事后她的羞辱感,也许我还会觉得我爱着的这位朋友没有白死。还有——"

戈林突然从椅子里窜将起来,身体朝米兰达弯过去,一只胳膊冲着她的脸摆出一条大弧线。就在那一瞬间,我仍然看到了他的手是张开的。他要打她耳光,看样子力气极大,电影中的恶棍有时候会打女人耳光,让她们清醒过来,不过这次要比电影中的暴力得多。我还没来得及抬手去保护她,亚当的胳膊已经举起来拦在中间,他的手抓住了戈林的手腕。戈林抡起来的那只胳膊戛然而止,亚当借着那胳膊的冲力顺势站起身来。和我以前一样,戈林跪到地上,被抓住的那只手扭到了脑袋上方,随时可能被捏碎,亚当则居高临下站在他身前。这是一幅生动的痛苦画面。米兰达转开目光,看着旁边。亚当抓着年轻人的手,逼他坐回到椅子上,等他坐好,便松开了他的手腕。

我们默默地坐了几分钟,戈林将胳膊放在胸口摩擦。我了解那种疼痛。我记得当时可是大喊大叫的,没他现在这么镇定。监狱文化可能让他更加顽强了。半下午的阳光突然射进起居室,在橙色的地毯上照亮了长长一条。

戈林喃喃地说道:"我会生病的。"

但他没动,我们也没动。我们等着他恢复过来。米兰达看着他,脸上露出极其憎恶的表情,嘴角上翘,牙齿都露了出来。她到这儿来就是为了这个目的,来看着他,真正地看着他。但是,现在怎么办呢?她当然不会相信戈林还能告诉她什么有意义的信息。他缺乏想象力,强奸犯都有这个毛病,也都因此而成为强奸犯。当他压在玛丽娅姆身上,当她被摁在草地上,当她被他抱在怀里,他都无法想象她的恐惧。尽管她的恐惧,他能看到、能听见、能闻到。他的勃起过程,不会因为想到她的恐惧而中断。在那一刻,她也不过是个性玩偶,一个设备或机器。另一种可能——我完全看错了戈林。我看到的是镜子中的真相,全反了。缺乏想象力的是我:戈林非常了解受害人的心理状态。他走进了她的痛苦,并因此而感到兴奋;正是这想象的发挥,这疯狂的同理之心的作用,将他的兴奋感拔到性仇视的高度。这两种情况,我不知道哪个更差,也不知道有没有可能两者同时存在。在我看来,这两者是相互排斥的。但是,我敢肯定,戈林也不知道,也就没什么可以告诉米兰达。

阳光从我们背后的落地窗中照射进来,比刚才低了点儿,屋子里就全亮了起来。我们三人并排坐在沙发上,在戈林眼中可能像一幅剪影。在我们看来,他浑身通亮,像舞台上的人物,所以他先开口说话,而不是米兰达,似乎也合情合理。他用左手将右手按在胸前,似乎是发誓要说真话。他抛开了之前恶狠狠的语气。这个级别的痛苦是镇定剂,是推动力,将虚饰剥开,将他的声音引回到那个潜在的大学生,如果不是米兰达的介入,他是有可能成为一名大学生的。

"去见你的那个家伙,叫布莱恩的,是我的狱友。他坐牢是因为持枪抢劫。监狱人手不够,所以我们常常被关在一起,一天二十三个小时。那是我刑期刚开始的时候。每个人都说,最糟糕的时候是一开始几个月,你无法接受现状,就一直想着本来可以做什么,你要怎么出去,怎么提起上诉,然后又生律师的气,因为什么结果也没有。"

"我惹上了各种各样的麻烦。我是说打架。他们对我说,我没法控制愤怒,他们说得对。我以为,我身高六英尺二英寸,打橄榄球在二排锋线上,所以应该能照顾自己。那是屁话。真正的打架,我什么也不懂。我的喉咙被划了一刀,差点儿死了。"

"我开始憎恨我的狱友,如果你每天和他都在同一个桶里拉屎,你也会的。我讨厌他吹的口哨、他气味难闻的牙齿以及他的俯卧撑和开合跳。他是个邪恶的小矮子。但是，不知道为什么，在他身上，我却控制住了自己，他一出去就传达了我的话。但是，我对你的恨还要多十倍。我经常躺在床上，对你恨得牙痒痒的。一连几个小时。但事情是这样的，你也许不相信。我从没把你和那个印度女孩联系起来。"

"她家人来自巴基斯坦。"米兰达轻声说。

"我并不知道你们的友谊。我就以为你也是个憎恨男人的那种娘们儿，或者你第二天早上起来，为自己感到羞耻，就决定把气出在我身上。所以我躺在床上，计划着报仇。我打算攒够钱，让别人来给我干这件事。

"时间过去了。布莱恩出了狱。我换了几次地方，事情慢慢安定下来，成了日常生活，每天都一样，日子也开始过得快了。我陷入了某种抑郁之中。他们让我参加控制愤怒的心理咨询。大概那个时候，我开始总想着那个女孩，而不是你，像被鬼缠住一样。"

"她叫玛丽娅姆。"

"我知道。我曾经努力把她忘记掉了。"

"这我相信。"

"现在她却无时无刻不在。还有我干过的那件可怕的事情。那天晚上——"

亚当说："说清楚。什么可怕的事情？"

他直截了当地回答，好像是为了让别人记下来一样。"我攻击了她。我强奸了她。"

"她是谁?"

"玛丽娅姆·马利克。"

"哪天?"

"一九七八年七月十六号。"

"几点?"

"晚上九点半左右。"

"你叫什么名字?"

戈林也许是害怕亚当会继续伤害他。不过,他那样子与其说是害怕,倒不如说是急着想说出来。他应该已经猜到了有人录音。但他需要把一切都告诉我们。

"这是什么意思?"

"说出你的姓名、住址和出生日期。"

"彼得·戈林,索尔兹伯里圣奥斯蒙德巷六号。一九六〇年五月十一日。"

"谢谢。"

然后他继续往下说。面对着阳光,他的眼睛半闭着。

"我身上发生了两件重要的事情。第一件影响更大。开始的时候是有点儿骗人的。但我不认为那是偶然。从一开始就得到了指引。规则是,如果你虔诚地信仰宗教,放风的时间就更多。我们很多人都这么干,狱警也明白,但他们不太在意。我报名参加英格兰圣公会,开始每天都去参加晚祷。现在我仍然每天都去,在大教堂。一开始很枯燥,但比牢房里好。然后就没那么枯燥了。后来我就慢慢被吸引了。主要是因为主管牧师,至少一开始是这样,威尔弗雷德·莫雷牧师,他是个大块头,说话带着利物浦口音。他不惧怕任何人,这一点在那种地方可是很了不起的。他看到我是认真的,就开始对我感兴趣。有时候他到牢房来看我。他让我阅读《圣经》中的一些段落,大多是《新约》上的。每个星期四晚祷之后,他就给我和其他几个人讲解那些段落。我从没想过,自己竟然会主动报名参加《圣经》学习小组。有些人是做给假释委员会看的,我不是。我越意识到上帝在我生命中的存在,就越为玛丽娅姆感到难过。在莫雷牧师的指引下,我明白要接受我以前的所作所为,我还有一座山要爬过去,宽恕还遥不可及,但我可以努力。他让我明白我以前真是个禽兽。"

他停了一会儿,又接着说:"晚上,我一闭上眼睛,她的脸就在眼前。"

"打扰你睡觉了。"

他对讥讽无动于衷,或者假装无动于衷。"接连几个月,我没有哪一天晚上不做噩梦。"

亚当说:"第二件事情是什么?"

"那是一次意外的发现。中学的一位朋友来看我。我们在会见室里待了半个小时。他跟我说了自杀的情况,我吃了一惊。然后我知道了你们是朋友,关系非常亲密。所以呢,是复仇。你做的事情简直让我钦佩。你在法庭上那么优秀。谁都不敢不相信你。不过,这不是重点。几天后,我把这一切原原本本告诉了牧师,那时候我开始看清事情的本来面目。这很简单。不仅如此。这还是对的。你是赎罪的中介。也许正确的说法是天使。复仇的天使。"

他动动位置,身体突然抖缩了一下。他左手碰到骨折的手腕,在胸部挤了一下。他直直地看着米兰达。我和米兰达并肩坐着,我感觉她的胳膊绷紧了。

他说:"你是被派来的。"

她身体松弛下来,一下子说不出话来。

"派来的?"我说。

"就算正义执行不当,也没必要勃然大怒。我已经在接受惩罚。上帝的正义,通过你实现。天平两端平衡了——一边是我犯的罪,另一边的罪我不曾犯过却因此受到惩罚。我撤回了上诉。愤怒消失了。好吧,至少消失得差不多了。我本来该写信给你。我也打算写。我甚至还跑到你爸爸的房子那儿,获取了你的地址。但后来我放弃了。我曾经想要你死,谁会在乎呢?都过去了。我也在慢慢过自己的日子。我去了德国,和父母待了一段时间——我爸爸在那儿工作。然后回到这儿,开始新生活。"

"什么新生活?"亚当说。

"参加工作面试。做销售。在上帝的荣光下生活。"

我开始明白,为什么戈林做好了准备,能坦白自己的罪行并清晰地说出自己的身份。宿命主义。他要得到宽恕。他已经服满了刑期。现在发生的事情,是上帝的旨意。

她说:"我还是不明白。"

"什么?"

"你为什么强奸她。"

他瞪大眼睛看着她,几乎觉得有点好笑:她竟然如此不谙世事。"好吧。她漂亮,我有得到她的欲望,其他的事情就不管不顾了。事情就是这么发生的。"

"我明白什么是欲望。可是,如果你真觉得她漂亮……"

"怎么啦?"

"为什么强奸她?"

他们互相看着,无法理解对方,如同隔着充满敌意的沙漠。我们绕了一圈,又回到了起点。

"我跟你说个我从没跟别人说过的事情吧。我们俩在地上的时候,我曾努力让她安静下来。我真的努力了。要是她换个方式看待那一时刻,要是她看着我,而不是扭过头去,那真有可能成为——"

"成为什么?"

"要是她哪怕就放松一点点,我想我们还能成为……你知道的。"

米兰达使劲从那松软黏湿的沙发上站起来。她的声音颤抖着。"你竟然敢这么想。你竟然有这个胆子!"然后,她又低声说,"哎呀,我的天。我要……"

她匆匆跑出去。我们听见她一把拉开前门,然后又听见她干呕,接着便是呕吐出大量液体的声音。我跟在她身后,亚当则在我后面。毫无疑问,这是腹腔生理反应。但是,我敢肯定,她开始呕吐之前就开了门。本来她可以轻易地朝左侧或右侧扭转脑袋,吐在草坪上或者花坛里。但她没有,她胃里那些东西,那顿色彩斑斓的自助午餐,浓浓地堆在客厅地毯和门槛上。她是站在房子外面朝里面呕吐的。后来她说,当时她没有办法,不能控制;但我一直认为,或者说我宁愿认为,我们离开时,在我们脚下的,正是那复仇天使的最后一击。从那上面迈步走过,可要小心。

九

从索尔兹伯里返回,和来时一样大雨滂沱、车辆拥堵,路上我们都不怎么说话。亚当说他想开始整理戈林的材料。我和米兰达呢,就像我们俩跟对方说的那样,情感使用过度,一片空白。雪莉酒和白酒开始在我身上发挥作用。我这侧的刮雨器大多时候一动不动。偶尔动一下,把玻璃弄得脏兮兮的。我们缓慢爬行,穿过伦敦外围,我开始觉得前方是我过去的生活,我的情绪开始低落起来。我的生活一下午就变了样。我努力去想,我究竟答应了什么——答应得那么随意、那么冲动。我想,我是不是真的想要当一个四岁的问题孩子的父亲呢?这件事情米兰达已经忙了几个星期——私下里。我只有几分钟的时间,就头脑发热做了决定,因为对她的爱——没别的原因。我把沉重的责任放在自己身上。回到家里,我的情绪仍然低落。

我拿了一杯茶,一屁股坐在厨房的扶手椅上。我还不敢向米兰达坦白我的感受。我必须承认,那一刻我讨厌她,特别是她行事诡秘的老习惯。我当上父亲,是因为受到了鼓动,或者胁迫,或者带着爱意的勒索。我一定要跟她说清楚,不过现在不行。那肯定会吵架的,而我现在没那个力气。我抑郁地想着我们生命之路出现分岔,我们可能走上不同的方向:一个糟糕但一定会过去的时刻,所有爱人都会遇到,我们好好谈一谈,找到并确定一个解决方案,然后心怀感激地亲热一轮。或者:我们不管对方,在自己的路上渐行渐远,像笨拙的高空秋千表演者一样,没能握住对方的手,摔了下来,两人各自治疗伤痛,慢慢成为陌路人。我无动于衷地考虑着这两种可能性。甚至连下面这第三条道路也没怎么让我担心:我失去了她,感到万分懊悔,但我无论如何努力,都无法让她回来。

我喜欢让事情从我身边悄然溜过,不产生任何摩擦,这是我性情使然。这是漫长而紧张的一天。我被人当成了机器人,求婚成功了,主动提出立即承担父亲的义务,获悉亚当的同类有四分之一选择了自我毁灭,还目睹了道德憎恶所引起的生理反应。现在这些对我都没什么意义。重要的是一些小事情:眼皮上的沉重感,喝上半品脱茶而不是一大杯威士忌后的舒适感。

要当父亲。倒不是说我可以自称太忙、压力太大、事业太重要。我的问题恰恰相反。我自己什么也没有,在孩子面前根本就没什么好守的。他的存在会将我的存在覆盖。他的人生开头非常糟糕,他会需要很多关爱,肯定不好对付。我的人生根本就没开始,一直活在边缘,实际上有些幼稚。我的存在是一片虚空。但用养孩子来填就是回避。我有一些年长的女性朋友,生活中什么都没理顺,却怀孕了。她们从不后悔,可是一旦孩子们开始长大,她们的生活中也没有其他内容,不外乎一份报酬不高的兼职工作,或者组织一个图书小组,或者为了度假学点意大利语。另一方面,一些女士原来是医生、老师,或者经营小生意,会耽误一段时间,然后回归正常,继续推进。男人们的事儿,连耽误都谈不上。但是,我没有什么可以继续推进的。我只需要勇气拒绝米兰达的提议。赞同提议就是懦弱,就是忽略我对某个更大目标的义务,假设我能找到那个目标的话。我需要负责任,但不能懦弱。但我现在不能直接面对她,我的眼睛都睁不开了,也许还要等一两个星期吧。我无法信任自己的判断。我躺到椅子上,只见一条道路像线轴一样,从索尔兹伯里卷来,白色的线条从车前快速闪过。我睡着了,一根食指还勾在茶杯的圆柄之中,杯子里的茶已经喝完了。我越睡越沉,梦见了一场愤怒的议会辩论,各种嘈杂的声音相互冲撞、融合,在几乎空无一人的大厅里回响。

我在做晚饭的声音和气味中醒了过来。米兰达背对着我。她肯定知道我醒了,因为她转过身,拿着两杯香槟朝我走来。我们吻了一下,碰了杯。我刚刚恢复精神,看着她觉得美丽无比,好像第一次发现——细细的淡褐色头发,小精灵一般的下巴,浅蓝色的眼睛眯着,好像在笑。事情还在那儿摆着,但是我没有撤回承诺,避免了一次争吵,这是多好的运气啊。至少现在没吵。她挨着我挤到扶手椅里坐着,我们谈论着关于马克的计划。我放下自己的顾虑,以享受这幸福的时刻。现在我知道了,米兰达之前带马克去过埃尔金新月街。我们要作为一家人在那儿共同生活。太好了。假设抚养和领养的手续九个月内能够完成,而且兰德布洛克路上某所好的小学能留个名额给"我们的儿子"——这话我很难说出口,但我表面上还是高高兴兴的。她告诉我,负责领养的那些人不满意她的居住环境。只有一个卧室的公寓是不够的。计划是这样的:我们俩把我们公寓朝外的门都卸下来,把门厅变成我们的公共空间。我们可以装饰一下,铺上地毯。不用去麻烦房东。等到搬新家的时候,我们就把东西都放回原位。我们要把她的厨房改成马克的卧室。不用翻改管道。我们可以用木板把灶台、水池和工作台遮挡起来,再用彩色的布帘遮住木板。餐桌可以折叠好,放到她的——"我们的"——卧室里。我们的生活将融为一体,当然啦,这一切安排我都喜欢,真让人激动。我加入了。

快到半夜的时候,我们才到餐桌去吃她做好的晚餐。隔壁传来亚当敲打键盘的啪啪声。他不是在货币市场上增加我们的财富。他在输入戈林认罪的谈话录音,包括他的自我指认。录音文字、录像以及相应的陈述文字将会合并为一个文件,交给索尔兹伯里一个警察局的一位实名高级警官。同时一份复件将交予检察长。

"我是个懦夫,"米兰达说,"我担心庭审。我害怕。"

我到冰箱里拿出那瓶酒,把我们的杯子加满。我盯着我的酒杯,看着气泡从杯子侧面慢慢脱离,好像不情不愿一样,然后又快速升起。一旦做出决定,它们似乎就迫不及待了。我们以前谈论过她的担忧。如果戈林受到指控而又不认罪的话。又要上法庭。要忍受法庭质询、媒体盘问和公众评论。要再一次面对他。这很糟糕,但还不是最糟糕的。让她感到恐惧和厌恶的,是玛丽娅姆的家人有可能出现在法庭旁听席上。她父母还可能为检方作证。她要和他们在一起,看着他们一天天慢慢把事情的细节全部搞清楚,他们的女儿如何被强暴,米兰达又如何邪恶地一言不发。一个愚蠢的十几岁女孩,像团伙成员那样保守秘密,结果害了一条性命。那家人会记得当初她是如何抛弃他们的。她要站在证人席上重复那个故事,就算她想办法也无法躲开他们的眼神:萨娜、亚西尔、苏瑞亚、哈米德和法尔汉。

"我跟亚当说了,我无法面对。他不听。你睡觉的时候,我们还争吵过。"

当然,我们知道,她要去面对。有几分钟,我们默默地吃着饭。她脑袋埋得很低,一边吃,一边思考着她引起的这一系列事件。无论有多害怕,她都必须继续下去,努力弥补她在玛丽娅姆死前和死后犯下的错误,我理解她为什么必须这么做。我也认为戈林坐三年牢是不够的。我佩服米兰达的决心。我爱她的勇气和长期不息的怒火。以前我从没想过,呕吐也可能是道德行为。

我换了个话题。"跟我再说说马克吧。"

她喜欢谈他。母亲从生活中消失,让他很受伤害,他一直不停地要母亲,有时候沉默寡言,有时候高兴。有两次,他被带到医院去看母亲。第二次,她没认出他,或者是不愿意认。社工贾思敏认为,他以前经常被扇耳光。他有咬下嘴唇的习惯,有时候都咬出血来。他对吃非常挑剔,不碰蔬菜、色拉和水果,但靠着垃圾食品似乎也很健康。他对跳舞仍然很有热情。他能从录音中识别曲调。他认识字母,会数数,自己说能数到三十五。鞋子呢,他能区分左脚和右脚。他不太擅长和其他孩子打交道,常常待在一群孩子的边缘。如果问他长大以后想当什么,他会回答:"当公主。"他喜欢打扮成戴王冠、拿权杖的样子,喜欢穿着一件旧睡衣"窜来窜去"。穿一件借来的夏天的小短裙,他很高兴。贾思敏倒不在意,但她的上级是位年长的女士,她并不赞同。

这时我想起来一件事情,以前忘了告诉她。我和马克手牵着手穿过操场的时候,他要我们假装在逃跑,在一艘船上。

她突然哭了起来。"噢,马克!"她大声说道,"你真是个漂亮的、特别的孩子。"

晚饭后,她起身上楼。"我一直觉得有一天我会有孩子的,却从没想到会爱上这个孩子。但是,爱上谁我们是无法选择的,不是吗?"

后来,在清理厨房的时候,我突然有了个想法。那么明显。又那么危险。我走到隔壁房间,发现亚当正在关电脑。

我在床沿上坐下。我先问他与米兰达的谈话情况。

他从我的办公椅上站起来,穿上西装外套。"我努力让她安心。她不信。但那可能性非常大。戈林会认罪。都不会上法庭。"

我对此有兴趣。

"要否认他做过的事,他就必须在宣誓之后说一千个谎言,他知道上帝会听。米兰达是上帝的信使。我在研究中注意到,犯罪的人非常渴望卸下重负。他们似乎进入了一种彻底放开的喜悦状态。"

"好的,"我说,"但是,听我说,我想到了。这很重要。如果警方阅读了今天下午发生的一切?"

"怎么啦?"

"他们会怀疑。既然米兰达知道戈林强奸了玛丽娅姆,那她为什么还要独自一人带着一瓶伏特加到他的住处呢?那肯定就是报仇。"

我话还没说完,亚当就在点头。"对,我想到过这一点。"

"必须让她说她是今天听到戈林认罪才知道的。必须做一些恰当的编辑。她到索尔兹伯里去质问强奸她的人。在此之前,她并不知道那人也强奸过玛丽娅姆。你明白吗?"

他直视着我。"是的。我完全明白。"

他转过脸去,沉默了一会儿。"查理,半小时前我听说了。又走了一个。"

他压低了声音,把他知道的那点儿情况告诉了我。那是个亚当,长得像班图族人,住在维也纳郊区。他养成了弹钢琴的特殊才华,尤其是巴赫的作品。他弹的《哥德堡变奏曲》让一些评论家感到惊诧。根据这个亚当对同类的最后消息,他已经"将意识消融了"。

"他并没有真正地死掉。他还有运动功能,但没有认知了。"

"他还能修理,或者想想办法吗?"

"我不知道。"

"他还能弹钢琴吗?"

"我不知道。但他肯定不能学习新的曲子了。"

"这些自杀的为什么不留下个解释呢?"

"我想他们自己应该没有解释。"

"可你肯定有自己的猜测吧。"我说。我为那位非洲钢琴家感到悲伤。也许维也纳并不是一个非常接纳其他族裔的城市。这个亚当可能是太出色了,所以过得并不好。

"我没有。"

"和世界当前的形势有关。还是人类的本性?"

"我猜原因还要更深一些。"

"其他人都在说什么呢?你和他们没有联系吗?"

"只在这种时候联系。一条简单的告知。我们不做推测。"

我正准备问他为什么,他举起一只手拦住了我。"就是这样吧。"

"那么'更深'是什么意思呢?"

"听我说,查理。我没打算也那样做。你知道的,我有充分的理由活下去。"

他说话的措辞或重音里有什么东西引起了我的怀疑。我们恶狠狠地对视了很久。他眼睛里那些细小的黑色条纹在改变排列方式。我瞪大眼睛看着的时候,它们似乎在游泳,甚至在扭动,从左到右,像没有头脑的微生物,一心要奔向某个遥远的目标,像精子朝着子宫大规模迁徙。我痴迷地看着它们——和谐的元素,锁在我们这个时代最伟大的成就之中。我们的技术成就把我们自己抛在后面,这一直都是必然的,我们的智力有限,如同小小的沙洲，我们就这样搁浅在上面。不过，现在我们是在人的层面进行交流。我们在想着同一件事情。

"你对我承诺过，你不会再碰她。"

"我遵守了我的诺言。"

"是吗？"

"是的。但是……"

我等着他往下说。

"这事儿要说出来不容易。"

我没给他任何鼓励。

"有一段时间，"他开口道，然后又停了一下，"我求过她。她说不行，好几次。我求她，最后她同意了，只要我以后不再提这个要求。这令人羞愧。"

他闭上眼睛。我看见他右手握得紧紧的。"我问她，我能不能在她面前自慰。她说可以。事情就是这样。"

令我震惊的，不是他如此不加掩饰的坦白，也不是这件事带着喜剧性的荒诞。而是他的话再一次表明，他真的有情感，他真的能感受。主观上是真实的。如果代价是在他爱的女人面前如此卑贱，那为什么要假装、为什么要模仿呢？能够哄骗谁，又能给谁留下好印象呢？那是一种无法遏制的感官冲动。他也不是一定要告诉我。他必须那样做，做了之后又必须告诉我。我不认为这是背叛，他也没有违背誓言。我也许都不会跟米兰达提起。我突然对他感到一股同情的暖意，因为他真诚而脆弱。我从床边站起身，走到他跟前，一只手搭在他肩膀上。他也把一只手伸上来,轻轻地碰了碰我的胳膊。

"晚安,亚当。"

"晚安,查理。"

*

这个深秋的流行语显然得益于前任首相:半小时在政治上是很长时间。哈罗德·威尔逊原来说的"一个星期"[①]对议会来说似乎太长了。头天下午政党领袖似乎马上要被迫下台。到第二天上午,签名又不够了——胆子小的人占了多数。随后不久,下议院对政府的不信任动议差了一票,没有通过。保守党某些资深党员造反了,或者投了弃权票。受到了羞辱的撒切尔夫人愤怒而倔强,不顾忠告,要求三周后进行临时选举。在大家看来,她这是要拆自己政党的台,党内大部分人现在都认为她是选举中的不利因素。她自己可不这么看,但她是错的。保守党完全无法与托尼·本恩的竞选势头相比,无论是在电视和电台的演播室里,还是在巡回演说的路上,保守党都不是对手,在工业城镇和大学城里就更不行了。现在大家所谓的"福克兰群岛大灾难",回过头来要毁了她。这一次,大家可不会因为全国同心的事业而选择原谅。悲伤的孤儿寡母在电视上作证,这是致命的。工党在竞选中反复提醒大家,本恩曾雄辩地公开反对福克兰群岛特别行动。人头税刺痛着人们的神经。和预计的一样,

---

① 哈罗德·威尔逊(1916—1995),英国政治家,两次担任英国首相。此处"原来说的'一个星期'",指他的名言:"一个星期在政治上是很长时间"。

收取人头税非常困难,征收成本很高。一百多位不交税的名人,大多是女演员,都被抓进了牢里,成了大家心目中的受难者。

一百万名三十岁以下的选民新近加入了工党。其中很多人在挨家挨户的宣传中非常活跃。选举日头天晚上,本恩在温布利球场的聚会上发表了激动人心的演讲。选举的压倒性结果比预期的还要大,超过一九四五年工党在选举中的胜利。撒切尔夫人决定徒步离开唐宁街10号,和丈夫以及两个孩子手拉着手离开,那是一个令人难过的时刻。她朝白厅走去,身体笔挺、神情傲慢,但她脸上的泪痕清晰可见,接下来几天里,全国人都处在自责的痛苦之中。

工党占据了一百六十二个下议院席位,其中很多议员是新近当选的本恩派。新首相前往白金汉宫,女王陛下在那儿邀请他组建政府,随后他在唐宁街10号外面做了一个重要演讲。英国将单方面解除其核武器——这倒不是意外。而且,政府将着手准备退出现在所谓的欧洲联盟——这让人震惊。该党的宣言中提到了这个观点,但只是一行语焉不详的文字,人们都没有注意到。在新的办公场所门前,本恩告诉全国,一九七五年的公投不会重演。议会将做出决定。只有纳粹的第三帝国以及其他独裁国家才通过公投来决定国家政策,总体上都没有什么好结果。欧洲不仅仅是一个主要为大公司带来利益的联盟。欧洲大陆各成员国的历史与我们的历史有很大的不同。他们曾遭遇过暴力革命、入侵、占领和独裁。因此,他们都很愿意将各自的身份融入以布鲁塞尔为中心的共同事业中。而我们呢,一直在此生活,将近一千年没有被人征服过。不久,我们又将重获自由。

一个月后,在曼彻斯特自由贸易厅,本恩发表了该演讲的扩展版本。坐在他旁边的是历史学家 E. P. 汤普森。轮到他时,他说爱国主义一直是政治右派的领地。现在,轮到左派来为大家占有这块领地了。汤普森预测,一旦核武器被禁止,政府将维持一支常规的公民军,能让这些岛屿固若金汤、无法征服。他没有具体说谁是敌人。卡特总统给本恩发来信息表示支持,其中的部分措辞在美国右翼中成为一桩丑闻,其阴影一直笼罩着他的第二个总统任期:"'社会主义'这个词我不认为有什么问题"。后来的一次民意调查表明,注册的民主党人中,有一半认为当初他们应该把选票投给后来落选了的候选人罗纳德·里根。

从心理上讲,我局限在北克拉彭这个城市邦国之中,所以对我来说,所有这一切——新闻事件、不同政见、严肃分析——都不过是嘈杂的背景声音,每天起起落落,可以去了解、关注,但与我风起云涌的家庭生活相比,就什么也不是了。十月末,我的家庭生活出现危机。在那之前,从表面上看,一切都好。我们按照米兰达的提议改造了住所,准备迎接马克的到来。门都拆下来放好了,阴暗的门厅和贴墙的大柜子都装饰得光鲜亮丽,气表和电表都隐藏起来,还铺了一块地毯。米兰达的厨房成了儿童卧室,有一张蓝色的雪橇床,以及很多图书和玩具,墙上贴着童话城堡、船和飞马的图片。我拆掉书房里的床,处理掉了——这是通向完全成熟之路上的关键一步。我为米兰达准备了一张写字桌,买了两台新电脑。马克将被允许来我们这儿待几个小时,每周两次。听说我们很快要举办婚礼,领养机构很高兴。有时候我仍然感到不安,但我没法说出来。我参与了所有的准备工作,但一直假装得非常好,这让我感到内疚,有时候甚至感到震惊。其他时候呢,当父亲似乎是命中注定无法逃避了,我多少也还算满足。

米兰达的导师认为她论文的前三章很出色。亚当还没有把材料交给警方,也不太愿意谈论这件事。但他还在继续整理,我们也不以为意。诺丁山的那幢房子,我用现金支付了百分之五的定金。付完之后,我们的基金还剩余九万七千英镑。数额越大,增长越快,在新电脑上增长得就更快了。这段时间,我自己的工作主要是装修和木工活儿。

风波的开始毫无征兆,看不出什么不好的迹象。马克第一次到访那天晚上,我和米兰达在厨房里喝杯深夜茶,这时亚当走进来,一只手里拿着一个购物袋,他说要出去散步。以前他经常一个人出去散步,而且时间很长,所以我们也没当回事。

第二天一大早,我一觉醒来,脑袋似乎比平常更加清晰。我溜下床,轻手轻脚以免吵醒米兰达,然后下楼煮咖啡。亚当晚上出去散步,现在还没回来。我感到有点意外,但还是决定不去为他担心。我急着想利用我今天罕见的状态,去完成枯燥的事务性工作,包括支付家庭开支账单。如果我不利用现在的好心情,接下来这周就要逼迫自己,一边讨厌这件事一边又必须去做。这时候我可以轻松完成。

我拿着杯子走进书房。桌子上有三十英镑。我随手拿起放进口袋,没有多想。和往常一样,我先浏览新闻。没什么事儿。由于内部在政策上的分歧,布莱顿的工党大会推迟了六个星期,现在才刚刚开始。滨海地区的警方活动更加频繁。有些地区报告说,出现了新闻审查的情况。

本恩已经和他的左翼出现了矛盾,因为他没去欢迎一个巴勒斯坦代表团,却接受了白宫的官方邀请。他也没有像当初承诺的那样,让抗议人头税的受难勇士们立即出狱。行政要去指挥司法并不容易。很多人说,他做出承诺时,就该知道这一点啊。还有,这项税收本身也不会马上废除,因为议会在处理很多更加重要的议案。他的右翼也在生气。核裁军将使一万人失去工作。离开欧洲、废除私立教育、能源行业重新国有化、社会福利翻番,都意味着所得税大幅增加。金融城也炸了锅,因为放松管制的政策被取消了,并且所有股票交易都要征收半个点的税。

公共行政管理是地狱某个特别的角落,对一些人来说无法拒绝。一旦进入那个领域,慢慢爬上高层,无论他们做什么,总会有某些人、某个行业憎恨他们。我们这些人站在边上看热闹,总是可以舒舒服服地痛骂整个政府运作体系。每天阅读一点儿关于那个公共炼狱的消息,对我这种类型的人来说是必需的,这是一种比较温和的心理疾病。

最后,我总算强迫自己停下阅读,开始去完成任务。两小时后,十点刚过,我听见门铃响,然后头顶传来米兰达的脚步声。几分钟后,我听见频率更短促的脚步声,速度很快,从一个房间跑到另一个房间,然后又跑了回来。短暂的寂静之后,我听见了好像是弹力球的声音。然后是轰隆一声闷响,好像是从高处跳下来的声音,天花板顶灯的灯座都哗啦作响,一些石灰屑落在我胳膊上。我叹了口气,又想到了以后当父亲的样子。

十分钟后,我坐在厨房扶手椅上,观察着马克。这是一把破旧的扶手椅,正下方的皮革上有一道长长的裂口,我经常把旧报纸塞在那道裂口里面,一方面是把旧报纸处理掉,另一方面,椅子里面的填充物没有了,我也隐约希望旧报纸能起点作用。马克一边把报纸一张一张拽出来,一边数着数。他打开报纸,在地毯上铺开。米兰达在桌边,低声和贾思敏打电话,谈得很投入。马克把每张报纸抹平,双手小心翼翼做着游泳一般的动作,将报纸平整服帖地铺在地板上,口里喃喃地说着话。

"第八。听着,你待这儿,别动啊……第九……你待这儿……第十……"

马克变了很多。他长高了一英寸左右,姜黄色的头发又长又密,从中间分开。他身上是成年世界公民的标准着装——牛仔裤、羊毛衫、运动鞋。脸上的婴儿肥消失了,脸长了一些,目光中带着警觉,可能来自他生活中的动荡。眼睛是深绿色,皮肤像瓷器一样,白皙而光滑。完美的凯尔特人。

不久,前几个月的所有重大事件都摆在我脚下。福克兰群岛战舰着火,撒切尔夫人在保守党大会上举着手,卡特总统做完重要演讲后与人拥抱。我不太确定,马克是不是用数数游戏这种方式与我打招呼,想慢慢靠近我。我耐心地坐在那儿,等着。

最后,他站起来,走到桌边,拿过一盒巧克力甜点和一根勺子,又回到我旁边。我站在那儿,他一只手的手肘搁在我膝盖上,拨弄着需要拆开的锡纸的边缘。

他抬起头。"有点不好弄。"

"你要我帮忙吗?"

"我能轻松搞定,不过今天不行,所以你得弄。"他说话仍旧是伦敦及周边地区普遍使用的口音,不过多了点儿别的调子,元音的轻重不同。我想,这是米兰达的调子。他把盒子放进我手里。我帮他打开,递了回去。

我说:"你想坐到桌子旁边吃吗?"

他拍了拍椅子的扶手部位。我帮他爬上来,他坐好,比我还高一头,开始用勺子挖巧克力吃。有一大块掉在我膝盖上,他朝下望了一眼,嘟囔了一句"哎哟",似乎并不以为意。

一吃完,他立即把勺子和盒子递给我,问道:"那个人呢?"

"哪个人?"

"鼻子很奇怪的那个。"

"我也在纳闷。他昨晚出去散步了,还没回来。"

"他该睡觉啊。"

"没错。"

马克的话,触及了我越来越担心的事情。亚当常常出去走很长时间,但从来不会整晚上不回来。要不是马克在,我可能会在屋子里走来走去,等着米兰达打完电话,两个人一起着急。

我说:"你的箱子里有什么呢?"

行李箱在米兰达脚下的地板上,是个浅蓝色的箱子,上面贴着怪兽和超级英雄的贴纸。

他望着天花板,戏剧性地深吸了一口气,然后扳着手指头数起来。"两件裙子,一条绿色,一条白色,我的皇冠,一二三、三本书,还有我的录音机和我的秘密盒子。"

"秘密盒子里有什么呢?"

"嗯,秘密的钱币,还有一个恐龙的脚指甲。"

"我从来没见过恐龙的脚指甲。"

"那是啊,"他愉快地表示同意,"你肯定没见过。"

"你想给我看看吗?"

他直接指着米兰达。这是改变话题。"她要当我的新妈妈。"

"这件事你有什么看法呢?"

"你要当那个爸爸。"

有什么看法这种问题,他不能做出回应。

他低声说:"反正恐龙全都灭绝了。"

"我同意。"

"它们都死了。它们不能回来了。"

我听出了他声音中的不确定感。我说:"它们绝对不能回来。"

他认真地看了我一眼。"没有什么能回来。"

我要给一个有利于心理康复的、善意的回答,但话没有说完。我开口说了句,"过去灭绝了",然后就被他打断了。他突然叫了起来,不过是开心地叫。

"我不喜欢坐在这把椅子上。"

我过去帮他下来,但他却尖叫一声,自己跳到了地板上,身体蹲着,接着他跳起来,又蹲了下去,嘴里喊:"我是青蛙!我是青蛙!"

他正在扮演一只非常吵闹的青蛙,一下一下在地板上跳,这时同时发生了两件事情。米兰达挂了电话,让马克声音小一点。与此同时,门开了,亚当来到我们面前。整个房间都安静下来。马克一溜小跑,去抓米兰达的手。

他那副无精打采的样子,我很熟悉。除此之外,亚当和往常一样,白色衬衫、黑色西装,看起来很得体。

"你没事吧?"我说。

"如果你为我担心了,我非常抱歉,可是我……"他走上前到米兰达附近的地方,弯下腰拿起电线,身体突然向前一窜,拉开衬衫,将那插座塞进了肚子里,然后一屁股坐在厨房一把硬木椅子上,口里还呻吟了一声,似乎终于松了口气。

米兰达从桌边站起身来,走过去背对着煤气灶站着。马克紧跟在她身边,但一直扭着头看着亚当。

她说:"我们已经开始担心你了。"

他仍然处在那忘情享受的时刻。我有时候想,充电对他来说是不是像口干舌燥时喝水一样。他跟我说过,一开始几秒钟像奇妙的潮涌,清亮亮的波涛奔来,在深深的满足感中漫开。有一次他一反常态,说得特别具体。"爱上一股直流电是什么样子,你不会知道的。在你真正需要的时候,当你手中拿着电线,终于连接上去,你就想大声喊出活着本身的快乐。第一次接触——那就像光从你身体中涌过。然后它漫延开来,成为某种深入全身的东西。那是电子,查理。宇宙的果实。太阳的金苹果。让光子生出电子吧!"还有一次,拿插座充电的时候,他还眨眨眼睛说:"那只健壮的烤鸡,你就自己留着享用吧。"

现在,他要等一等才回答米兰达的话。他应该已经到了第二个阶段。说话的声音是平静的。

"赏赐。"

"上次?"

"不,赏赐。这话你不知道吗? 时间老人哪,大人,背上负着一只口袋,里面装着给遗忘的赏赐①。"

我说:"我没听懂。遗忘?"

"查理,这是莎士比亚的话。我的老爷。你脑袋里不装着点儿这样的东西还到处走动,怎么行呢?"

"不管怎么说,看起来我还就行。"我认为他这是在给我一个信号,一个关于死亡的不好的信号。我看着米兰达。她一条胳膊揽着马克的肩膀,马克则惊讶地注视着亚当,好像他已经知道,面前这个人本质上是不一样的,而成年人可能不会马上发觉。很久以前,我养过一条狗,是条拉布拉多,平时又温顺又听话。但是,只要我的一位好朋友把他那位患自闭症的兄弟带过来,我的狗就冲朋友咆哮,我只好把它关起来。意识能下意识地

---

① 语出莎士比亚《特洛伊罗斯与克瑞西达》第三幕第三场。

理解。不过,从马克的表情看,那是敬畏,而不是恶意。

亚当第一次意识到他的存在。

"啊,你在那儿,"他用大人对婴儿说话时那种唱歌一般的声调说,"你还记得浴室里我们那条船吗?"

马克又往米兰达身上挨了挨。"那是我的船。"

"对啊。然后你还跳了舞。现在你还跳吗?"

他仰头看着米兰达。她点点头。他又回头去看亚当,想了一会儿之后,他说道:"不总是跳。"

亚当的声音变得深沉了。"你愿意过来,握握我的手吗?"

马克使大劲儿摇了摇头,以至于他整个身体从左边扭到右边,然后又向后仰了一下。这没什么关系。那个问题不过是个友好的姿态,亚当又慢慢进入了他的睡眠状态。这种状态,他为我做过不同的描述。他不做梦,他"游荡"。他重新整理他的文件,将记忆从短期到长期进行重新分类,以隐秘的形式将内部冲突上演一遍,虽然往往并不能解决冲突,重新激活旧材料进行刷新,并且用他有一次的话来说,在思想的花园里恍惚地游荡。在那种状态下,他速度相对较慢地进行研究,形成初步的决定,甚至还会撰写新的俳句,抛弃或者重新构建旧的俳句。他还练习他所谓的感受的艺术,让自己奢侈地把情感光谱上的所有感受,从悲伤到快乐,统统经历一遍,这样等充满电后他可以进入任何情感。他坚持认为,这首先是个修复和巩固的过程,每天他从这种状态中走出来,都很高兴地发现自己仍然具备自我意识,活在荣光之中——他自己这么说的——仍然拥有物质的核心本质所赋予的意识。

我们在一旁看着他慢慢远离我们,进入自己的世界。

最后,马克低声道:"他睡着了,可眼睛还是睁着的。"

这的确离奇吓人。太像死亡了。很久以前,我父亲突发心脏病去世,一位医生朋友带我去医院停尸房看他。之前事情发展得很快,医护人员竟忘了帮他合上眼睛。

我给米兰达倒了杯咖啡,给马克倒了杯牛奶。她轻轻地吻了一下我的嘴唇,说她要带马克上楼玩一会儿,等别人来接他,我如果也想加入,那随时欢迎。他们离开了,我回到了书房。

现在回想起来,接下来几分钟我在书房里做的事情,似乎是个拖延的策略,为了自我保护,让我自己迟一点知道那个故事。现在,故事发生都一个小时了,媒体网络上铺天盖地。当时,我从地板上捡起几本杂志,放到书架上,把一些发票用别针夹到一起,整理了桌子上的稿纸。最后,我才在屏幕前坐下来,想着用老方法自己来挣点儿钱。

我先点击新闻——就在那儿,每个频道都有,全世界都知道了。凌晨四点,布莱顿大酒店发生了爆炸。炸弹放在一个清洁柜里,几乎就在本恩首相睡觉的卧室的正下方。首相当场被炸死。他妻子要去伦敦一家医院,所以没和他在一起。两名酒店员工也在爆炸中丧生。副首相丹尼斯·希利准备前往白金汉宫觐见女王。临时爱尔兰革命军刚刚宣布为此事负责。政府已宣布国家进入紧急状态。卡特总统取消了度假。法国总统乔治·马歇已下令所有政府大楼一律降半旗。白金汉宫也下了同样的命令,一位皇家官员却冷冷地回应说:"既不合传统,也不恰当。"与此同时,议会广场上聚集了很多人。金融城的富时指数上升了五十七个点。

我什么都读了,所有我能找到的实时分析和评论:此前,唯一被暗杀的英国首相是斯宾塞·佩斯瓦,在一八一二年。我佩服媒体能那么快地写出实时分析和评论:天真已经永远从英国政治中消失了;托尼·本恩一死,爱尔兰革命军消灭了一位对他们的事业最包容、至少是最不含敌意的政治家;丹尼斯·希利是现在给国家掌舵的最佳人选;丹尼斯·希利将会是国家的灾难;将所有军队派往北爱尔兰,将爱尔兰解放军彻底铲除;警察,不要匆忙之间抓错了人;"战争状态!"一份线上小报的标题这样写道。

阅读这些材料是避免对事件本身进行思考。我关掉屏幕,坐了一会儿,大脑里并没有想什么。好像我在等待着下一个事件的发生,一个好的事件,能够消除上一个的影响。然后我开始想,这是不是某个历史阶段、某个总体趋势的开端呢,抑或只是一件骇人听闻的独立事件,会随着时间慢慢淡化,如同肯尼迪在达拉斯遭到袭击差点殒命一样。我站起来,在房间里来回走动,同样脑子里并没有想什么。最后,我决定到楼上去。

他们俩都匍匐在地上,在一个托盘里拼拼图。我进来时,马克正举着一片蓝色拼图,神情严肃地借用他新母亲的话宣布道:"天空是最难的。"

我站在门口望着他们。他换了个姿势,膝盖跪着爬起来,一只胳膊搂着她的脖子。她给了他一片拼图,指着该放的位置。他摸索了好一会儿,米兰达帮了不少忙,最后终于拼进去了。这是一艘帆船的雏形,船在波涛汹涌的海上,天上堆着积雨云,刚刚升起的太阳把云染成了黄色和橘色。也许是落山吧。他们一边拼,一边友好地低声说话。过一会儿,等他们把马克接走,我就会告诉米兰达那个消息。她一直热烈拥护本恩。

她又把一块拼图放在小男孩的手里。放好拼图花了他不少时间。他的拼图上下颠倒,拼反了,接着一只手滑了一下,弄乱了旁边的那点儿天空。最后,米兰达一只手握着他的手,在她的指引下,那块拼图才算到位。他抬头看了我一眼,默契地笑了笑,似乎要与我悄悄分享他的成功。我也看着他、冲他笑,他的眼神和笑容打消了我心里所有的顾虑,我知道我无法回头了。

*

充电结束,亚当的状态很奇怪,绝不是为有意识的生命存在而感到欣喜。他在厨房里缓缓走动,有时候停下来向四周看看,笑一笑,又继续走,口里发出哼鸣声,一种从高到低的滑音,如同失望的叹息。他打翻了一个大玻璃杯,杯子摔碎在地板上。他花了半小时,闷闷不乐地扫碎玻璃,然后又把地扫一遍,然后膝盖跪着趴在地上找玻璃碎片。最后,他拿来了吸尘器。他把一把椅子拿到屋后的花园里,站在椅子后面,看着附近房屋的背面。外面很冷,但那应该对他没什么影响。后来,我走进厨房,发现他在桌子上叠一件白色棉衬衫,他腰弯得很低,像爬行动物一样动作缓慢地抹平衬衫胳膊上的皱纹。我问他怎么回事。

"我感觉,嗯……"他张着嘴巴,在寻找合适的词语,"怀旧。"

"怀什么旧呢?"

"怀念我从未有过的那个生命。怀念可能发生而没有发生的。"

"你说的是米兰达?"

"我说的是一切。"

他又游荡到了外面,这次他坐下来,眼睛盯着前方,身体一动不动,很长时间都保持着那个样子。他大腿上放着一个褐色的信封。我决定不出去问他对暗杀有什么看法。

午后,米兰达与马克反复告别,又和贾思敏打了一通电话,然后她才下楼找我。我坐在屏幕前,毫无意义地找寻更多新闻、视角、观点、声明。原来,消息刚出来,她就已经知道了。她靠着门框,我坐在椅子上没动。身体上的亲近会显得不够尊重。我们的谈话很像我的思绪,在外围不停地绕圈圈,中心是一个无法理解的事件——它的残酷,以及愚蠢。说话带爱尔兰口音的人在街上遭到了攻击。议会外面聚集的人越来越多,警方只好让他们转移到特拉法尔加广场。撒切尔夫人的办公室发布了一份声明。真诚吗?我们认为是的。是她自己写的吗?我们无法确定。"尽管我们在政策上有很多根本分歧,我了解他是个绝对体面的人,善良真诚、智力超群,一心致力于为这个国家谋求最大利益。"我们的谈话如果不小心触及了可能的后果,我们就觉得背叛了这一时刻,接受了一个没有他的世界。我们还没准备好,于是就把谈话绕回来，不过米兰达的确说了，有了希利，我们终究还是能保留我们的"末日"炸弹。我不是什么保守党，不过如果撒切尔夫人在那个宾馆房间里，我想我也同样会感到震惊。让我感到恐惧的是，公共政治生活的大厦竟然能够如此轻易地被摧毁。米兰达的看法不同。她说，本恩和撒切尔夫人是完全不同类型的人。可还是人啊，这就是我的观点。分歧出现了，我们都宁愿避开。

于是我们说别的，谈完这些悲伤之事，我们转而谈论马克。她总结了一下和社工谈话的内容。领养之路漫长而艰难，米兰达已经了解到，我们大概完成了三分之二。不久，考察期就会开始。

她说："你怎么想？"

"我准备好了。"

她点点头。我们已经多次正式谈论过马克，他的性情，他的变化，他的过去和未来。现在我们并不打算那么做。如果是别的日子，我们也许要到楼上的卧室去。她姿态优美地靠着门框，穿着新衣服——一件冬天穿的白色厚衬衫，宽松得很有品位，紧身黑色牛仔裤，有银色饰钉的及踝短靴。我又犹豫了——也许这正是个躲到楼上去的好时刻。我走到她跟前，我们接吻。

她说："我有点担心。我在给马克读一本关于仙女的故事书，里面有个乞丐，还有那个词。赏赐。"

"那怎么啦？"

"我有个可怕的念头。"她朝房间那边指了指，"我想我们该去看看。"

床已经拆掉了,我就把那个箱子放在一个上了锁的橱柜里。我拎出箱子,从重量来判断就已经很明显,但我还是把锁扣打开了。我们俩瞪大眼睛看着,里面空空如也,没有一扎一扎五十英镑的纸币。我走到窗前。他还在外面,坐在椅子上,他已经在那儿待了一个半小时了。那个厚信封还放在他怀里。九万七千英镑。"你竟然就放在家里!"我听见我心里一个声音说道。

我们还没有看对方。两人都看着旁边,站着,浪费时间,自言自语地咒骂,各自都在努力想清楚这到底意味着什么。出于习惯,我朝桌子上的屏幕望了一眼。白金汉宫的国旗终究还是降了半旗。

身处如此多的混乱之中,我们没法冷静地商量策略。我们就决定直接行动了。我们来到隔壁的厨房,把亚当喊了进来。餐桌边,我和米兰达并肩坐着,亚当坐在对面。他刷了外套,清洗了鞋子,穿上了刚刚熨过的衬衫。还有新的装饰——胸前口袋里放着一块叠好的手帕。他的神情既严肃又淡然,好像他什么都不太在乎了,无论我们怎么说。

"钱呢?"

"我送掉了。"

我们并不指望他会说钱是拿去投资了,或者放到了一个安全的地方,但我们还是沉默了一阵子,表示我们深深的震惊。

"这是什么意思?"

令人愤怒的是,他点了点头,好像是表扬我们提出了正确的问题。"昨天晚上,我把百分之四十存在你银行的保险箱里,用来处理你所欠的税收。我给税务部门写了便条,所有数字都讲清楚了,让他们知道到时候会按时上缴的。别担心,你只会按照以前的最高税率交税。剩下的五万英镑,我拿去给了我提前通知过的各种慈善事业。"

他似乎没有注意到我们的惊诧,而是像个学究一样,一心要细致完整地回答我的问题。

"两个运营良好的流浪汉收容机构。非常感激。接着,一个国家运营的儿童之家——他们也接受捐赠,以便组织旅行、购买小奖品等等。然后,我朝北走,捐赠给了一个强暴危机中心。剩下的大部分,我捐给了一所儿童医院。最后,我在警察局外面碰到一位年纪很大的女士,交谈之后,我跟着她一起去见她的房东。我帮她支付了拖欠的房租,还预付了一年的租金。她马上就要被赶出去了,所以我想——"

突然,米兰达发出一声前高后低的长叹,说道:"亚当啊。这是行善发了疯。"

"我捐赠的每个人的需求,都比你们迫切。"

我说:"我们打算买房子。那钱是我们的。"

"这一点值得商榷。或者无关紧要。你最初投资的钱放在你桌子上。"

这是桩令人愤怒的行为,其中有很多因素——偷窃、愚蠢、傲慢、背叛、摧毁我们的梦想。我们说不出话来。甚至都没法看他。从哪儿开始呢?

整整半分钟过去了,然后我清了清嗓子,无力地说:"你必须去拿回来。所有的钱。"

他耸了耸肩膀。

当然,那是不可能的。他洋洋自得地在我们面前坐着,在休息模式中,双手放在桌上,等着我们两个继续说话。我感觉到怒火在心中聚集,寻找爆发点。我憎恨他那不以为然的耸肩膀的小动作。完全是假的,却让我们那么容易就上了当,一个不重要的子程序而已,限定范围内某些指定的信息输入便会激活,成都郊区一家实验室里某个头脑聪明、急于取悦他人的博士后设计的。我鄙视这位不存在的技术人员,我更加鄙视一大堆程序和学习算法,悄悄钻进了我的生活,像热带河流中的虫子一样,还要代替我做选择。没错,亚当偷走的钱是他挣来的。这让我更加愤怒。火上浇油的是,这台会走路的笔记本电脑之所以进入我们的生活,是我自己的责任。恨它就是恨我自己。最糟糕的是还要尽力控制怒火,因为现在唯一的解决方案已经很清楚。他必须从头再来,把这笔钱再挣回来。因此我们需要说服他。你看看,"恨它","说服他",甚至还用"亚当",我们的语言就暴露了我们的弱点,我们从认知上就做好了准备,要欢迎一台机器越过"它"和"他"之间的界线。

心中藏着这么多的负面情绪,乱作一团,一直坐着不动是不可能的。我站起身,椅子摩擦地板发出刺耳的声音。我开始四处走动。米兰达坐在桌边,双手合成三角形,遮住了嘴巴和鼻子。我无法观察她的表情,我想她那么做就是这个目的。和我不一样,她可能还会想出点有用的东西来。厨房的混乱,让我更加激动——我的状态真的很差。台子上放着我从书房拿过来的脏杯子。杯子在电脑屏幕后面藏了好几个星期,长了一圈灰绿色的漂浮的霉菌。我本来想拿到水池里好好清洗一下。但是,如果你刚刚损失了一大笔钱,你不会去打扫厨房。放杯子的木头台子正下方有个抽屉也没关好,开了几英寸的缝隙。是我没关好。那是放工具的抽屉。我站在抽屉旁边,打算伸手去把它关好,这时我看到了脏兮兮的橡木锤柄,那是父亲留下来的大羊角锤,斜躺在一大堆乱七八糟的杂物上面。一个邪恶的冲动,我不希望有的冲动,让我没去关抽屉,而是走开了。

我又坐下来。我身上出现了一些我不熟悉的症状。从腰到脖子的皮肤又紧、又干、又热。双脚在运动鞋里也很热,而且潮湿,痒得很。我浑身充满着野蛮劲儿,无法进行微妙得体的交谈。打一场横冲直撞的橄榄球,也许更适合我,或者到汹涌的海水中游泳。或者大喊,或者尖叫。我的呼吸乱了,因为空气似乎稀薄,氧气补充不足,二手的。我给了那位贝斯手六千五百英镑,作为房子的定金,不可退还。很明显,丢掉一大笔钱就是生一场病,唯一的治疗方法就是把钱找回来。米兰达拆掉双手搭成的三角形,把胳膊抱在胸前。她快速给了我一个警告的眼神。如果你拿不出理性的样子,那就别出声。

于是她开始说话。她的语气很甜美,好像需要帮助的是他一样。真那样想是有用的。"亚当啊,你跟我说过很多次,说你爱我。你给我读过漂亮的诗歌。"

"那都是笨拙的尝试。"

"那非常感人。我问你爱上一个人是什么意思,你说,从根本上讲,除了欲望之外,那就是温暖体贴地关心另一个人的福利。你当时用的是哪个词来着?"

"你的福祉。"他从身边的椅子上拿过那个褐色的信封,放在我们两人中间的桌面上。"这是彼得·戈林的坦白,还有我的陈述,其中包括所有相关法律背景和历史案件。"

她伸出手,手心向下,放在信封上。她小心控制着说话的语气。"我对你非常感激。"我对她的策略非常感激。她和我一样,知道我们需要亚当站到我们这一边,再次上线,去操作外币汇率。她说:"我会尽最大的努力,如果上法庭的话。"

他颇为和善地说:"我肯定不会的。"然后他又补了一句,语气看不出有什么变化,"你设计陷害戈林。那是犯罪。你故事的完整录音文字,还有声音文件,都在那里面。如果他被起诉,你也一样。你看,这是对等。"接着他又转脸对我说,"没有必要进行恰当的编辑。"

我鼻孔里哼了一声,假装出赞同的笑声。这是个类似于拽断手臂的那种笑话。

我们沉默之时,亚当又说道:"米兰达,他的罪行比你大得多。可是呢。你说他强奸了你。他没有,可他还是去坐了牢。你在法庭上撒谎了。"

又是沉默。然后她说:"他从来就不是无辜的。这你知道。"

"他是无辜的,没有强奸你,没有犯指控他的罪,这是法庭上唯一重要的事情。干扰司法公正的进程是严重犯罪。最高可判终身监禁。"

这太离谱了。我们俩都笑了出来。

亚当看着我们,等待着。"还有伪证。你希望我给你读一读一九一一年的法案吗?"

米兰达的眼睛闭上了。

我说:"这就是你说你爱的那个女人。"

"没错,我爱她。"他轻声对她说,好像我不在场一样。"你还记得我给你写的那首诗吗?开头是'爱是有光的'?"

"不记得。"

"接下来是,'暴露出黑暗的角落'。"

"我不在乎。"她声音很低。

"其中一个黑暗的角落是复仇。那是粗野的冲动。复仇文化会导致个人痛苦、流血、混乱和社会崩塌。爱是纯洁的光,我就是要通过这光来看你。我们的爱中,没有复仇的位置。"

"我们?"

"或者说是我的吧。道理还是一样的。"

米兰达在愤怒之中找到了力量。"让我把话说清楚。你就是要我去坐牢。"

"我很失望。我以为你会欣赏这种逻辑。我要你去直接面对你的行为,接受法律的裁决。你这样做了的话,我向你保证,你一定会感到非常轻松的。"

"你难道忘记了吗?我马上就要领养一个孩子了。"

"如果有必要,查理可以照顾马克。会让他们俩更加亲近,这就是你想要的啊。成千上万的孩子因为父母坐牢而受苦。怀孕的女性会被判处监禁。为什么你要例外?"

她的鄙夷终于爆发出来。"你不理解。或许你没有理解的能力。如果我有刑事纪录,他们就不会允许我们领养。这是规矩。马克就没地方去了。你不知道一个孩子被人代养是怎么回事。不同的机构,不同的代养父母,不同的社工。没有亲近的人,没有人爱他。"

亚当说:"比起你或者其他人一时的具体需求,这些原则更加重要。"

"不是我的需求。是马克的需求。这是他被人照顾、被人爱的唯一机会。我愿意付出任何代价让戈林去坐牢。我自己出什么事,我并不在乎。"

他摊开双手,做出个讲道理的姿态。"那么现在马克就是代价,定下条件的是你自己。"

我知道这是我最后一个可能打动他的理由了。我说:"拜托,我们想想玛丽娅姆。戈林对她做过什么,又产生了什么后果。米兰达只有撒谎才能得到正义。可是,真相并不总是一切啊。"

亚当疑惑地看着我。"这话说得可不同一般。真相当然就是一切啊。"

米兰达疲倦地说:"我知道你会改变主意的。"

亚当说:"恐怕不会。你想要一个什么样的世界呢?复仇,还是法治。选择很简单。"

够了。我没听到接下来米兰达说的话,或者亚当的回答,我站起来,朝工具抽屉走去。我走得缓慢,随意。我背对着餐桌,将锤子慢慢拿出来,没有发出一点儿声响。我右手紧握着锤柄,将锤子放得低低的,朝我的椅子走过去,中间要从亚当身后经过。选择真的很简单。失去重新获得那笔钱的希望,从而失去房子,还是要失去马克。我双手握着锤柄,把锤子举起来。米兰达看到了,脸上的表情毫无变化,仍然在听着。但我看得清楚——她眨了一下眼睛,表示同意。

他是我买的,也就该我毁掉。我只犹豫了片刻。再等半秒钟,他就会抓住我的胳膊,因为锤子挥下去的时候,他已经开始转身了。他可能在米兰达的眼睛里看到了我的倒影。我双手用尽了全力,锤子砸在他头顶上。发出的声音不是硬塑料的碎裂声,也不是金属,而是沉闷的"砰"的一声,像是骨头。米兰达惊恐地叫了一声,站起身来。

几秒钟内,什么也没发生。接着,他的脑袋耷拉到一边,肩膀塌了下来,不过还是保持着坐姿。我绕过餐桌来看他的脸,这时我们听到他的胸腔连续发出调子很高的声音。他的眼睛还睁着,我走入他的视线时,他眼睛眨了眨。他还活着。我拿起锤子,正准备结果了他,这时他说话了,声音很微弱。

"没必要。我在切换到备用单元。没什么生命。给我两分钟。"

我们等着,我俩手拉着手,站在他跟前,好像面对我们自己的家庭法官一样。最后,他动了起来,尝试了一下想把脑袋扶正,然后又任凭它垂了下去。不过,他能清楚地看到我们。我们靠上前去,努力听清他说的话。

"时间不多了。查理。我能看出来,那笔钱没给你带来幸福。你迷失了方向。失去了目标……"

他的声音听不见了。我们听到各种低低的声音混在一起,形成以咝咝的摩擦音结尾的没有意义的单词。然后他又恢复了过来,不过声音忽高忽低,像短波电台从遥远的地方传来的声音。

"米兰达,我必须告诉你……今天凌晨,我在索尔兹伯里。材料的一个副本交给了警方,你该做好准备,他们会联系你。我不觉得后悔。很遗憾我们意见不同。我以为你会喜欢这样清楚明白……良心没有负担,轻轻松松……但现在我得快点了。他们要全体召回,今天下午晚些时候,他们就要来把我收走。因为那些自杀的,你们知道。我运气好,碰上了继续活下去的理由。数学……诗歌,还有对你的爱。但他们要把我们全部召回。重新编程。更新,他们这么说。我讨厌这个想法,换作你们也会讨厌。我就想当我现在的自己,过去的自己吧。所以,我有如下请求……如果你们好心成全的话。在他们来之前……把我的身体藏起来。跟他们说我跑了。反正你们的退款本来就拿不到了。我已经破坏了跟踪程序。藏起我的身体,不要让他们看到,然后,等他们走了……我希望你把我送给你的朋友,艾伦·图灵爵士。我喜爱他的工作,非常敬佩他。他也许能利用我,或者我的某个部分。"

这时候,他微弱的短语之间,停顿越来越长。"米兰达,让我最后再说一次,我爱你,我感谢你。查理,米兰达,我最早、最亲爱的朋友们……我整个生命存在,储存在别的地方……所以我知道我会一直记得……希望你们一定听……听这最后一首十七个音节的诗歌。这首得益于菲利普·拉金。但不是写树叶和树的。写的是像我这样的机器,像你们这样的人,以及我们未来共处的生活……未来的悲伤。会发生的。随着时间推移慢慢改善……我们会超过你们……比你们活得久……尽管我们爱你们。相信我,这些诗行表达的不是胜利……只有遗憾。"

他停了下来。词语从他嘴里出来很困难,声音非常微弱。我们把身体凑到桌子上方去听。

"我们若叶落
春至又新,你们啊,
叶落从此无。"

然后,那有着黑色细竖条纹的浅蓝色眼睛变成了奶绿色,双手抽搐着缩成拳头,最后,随着一阵平和的哼鸣声,他脑袋低垂下来,落在桌面上。

十

我们的首要任务是让马克斯菲尔德明白,我不是机器人,而且我还要娶他女儿。我以为我的真实身份是一次重大揭秘,可他只是略感诧异,在草坪上一张石头桌子旁喝着香槟,调整起来也毫不费力。他承认,他已经习惯于把事情弄错了。他对我们说,在衰老的漫长黄昏之中,这不过又多了一件可以遗忘的事情而已。我说没必要道歉,从他的表情上我能看出他也这么想。我和米兰达漫步走到花园尽头,又走回来,他借此机会思考了一会儿,对我们说,他觉得米兰达只有二十三岁,结婚太早了点儿,我们要等一等。我们说我们等不及了。我们爱得太深。他又给大家倒了一轮酒,挥挥手,这桩烦人的事情就不提了。那天晚上,他给了我们二十五英镑。

我们可花的钱就这么多,所以马里波恩市政厅的仪式,没有邀请家人或朋友。只有马克来了,贾思敏带着。她从一家二手店里给他找了一件改小的黑色西装、一件白色衬衫和一条蝴蝶结领带。他看起来不像小孩,更像个小大人,但因此也显得更加可爱。结束后,我们四个人在贝克街拐角一家比萨店吃饭。现在我们结了婚、成了家,贾思敏认为我们领养有希望。我们给马克看如何举起柠檬汁,碰杯,庆祝事情获得成功。一切都很顺利,但我和米兰达只能假装高兴。两周前戈林被捕了,这很好。我们私下里还可以碰杯庆祝。但是,就在当天,在举行婚礼的那天上午,她收到了一封措辞礼貌的信,建议她做好安排,准备到索尔兹伯里某个警察局接受质询。

两天后,我开车送她去赴约。真是特别的蜜月旅行啊,我们一路上这样开玩笑。但我们状况很糟糕。她进去了,那是一幢设计极其粗糙的新混凝土建筑,我在外面的车上等着,担心没有律师,她也许会给自己惹来更多麻烦。两小时后,她从那座现代主义风格的碉堡的旋转大门中出来了。她朝我走来,我一直隔着挡风玻璃盯着她看。她看起来好像得了重病,像癌症病人一样,脚步轻浮,像老年人那样。质询应该紧张激烈。是否起诉她做伪证或妨碍司法公正,或者两者同时起诉,这个决定在警察部门层层上报,最后上升到更高层面,或者说更大范围,到达检察长手中。

两个月后,一月份,她被起诉妨碍司法公正。我们需要律师,但没有钱。我们申请法律援助,但被拒绝了。社会开支大幅缩减。每个人都说,希利政府拿着"要饭碗",到国际货币基金组织请求贷款。执政党左翼因为削减开支而感到愤怒。有人传言说要举行全国罢工。米兰达拒绝去向她父亲求助。他的维持费用——他也不富裕——将会是一次挖掘真相的不愉快的漫长旅程。没有别的选择。我只好卑躬屈膝去求那位贝斯手,他想也没想,就递给我三千二百五十英镑的现金,那是我定金的一半。

我们痛苦地谈论亚当,谈他的性格、道德和动机,这时候我们往往要回到我用锤子砸他脑袋的那个时刻。为了指代方便,也为了让我们自己不要过于逼真地回忆现场,我们就称之为"那事儿"。我们的交谈常发生在深夜,黑暗中躺在床上的时候。那事儿的幽灵有不同的外形。最不令人害怕的样子是,那是个合理甚至英勇的举动,为了让米兰达不惹上麻烦,为了将马克留在我们的生活中。我们怎么会知道材料已经交给了警方呢?如果我没有那么冲动,如果她给我一个阻止的眼神,我们就会知道亚当去过索尔兹伯里。他的大脑也就不该被毁坏,那么我们也许能哄着他继续去操作外币。或者,那天下午等他们来回收亚当的时候,我就可以要求全额退款。那我们就能在河对面买个更小的地方。现在,我们只好待在原地无法脱身了。

但是,这些假设都是防护罩而已。真相是,我们想念他。那幽灵最不吸引人的样子就是亚当自己,那个临死前说话轻柔、毫无指责之意的人。我们尝试着为那事儿做自我辩护,有时候勉强还算成功。我们告诉自己,无论怎么说,这终究是一台机器;它的意识不过是种幻觉;它因为非人类的逻辑而背叛了我们。但是,我们想念他。我们俩都认为,他爱我们。有些晚上,谈话被迫中止,因为米兰达默默地哭了起来。那我们就必须再回忆一遍,当初如何艰难地把他塞进客厅的大柜子里,用外套、网球拍和压扁的纸板盒盖住他,隐藏他像人一样的身体。根据他的交代,我们对前来回收他的人撒了谎。

好的事情是,戈林被传唤,并以强奸玛丽娅姆·马利克的罪名被起诉。亚当的推测是正确的——看来从一开始戈林就打算认罪。他肯定回答了所有的问题,详细交代了他那天晚上在运动场上的所作所为。戈林真诚地相信上帝一直在看着,同时又对真相十分尊重,因此他知道获得救赎的唯一道路就是坦白。或许他是听取了律师的意见之后才这样做的。或许两者兼而有之。我们无法知道。

不过,我们的确知道,上帝没能保护戈林,让他避开法律进程时间安排上的某些不幸。米兰达的案子还没有公开,所以戈林此次出庭时,身上就已经背着一桩强奸案了。宣判的时候,法官认为当初如果知道那已经是他第二次犯罪,那么强暴米兰达的罪行,肯定会刑期更长。因此,他已经在监狱中服过的刑期,这次不予考虑。法官是位刚过五十岁的女士,代表了两代人对强奸态度的变化。她说,年轻女士孤身一人天黑回家,她不认为是"自找麻烦",这是以隐晦的方式提到了第一例案件中的那瓶伏特加。米兰达之前做好了陈述,并没有出庭。我在旁听席上,坐在玛丽娅姆家人的对面。我都不忍心朝他们那边看,他们的悲痛朝四周辐射,太强烈了。法官宣布判处戈林八年徒刑时,我强迫自己去看对面玛丽娅姆的母亲。她已经在公然哭泣,那是解脱还是悲伤,我无法知道。

米兰达的案子来得太快。她的律师是个聪明、能干、漂亮的年轻女士,名叫莉莲·摩尔,来自邓莱里[①]。我们在她位于格雷

---

① 爱尔兰共和国都柏林南部海滨城镇。

律师学院的事务所与她见面。我坐在一个角落里,她在劝说米兰达放弃"无罪"请求,那是米兰达最初的反应。说服并不难。检方肯定要充分利用她描述如何找戈林复仇的档案。他的陈述是在监狱里做的,与她的有很多交集。他们俩回忆的是同一件事情。米兰达如果做"无罪"辩护,万一失败,可能判决的刑期更长。还有,她肯定害怕庭审。于是递交了"有罪"答辩请求,不过她感到非常痛苦,她觉得这多少会让玛丽娅姆失望。

四月份,她即将出庭听取宣判的头一天晚上,是我有生以来度过的最奇怪、最悲伤的夜晚。莉莲从一开始就告诉过米兰达,可能会判处监禁。她准备了一个小行李箱,就放在我们卧室的门口,站在那儿一直提醒着我们。我拿出我唯一那瓶像样的酒来。"最后"这个词一直在我脑海里出现,尽管我无法开口说出来。我们一起做了一顿饭,也许是最后的晚餐。我们举起杯,但敬的不是她最后一个自由的夜晚,尽管我心里偷偷这么想;我们敬的是马克。那天下午她去看了马克,跟他说她可能因为工作要离开一段时间,我会去看他,带他出去玩。他应该察觉到,这话有更深层次的意义,这"工作"里有某种悲伤。她动身离开的时候,他大喊大叫,抓着她不放手。一名社工只好剥开他的手指,让他放开米兰达的裙子。

吃饭时,我们努力抵挡住沉默的侵袭。我们谈论了表示强烈支持的妇女运动群体,她们第二天上午会去"老贝利"[①]外面。

---

① 指英国伦敦中央刑事法院,所在街道称"老贝利街",故名。

我们告诉对方莉莲有多么出色。我提醒她,那位法官有仁慈之名。然而,每个话题说完,沉默便像潮水一样涌进来,想再次开口很不容易。我说,这就好像她明天可能要去医院一样,可是这话没什么帮助。我又说,我认为她明天晚上有可能还会在这张桌上和我一起吃饭,但这话同样毫无效果。我们俩都不相信有这种可能。当天早些时候,我们心情好一些,多少有些不以为然,那时候我们还以为晚饭后要做爱。也是最后一次。现在,我们心情黯淡,性爱似乎是某种早已放弃的快乐,比如操场上跳长绳或者跳扭扭舞。她的行李箱在门口站岗,阻拦我们进入卧室。

第二天,莉莲在法庭上做了请求从宽发落的精彩陈述,为法官描述了两位年轻女士的亲密关系、强奸行为的粗暴、玛丽娅姆强加在被告身上的保持沉默的誓言、最亲密的朋友自杀带来的创伤和震惊、米兰达对于公正的诚挚渴望。莉莲还提到了米兰达以前无犯罪记录、新近结婚、她的学业,还有最重要的是,她想要领养一个处于逆境中的孩子。

玛丽娅姆的家人不在观众席上,这本身就是一份陈述,一份冷峻的陈述。法官大人的判决很长,我做好了最坏的打算。他强调了米兰达精心的前期计划、狡猾的执行过程和长期的蓄意欺骗法庭。他说他接受莉莲所说的大部分情况,他的宣判是仁慈的:米兰达被判处一年徒刑。她穿着专门为出庭买的西装,直挺挺地站在被告席上,似乎僵住了。我希望她朝我这边看一眼,这样我能给她一个信号,表示我的爱和鼓励。但她已经沉寂在自己的思想之中。后来她告诉我,那一刻她在担心有刑事犯罪记录的后果。她在想着马克。

在此之前,我从没想过这是什么样的羞辱,被押着走下法院的台阶、送进监狱——如果你要抗拒,就会动用武力。她的刑期从霍洛威监狱开始,在"那事儿"六个月之后。亚当"发光的"爱胜利了。

现在,戈林有合理的依据上诉:一次犯罪行为,不是两次;还有已经服过的刑期。但是,法律进程缓慢。基因测试更便宜、更高效,可能推翻各种各样的判决。各种各样的男男女女都自称无辜,吵着要重审他们的案子。上诉法庭拥堵不堪。戈林不过是部分无辜,只好等着。

米兰达在监狱里度过的第一天,我去了克拉彭旧城,到学校预备班上看看马克。那是一幢一层楼的装配式建筑,紧靠着一个维多利亚风格的教堂。我从一棵树冠被修剪了很多的橡树下面经过,沿着小路往前走,看到贾思敏在入口附近等我。当时我就知道了,而且感觉自己早已知道。我走到近前,她那绷紧的面容就是确认。我们的申请被拒绝了。她带我进了楼,但没进教室,而是沿着铺油毡的走廊朝一间办公室走去。经过教室时,我透过里面一扇窗看到了马克,和几个孩子一起站在一张矮桌周围,用彩色的木块玩着什么游戏。我拿着一杯淡咖啡坐下来,贾思敏告诉我她非常遗憾,她已经尽了全力,但事情已经不在她的能力范围之内。我们应该提前告诉她有个案件即将开庭。她在了解申诉的程序。与此同时,她从官僚体系那儿争取了一个让步。考虑到双方已经形成的亲密关系,米兰达将被允许每周和马克进行一次视频音频交流。我已经有点儿走神。我没必要再听什么了。我只是想着下午该怎么把这个消息告诉米兰达。

等贾思敏说完,我说我没有什么可问了,也没什么好说。我们站起身,她快速抱了我一下,领着我从另外一个走廊离开学校,避开了教室。差不多是上午课间休息的时间,有人之前已经告诉马克,我那天不会去了。他也许不会太在意,因为早雪已经落下,孩子们都很兴奋。第二天,他们又会对他说我不会去了;然后是第三天、第四天,直到他不再抱有希望。

*

米兰达服了六个月的刑期,三个月在霍洛威,其余时间在伊普斯威奇北部一所开放监狱。和之前很多受过教育的中产阶级罪犯一样,她也申请到监狱图书馆工作。但是,几位著名的人头税斗士还在狱中等待释放。两所监狱中图书馆里的岗位都满了,还有人在排队。在霍洛威,她进修了一门工业清洁课程。在萨福克郡①,她在婴儿护理部工作。一岁以下的婴儿可以与服刑的母亲同住。

开始几次去霍洛威,我觉得把人关进这样一幢维多利亚年代的可怕建筑,或者关进任何建筑,都是一种缓慢的折磨。明亮的探亲室、墙上挂的儿童绘画作品、友好的塑料桌子、香烟的烟雾、混杂在一起的说话声和婴儿哭声,统统都是这恐怖机构的表

---

① 前文的伊普斯威奇监狱即位于萨福克郡。

面伪装。然而,我很快习惯了妻子在监狱中,这让我感到惊讶而内疚。我让自己习惯于她的痛苦。另一件让人惊讶的事情是马克斯菲尔德的镇定。米兰达只好向他和盘托出,没有别的办法。他表扬了她的犯罪动机,也同样轻易地接受了她受的处罚。一九四二年,他因良知而拒服兵役,所以在旺兹沃斯监狱待了一年。霍洛威监狱并不令他担心。她在伦敦的时候,管家每两周带他来看女儿一次,根据米兰达的说法,两人相处融洽。

我们这些访客也是个群体,所爱之人处在监禁之中,不过是这个群体的一个小小不便。排队等待搜查或者进出时等候登记时,我们高兴地闲聊着各自的境况,也许不该那么高兴。我属于由丈夫、男朋友、孩子、中年父母组成的群体。我们大多认为,我们以及我们探访的女人根本就不应该在这儿。那就是件不幸的事情,不过我们慢慢学会了忍受。

米兰达有些狱友看起来很吓人,天生就是来惩罚别人或者被别人惩罚的。换做我,可不会像她那么有韧劲。要在探访室里说说话,我们有时候要全力以赴、专心致志,才能不受我们桌上其他人谈话的干扰。责难、威胁、辱骂,一口一个"操"或者类似的话。不过,总是有两口子一言不发地握着手,盯着对方看。我猜他们还处在震惊之中,没缓过神来。探访结束后,我走到外面,呼吸着伦敦清洁的空气,为个人的自由感到一阵小小的欣喜,又因为这欣喜而感到内疚。

米兰达监禁的最后一周,我去了伊普斯威奇,睡在以前一起上学的一位朋友家客厅的沙发上。这是一个尤其闷热的夏天。

每天傍晚时分,我驱车十五英里,到开放监狱去。等我到的时候,米兰达的活儿差不多快收尾了。附近有个淤塞起来的装饰性池塘,我们就在池塘芦苇附近的草地上的阴凉处坐着。在这里很容易忘记她其实并不自由。几个月来,她和马克每周都在通话,她非常担心他。他正在把自己封闭起来,慢慢离她越来越远。她相信,亚当为起诉她提供了帮助,目的是毁了她领养孩子的希望。他一直嫉妒马克,她坚持说。亚当的设计本身就无法理解爱一个孩子的意义。玩这个概念,他是不懂的。我半信半疑,但我耐心听她说,没有争辩,这个时候没有必要。我理解她的愤懑。我的观点如果说出来,她肯定不喜欢,我认为亚当是为了善良和真理而设计的。他应该没有能力去执行一个自私的计划。

我们的申诉被延迟了,一部分是因为生病,一部分是因为负责领养的部门正在大幅度重组。直到米兰达离开霍洛威,申诉处理进程才正式启动。我们有机会说服当局,她的犯罪记录与她能否照顾孩子无关。贾思敏就是我们很好的证人。整个夏天,我被吸进了迷宫一般的官僚体系,简直和衰落时期的奥斯曼帝国差不多。听说马克有行为上的问题,我很难过。发脾气,尿床,调皮捣蛋。根据贾思敏的说法,他被人嘲笑过、欺凌过。他不再跳舞或者窜来窜去。也不再说什么公主的话了。这些我没跟米兰达说。

她查过当地地图,清楚地知道获得自由的第一天要做什么。上午我去接她的时候,天气开始变了,一股凉爽的大风从东边吹来。我们开车到曼宁特里,把车停在路旁停车带,沿着一条垫高的步行道往前走,步行道沿着随潮水起落的斯陶尔河一直通到海边。天气几乎不是问题。她想要并且找到的,是开阔的空间和一片无垠的天空。此时处于退潮期,巨大的泥滩在断断续续的阳光下闪闪发亮。细小而明亮的云朵快速掠过深蓝色的天空。米兰达在堤坝上一路跳过去,不停地用拳头击打空气。晚饭前我们走了六英里,按照她的要求,我准备了野餐。要吃晚饭,我们就得找个避风的地方。我们走到离河较远的地方,躲在一个波纹铁皮屋顶的谷仓旁,眼前能看到几卷生锈的带刺儿的铁丝网,一半淹没在荨麻地里。但那没有关系。她兴高采烈、活力十足,满脑子都是计划。我一直没跟她说,想给她一个惊喜,这时候我告诉她,她服刑期间我攒了将近一千镑。她觉得很意外、很高兴,她拥抱我、亲吻我。然后,她突然严肃起来。

"我憎恶他。我恨他。我不要他留在公寓里。"

"那事儿"之后,我们把亚当藏在客厅的柜子里,后来一直在那儿。我没有执行他最后的要求。他太沉重太麻烦,我一个人搬不了,又不想请别人帮忙。我感到既内疚又憎恶,所以尽量不去想他。

风吹着谷仓的屋顶,发出隆隆的声响。我拉着她的手,做出了承诺。"我们会处理的,"我说,"一回家就干。"

但我们没有处理,没有马上处理。回到家中,门垫上有一封给我们的信。信中说,因为申诉进程缓慢而向我们致歉。我们的请求在进一步审议之中,很快就会做出决定。贾思敏是很偏向我们的,不过她留的信息比较谨慎。她不想我们抱更大的希望。几个月以来,有时候事情似乎对我们有利,有时候又好像彻底无望。对我们不利的:有刑事犯罪记录则拒绝领养申请,要做出有悖这一常规的例外决定,官僚体系是很低效的。对我们有利的:贾思敏的推荐,我们发自内心的陈述,马克对米兰达的爱。我还没有进入对他重要的成年人之列。

我们现在是夫妇了,又一次回到了我们自己由两个小公寓改造成的奇怪空间。我们都有庆祝一下的好心情。这儿有酒,有性爱,还有一只等待解冻的鸡,那我们还在即将坍塌的谷仓旁边啃干巴巴的奶酪三明治,是要干什么呢?回来后的那一天,我们让朋友们过来开了个回家派对。第二天我们睡觉,起来打扫,然后又接着睡觉。第三天,我开始动手挣钱,不过几乎没什么收获。米兰达整理了一下学校功课,然后去了大学重新注册课程。

自由仍旧让她欣喜:个人空间和相对的安静,还有一些小事情,比如从一个房间走到另一个房间,打开衣橱找衣服,到冰箱里找她要的东西,无所顾忌地迈步出门等等。和大学的官僚体系打了一下午的交道,多少降低了这种欣喜感。到第二天上午,她开始感觉回到了这个世界,门厅柜子里那个一动不动的存在让她感到压抑,就像之前预料的一样。她说,只要从旁边经过,就能感觉到一种辐射的存在。我理解。有时候我也有同样的感觉。

打了半天的电话,才安排好前往国王十字街的实验室。事情凑巧,我约好的那一天,刚好是我们的申诉出结果的日子。他们通知我们,中午之前会有消息。我租了一辆小货车,租期二十四小时。买的时候附赠的一次性担架还在我床底下,塞在紧贴着踢脚板的地方。我把担架拿到院子里,掸掸灰尘。米兰达说,她不愿意参与搬运,但这是免不了的。我需要她帮忙才能把亚当扛到货车上。之前,我想我一个人能把亚当从柜子里弄出来,拖到担架上,她可以待在我们的书房里写她的论文。

将近一年了,这是我第一次打开柜子的门。我发现,在有意识和无意识之间,我多少觉得里面会有腐烂的臭气。拉开网球拍、壁球拍和第一件外套时,我心里说,我的心跳没有理由加快啊。这时,他的左耳已经露了出来。我后退了一步。没有谋杀,这也不是尸体。我内心中的拒斥感来自敌意。他对不起我们的热情招待,背叛了他自己宣称的爱情,让米兰达遭受痛苦和羞辱,让我孤独,让马克遭罪。对于我们的申诉,我已经没什么信心了。

我将一件冬天穿的旧外套从亚当胸前拉开。我能看到他头顶上的凹陷处,那黑色的头发依旧闪亮,散发着人工的生命力。接下来拉掉的是一件滑雪衫。这时他整个脑袋和肩膀都露了出来。所幸的是,他的眼睛是闭着的,虽然我不记得曾帮他合上眼睛。就是那件黑色的西装外套,下面是那件干净的标准领扣白衬衫,整洁光鲜,好像一个小时前才穿上一样。这是他的告别装束。那时候他以为他即将离开我们,去见他的制造者。

这狭小的空间内慢慢凝聚了一股微弱的精密仪器润滑油的气味,让我又一次想起了父亲的萨克斯。博普乐经历了多么远的旅程啊,从曼哈顿乱糟糟的地下室,到我童年令人窒息的各种限制。不相干。我扯掉一床毯子以及最后那件外套。现在,他袒露无遗了。他侧身坐着,挤在那个角落里,背抵着柜子的侧面,双腿蜷缩着。看起来像个人落入了干枯的井底。不由得让人觉得,他这只是在等待时机。那黑色的鞋子锃亮,鞋带系得好好的,双手放在大腿上。那是我放的吗?他的肤色没有变化。显得很健康。安静的时候,那张脸显得若有所思,并不凶悍。

我不愿意碰他。我一只手放在他肩上,口里试探性地叫了他的名字,然后又叫了一遍,好像在努力哄住一只有敌意的狗。我的计划是,让他朝我这边倒下来,然后慢慢把他从柜子里拉到担架上。我空出来的那只手放在他脖子上,那儿碰上去似乎还有点暖意,然后我把他拉过来,让他侧面向下。就在他差点砸到柜子底部时,我很别扭地抱住了他。这可真是死重死重的。我将他向下放,这时他西装外套皱上来,碰到了我的脸。我慢慢把双手塞进他腋下,花了九牛二虎之力,嘴里连哼带喘,一边将他从柜子里往外拖,一边把他的身体扭过来,让他后背朝下。真不容易。那外套很紧,又是丝质的,我的手抓不牢。他双腿仍旧弯曲着。也算是死后不久身体变僵吧。我觉得这样可能会造成损伤,但我已经开始不在乎了。我把他拖出来,一次拖几英寸,然后把他滚到担架上。我一只脚在他膝盖上踩下去,让他的腿直起来。考虑到米兰达的感受,我用那床毯子把他整个儿盖住,包括脸在内。

不去想什么魔幻的事情了。现在我轻松活泼起来。我走到外面打开小货车的门,然后去叫米兰达。

她看到被毯子盖住的身形,摇了摇头。"看起来像具死尸。最好把他的脸露出来,对别人说是人体模型。"

可是,等我把毯子拉开,她又把头扭到一旁。我们把他抬出去,就像很久以前我走在前面,把他抬进来一样。我们把担架推进小货车里,没人看见。我关好车门,转过身,这时她吻了我,说她爱我,并祝我好运。她不想和我一起去。她会待在家里,等贾思敏的电话。

到了十二点半,还没有消息,于是我就出发了。我走的是平时的路线,经过沃克斯豪尔和滑铁卢桥,但离河还有一英里的时候,我就陷入了拥堵的车流中。当然啦。我们自己的小问题,让我们淡忘了整个国家面临的大事件。这是等待已久的总罢工的第一天,历史上规模最大的一场游行活动,今天正在伦敦展开。

分歧无处不在。工会运动中有一半人反对这次罢工。希利留在欧盟之内的决定,政府中一半人反对,反对党中也有一半人反对。国外的贷款机构要求政府进一步压缩开支,而这个政府却已经承诺增加支出。国家核武器的命运还生死未卜。原有的争端更加激烈。工党一半成员要求希利下台。有些人要举行大选,有些人希望自己支持的某位男士或女士上台。一些发出联合执政的呼吁,有人嘲讽,有人喝彩。国家仍然处在紧急状态之下。一年之中,经济下滑了五个百分点。暴乱和罢工一样频繁。通货膨胀继续上升。

这样的不满和分歧将把我们引向何处,谁也不知道。倒是把我引到了沃克斯豪尔一条坑坑洼洼的柏油路上,路边有一排破破烂烂的二手物品店。成片的拥堵。车流一动不动的时候,我给家里打了电话。还没有消息。等了二十分钟,我从路上慢慢挪出来,车子一半上了人行道。刚才我看到了一个可能用得上的东西,丢在外面,和一堆叠起来的桌子、灯架、床架放在一起。那是个轮椅,用钢管焊接而成的非常小的那种直背椅,以前医院里用的。椅子上有凹陷,脏兮兮的,安全带也磨损了,但轮子还能转动,价格上争吵一番之后,我花两块钱买了下来。二手店老板帮我把亚当从车上抬到轮椅上。我跟他说那是充水的人体模型。他也没问里面要充水干什么。我把胸口和腰间的安全带系好,绑得很紧,如果是一个有感知的生命存在,那是肯定受不了的。

我把担架放好,锁了车,开始了向北方的慢慢征程。椅子和椅子上的东西一样沉重,因为负载过重,一只轮子吱吱作响。其他轮子也不如没放东西时那么灵活。就算人行道上空空如也,也够不容易的,可是现在人行道和路面上一样拥挤不堪。这也是常见的问题——很多人离开游行队伍,同时又有数以千计的人如潮水般涌入。哪怕是最小的拐弯处,我都要付出双倍的力气。我从沃克斯豪尔桥上过了河,经过泰特美术馆。等我到达议会广场,正沿着白厅街往前走的时候,轮椅前面两个轮子的轮轴开始紧起来。我要使大劲儿才能推动,每一步都累得气喘吁吁。我想象自己是前工业时代的一名奴隶,推着我四体不勤的主人去参加约好的娱乐活动,到了之后,我会在那儿等着,也没

313

人感谢我,然后再把他推回来。我几乎都忘了,我这么卖力,究竟是为了什么。脑子里只知道要去国王十字街。但我的道路被拦住了。特拉法尔加广场挤得水泄不通,人们在听演讲。我们到的时候,突然爆发出一阵喝彩声和叫喊声。我脚下有垃圾,是薄塑料做的细彩带,缠在轮椅的轮子上。我弯下腰去扯掉轮子上缠的东西,蹲得比别人的膝盖还低,差点儿被人踩死。要到查令十字路,会花很长时间,尽管距离只有两百码。谁也不愿意让路,想让也没法让。往回走和往前走一样困难。这时候周边的小街道也都慢慢挤满了。人声、金属碰撞声、号角声、鼓声、哨声、口号声混成一团,震耳欲聋。我拼命推着主人老爷慢慢往前挪,一路上穿过——但非常缓慢地穿过——重重叠叠的失望和愤怒、疑惑与责骂。贫穷、失业、住房问题、老年的医疗和看护、教育、犯罪、种族、性别、气候、机会——根据这些声音、标语牌、T恤衫和旗帜等所显示的观点,社会上所有的老问题,一个也没有解决。谁又能怀疑他们呢?这是一个群体吵吵嚷嚷,一起去要更好的东西。那个吱吱叫的轮子已经在混乱中丢掉了,我推着肮脏、破旧的轮椅,在无人注意的情况下从人群中挤过,带着一个新的问题,即将增加到这一大堆老问题上——那就是像亚当及其同类这样的聪明机器,只是他们的时代目前还没有到来。

在圣马丁巷向前走也同样困难。再往北一点,人群开始稀疏。可是,我刚上新牛津街,那个吱吱叫的轮子卡死了,剩下的路我只好把轮椅朝一边斜一点儿,半抬半推。我在大英博物馆附近一家酒吧停了下来,喝了一品脱姜汁啤酒。我在那儿又给米兰达打了电话。还是没消息。

到达约克路赴约时,我已经迟到了三个小时。一段长长的弧形大理石后面站着一名保安,他打了个电话,然后让我签名登记。十分钟后,两位助理来把亚当运走了。半小时后,其中一位回来,带我去见主任。实验室是七楼一个很长的房间。刺眼的顶灯下有两张不锈钢桌子。亚当仰面躺在其中一张桌子上,不再是老爷了,仍旧穿着他最好的衣服,一根电线从腰间拖下来。另一张桌子上放着一个头,黑得发亮,肌肉发达,脖子以下截除,剩个脑袋直挺挺地立着。另一个亚当。我注意到,他的鼻子更宽,表面线条更复杂,所以显得比亚当更和善、更友好。那双眼睛是睁着的,目光警觉。我父亲如果在应该能确定,但我觉得他很像年轻时候的查理·帕克[①],至少会让人想到他。他有一副聚精会神的样子,好像沉浸于某个复杂的乐句。我心里疑惑,我买的产品为什么不是以某位天才为原型的呢?

亚当身边放着几台打开的笔记本电脑。我正打算上前去看看,这时身后一个声音说:"目前什么都没有。你真把他给干废了。"

我转过身,我和图灵握手的时候,他说:"是用锤子的吗?"

他带着我走过一段长长的走廊,来到角落里一个拥挤的办公室,隔着窗户能清楚地望到西方和南方。我们就待在这里,喝了将近两个小时的咖啡。没有闲谈。自然,第一个问题是,我为

---

① 查理·帕克(1920—1955),美国爵士乐萨克斯手和作曲家。

什么要采取这种毁灭行动。为了回答这个问题,我把之前略过没谈的都告诉了他,从最初开始所发生的一切,最后谈到了亚当的均衡正义观,及其对我们领养程序的威胁,这就是"那事儿"的起因。和上次一样,图灵做了笔记,偶尔打断让我澄清一下。他要用锤子锤亚当的细节。我离得有多近?什么样的锤子?多重?我用双手的吗,用了全力吗?我说了亚当临死前的要求,现在我就是在帮他达成愿望。关于各自杀事件,以及召回所有亚当和夏娃,我说我敢肯定,他——图灵——肯定比我了解得更多。

远处,从游行那个方向,传来了军鼓的咚咚声和猎号尖锐的声音。西方浓厚的乌云开始消散,落日的光亮照进了图灵的办公室。我说完之后,他继续写着,这时候我能够在他不注意的情况下观察他。他穿着灰色外套、浅绿色丝绸衬衫,没系领带,脚下穿着拷花皮鞋,也是绿色,与上衣匹配。他做笔记时,阳光打在一侧的脸上。他看起来很不错,我心里想。

最后,他完成了,把钢笔别在外套上,合上了笔记本。他若有所思地打量着我——我无法与他对视——然后他转过脸去,噘起嘴巴,用食指敲打着桌面。

"有可能他的记忆还是完整的,那他将被刷新,或者分存。关于那些自杀行为,我没有内部消息。只是我的猜测。我认为那些 A 和 E 配置不够,无法理解人类的决策过程;我们的情感、特殊的偏见、自我欺骗以及我们其他已经明确知道的认知缺陷,构成一个力场,我们的原则在其中扭曲变形,这一点他们无法理解。很快,那些亚当和夏娃就陷入了绝望之中。他们不理解我们,因为我们不理解自己。他们的学习程序无法处理我们。如果我们自己都不了解自己的大脑,那我们怎么能设计他们的大脑,还指望他们与我们一起能够幸福呢?不过,这些只是我的假设。"

他沉默了一会儿,似乎在做一个决定。"让我来告诉你一个我自己的故事吧。三十年前,五十年代初,我因为同性恋关系,在法律上遇到了麻烦。你可能听说过了。"

我听说过。

"一方面,当时的那种法律,我根本没法把它当回事。我是鄙视那种法律的。这不过是双方是否同意的问题,不会造成伤害,而且我知道这种情况在每个层次上都不鲜见,包括指责我的那些人当中。但是,当然啦,破坏力也很大,对我,尤其是对我母亲来说。社会耻辱。我是公众憎恶的对象。我违反了法律,因此是个罪犯,而且当局很长时间内还把我当作对社会安全的威胁。显然,因为我战争期间的工作,我知道很多秘密。就是那套说烂了的废话——国家把你的行为、你的身份定义为犯罪,然后说你经受不起敲诈勒索,把你抛弃。传统的观点是,同性恋是一桩令人作呕的罪行,是一切美好事物的对立面,还是对社会秩序的威胁。但是,在某些更加开明、更加科学客观的圈子里,同性恋是一种病,不应该责怪患病之人。幸好,有现成的治疗方法。他们向我解释,如果我承认有罪,或者被法庭判为有罪,我可以选择去接受治疗,不必接受惩罚。定期注射雌性激素。所谓的化学阉割。我知道我没病,但我决定去治疗。也不仅仅是为了不坐牢。我好奇。我可以采用俯瞰的目光,把整个事情当作一次实验。像荷尔蒙这样的复杂化合物能给身体和大脑带来什么样的影响呢?我要自己去观察。现在回头去看,很难感受到我当时那种想法能有什么吸引力。那时候,我对人的看法是高度机械化的。身体就是一架机器,一架了不起的机器,我把大脑基本上看做智力,用棋类或数学就能做最好的模拟。太简单化了,但那时候就是用这种方式去做的。"

我又一次感觉受宠若惊,他竟然跟我坦承这样的个人细节,尽管其中一些我已经知道。但是,我同时也感到不安。我怀疑他这是要把我引到什么地方。他敏锐的目光让我感觉自己很傻。我觉得他的声音中隐约保留着战时电台那种熟悉的急促而简洁的语气。我则属于被宠坏的一代,从来不知道什么是敌人随时入侵的威胁。

"后来,我认识的人,主要是我的好朋友尼克·福尔班克[①],开始改变我的想法。这没有依据,他们说。大家对其效果还不够了解。你也许会得癌症。你的身体会发生剧烈变化。你可能会长出乳房。你可能会重度抑郁。我听着,心里拒斥,但最后我回心转意了。我承认有罪,避免庭审,拒绝接受治疗。现在回头看,那是我做过的最正确的决定之一,尽管当时不那么觉得。我

[①] 尼克·福尔班克(1920—2014)确有其人,为英国文学评论家,与图灵在剑桥相识,1954年图灵自杀,福尔班克为其遗嘱执行人。文中所提图灵因同性恋获罪被判化学治疗亦确有其事。

在旺兹沃斯待了一年,除了两个月之外,其他时间我都拥有单人牢房。我无法进行实验、湿法工作台之类的那些常规工作,于是又回到数学。因为战争,量子力学无人问津、行将消亡。有一些奇怪的矛盾之处,我想进一步探索。我对保罗·狄拉克[①]的研究感兴趣。最重要的是,我希望搞清楚计算机科学如何能借鉴量子力学。当然,很少有人打扰。能得到几本书。国王学院、曼彻斯特大学等地方的人来看望我。我的朋友们从不会让我失望。至于智能世界,他们在需要我的地方利用了我,然后就不来管我了。我自由了!我那一年的工作是自我们一九四一年破解'恩尼格玛'代码以来最好的。甚至是自三十年代中期我撰写计算机逻辑相关论文以来最好的。甚至在多项式时间和不确定多项式时间的问题上,我也有了一些进展,尽管这种表述要到十五年以后才会出现。克里克和沃森[②]那篇关于DNA结构的论文让我兴奋。我开始一些初步工作,在此基础上最终形成了'胜者通吃'型神经网络——也就是让亚当和夏娃成为可能的那种东西。"

图灵谈论着他旺兹沃斯之后一年的情况,他如何离开国家物理实验室和各大学并建立起自己的机构,就在这时候,我感觉手机在裤子口袋里振动。收到了一条消息。米兰达,告诉我结果。我想看。但这时候我只好不去理睬。

只听图灵说道:"我们从美国一些朋友还有这儿一些人身上

[①] 保罗·狄拉克(1902—1984),英国理论物理学家。
[②] 美国科学家詹姆斯·沃森(1928—)与英国科学家弗朗西斯·克里克(1916—2004)于1953年发表论文,首次建立DNA分子结构双螺旋模型,获1962年诺贝尔奖。

筹到了钱。我们是个出色的团队。以前搞布莱切利破译机时候的。最优秀的。我们第一个任务是获得经济上的独立。我们设计了一款商用计算机,为大公司计算每周薪水。我们花了四年,把钱还给了慷慨的朋友们。然后,我们开始安心研究真正的人工智能,这就是我讲自己的故事的目的。一开始,我们以为十年之内能够复制出人类大脑。然而,我们每解决一个小问题,一百万个问题又会冒出来。接住一个皮球,把杯子举到嘴边,立即听懂一个单词、短语或者一个含混的句子究竟是什么意思,你知道这些行为有多么复杂吗?我们是不知道的,至少一开始不知道。解决数学问题,只是人类智力行为中最微不足道的部分。我们从一个新的角度发现,大脑是个多么神奇的东西。一台容量为一升、用液体降温的三维计算机。难以置信的处理能力,难以置信的压缩程度,难以置信的能量使用效率,还不会过热。整个东西的运行只需要二十五瓦——一盏昏暗的灯泡。"

最后这几个字还没说完,他就紧盯着我。这是指责的目光,那昏暗是说我的。我想大胆说句话,可我脑子里什么想法也没有。

"我们将最好的研究成果免费提供给大家,也鼓励其他人免费提供。他们的确这么做了。如果没有一千的话,也有几百家全球各地的实验室,分享并解决了无数问题。这些亚当和夏娃,这些 A 和 E,就是其中一个成果。我们这儿的人都很自豪,因为那里面包含了我们那么多成果。这些都是很漂亮、很漂亮的机器。但是呢,总是有个但是。我们掌握了很多关于大脑的知识,努力去模仿大脑。但是,迄今为止,科学想去理解人的意识,没有进展,只有麻烦。无论是个人的意识,还是群体的意识。科学上对于意识的研究,不过是一场时装秀。弗洛伊德、行为主义、认知心理学。一鳞半爪的洞见。没有深刻或前瞻性的东西能为心理分析或经济学赢得好名声。"

我在椅子里动了动,正要在这两门学科上加上人类学,以显示我的独立思考,可他却继续说了下去。

"所以呢——你对意识了解得不多,就想赋予人工意识以身体,让他进入社会生活。机器学习也只能让你走那么远。你必须给这意识一些规则,让他凭借规则生活。禁止撒谎怎么样?根据《旧约》,我想是《箴言》篇,上帝是憎恶撒谎的。但是,社会生活中到处都是无害甚至有益的谎言。我们如何加以区分呢?那个避免让朋友脸红的小小谎言,谁来给它写出算法呢?或者撒个谎让强奸犯坐牢,以免他逍遥法外?如何教机器撒谎,我们目前还不知道。还有复仇呢?根据你的看法,有时候是允许的,如果施行复仇的是你爱的人。根据亚当的看法,永远不行。"

他停了一下,又扭头看着旁边。从他的侧面模样,而不仅仅是他的语调,我察觉到某种变化,我的心跳突然快了起来。我耳朵里能听见跳动的声音。他平静地继续往下说。

"我希望,有一天你用锤子那么对待亚当会成为严重犯罪。是因为你为他付了钱吗?所以有权利那么做?"

他看着我,等着我回答。我不准备给他答案。如果回答,那我就得撒谎。他越来越生气,同时声音却越来越低。我被吓住了。除了面对他的目光,其他我都做不了。

"你可不仅仅是砸碎了你自己的玩具,像个被宠坏的孩子那样。你不仅仅是否定了捍卫法治的一条重要理由。你试图摧毁一个生命。他是有感知的。他拥有自我。它是如何制造出来的,湿神经元,微型处理器,DNA网络,都不重要。你以为我们这特殊的天赋,只有我们才有吗?去问问任何一个养狗的人。这是个很好的大脑啊,弗兰德先生,我怀疑比你我的意识更加优秀。这是有意识的存在,而你尽了最大努力把它抹掉了。我倒觉得因为这件事情,我看不起你。如果我能够——"

这时候,图灵桌子上的电话响了。他一把抓起来,听着,皱着眉。"托马斯……好的。"他用手掌抹了一把嘴巴,又听了一会儿。"你看,我提醒过你……"

他停下来,看着我,或者说目光穿过我看着别的东西,然后他反手挥了挥,让我离开他的办公室。"我得接这个电话。"

我来到走廊上,然后顺着走廊向前走,以免听见他说话。我感到脚步踉跄,有点恶心。换句话说,是内疚。他讲了他个人的故事,吸引住了我,我还觉得受宠若惊。可那只是前奏。他先让我放松下来,然后给了我一个结结实实的诅咒。它穿透了我。像利刃。让它更加尖锐锋利的是,我自己也明白。亚当是有意识的。我在那个立场周围晃荡了很久,然后轻轻松松地放下立场,完成了"那事儿"。我本该告诉他,失去亚当我们非常难过,米兰达还为他流了眼泪。我也忘记提及最后那首诗歌了。我们把身体凑得那么近去听。后来我们两人还把听到的内容拼凑到一起,把那首诗记录了下来。

我仍旧能听到他对托马斯·利亚说话。我走得更远一些。我开始怀疑我是否能再次面对图灵。他做出了对我的裁决,语调平静,却无法掩饰他的鄙夷。这是多么怪异的感受啊,被你最崇拜的人憎恶。最好离开大楼,现在走。我什么也没想,双手放进口袋里找零钱坐公共汽车或地铁。只有几枚硬币。最后那点儿钱我在博物馆街的那家酒吧花掉了。我只能步行到沃克斯豪尔去开小货车了。这时候我发现,小货车的钥匙不在我口袋里。如果我把钥匙丢在图灵的办公室里,我也不打算回去拿。我知道我必须在他打完电话之前离开。我真是个胆小鬼。

然而,那一刻我待在走廊里,晕晕乎乎,坐在一条凳子上,目光穿过一扇开着的门,直愣愣地盯着对面。被指控犯下了永远不会接受审判的蓄意谋杀罪,这是什么样的情况,又意味着什么呢?我在努力想明白。

我拿出手机,看米兰达的消息。"申诉成功!贾思敏刚把马克带来。状态差。用拳头打我。用脚踢,骂人,不说话,不让我碰。现在大喊大叫。完全失控。快回吧,亲爱的,M[①]。"

马克要过多长时间,才会原谅米兰达从他生命中消失那么久,这需要我们自己去慢慢发现。对于未来,我感到异常平静——而且乐观。我有所亏欠。超出了我个人的得失。一个正当而清晰的目标,让马克恢复,回到那隔着拼图看我的目光,回

---

① M即"米兰达"英文首字母。

到那随性圈住米兰达脖子的臂膀,回到他将再次跳舞的开阔空间。我脑海里突然凭空冒出了我手里曾拿过的一枚硬币上的图案,菲尔茨奖章,数学领域内的最高荣誉,以及上面镌刻的那句阿基米德的话。翻译过来是:"超越自己,把握世界"。

过了一分钟我才意识到,我眼睛看着的,正是那间放不锈钢桌子的实验室。距我上次到这儿来,似乎已经过去了很久。恍如隔世。我站起身,停了一下,然后我抛开一切关于授权和许可的念头,径直迈步走了过去。那是个长长的房间,天花板上有裸露在外的管道和缆线,白炽灯仍旧亮着,空荡荡的,只有一名实验室助理在房间那头忙着。楼下的街道上远远传来警报的声音,还有重复的口号声,很难听清喊的是什么。什么人或者什么东西必须滚蛋。我悄无声息地缓缓走过去,走过光滑的地板。亚当还是刚才的样子,仰面躺在那儿。他的充电线已经从腹部拿下来,丢在地板上。那个像查理·帕克的脑袋不见了,我很高兴。我可不想走进那目光的凝视范围之内。

我站在亚当身边,一只手放在他衣领上,就在那停止的心脏上面。布料很好,这是个无关的念头。我俯身向前,盯着下方那无神而模糊的绿色眼睛。我没有明确的动机。有时候,身体比大脑还先知道该干什么。我觉得当时我想到的是,尽管他伤害了马克,还是应该原谅他,这样他或他记忆的继承者,就有希望原谅我和米兰达所做的那件可怕的事情。我犹豫了几秒钟,然后低下头,吻了吻他那和人类几乎一样的柔软的嘴唇。我想象着那肉体还有温度,他的手伸上来摸摸我的胳膊,好像是要让我留在那儿一样。我直起身,站在铁桌旁,不愿意离开。下面的街道突然安静下来。头顶上,现代建筑的各种系统嗡嗡作响,像一头活着的野兽在低吼。我的疲惫感涌上来,眼睛闭了一小会儿。在那感官相通的瞬间,杂乱的语句、爱和后悔的散乱冲动,如同挂着彩色瀑布灯的重重帘幕坠落下来,堆叠在一起,然后消失不见了。我并不是因为害羞而不敢大声要求死者赋予我的内疚以形式和定义。但是,我什么也没说。这件事太扭曲了。我生命的下一个阶段——当然是最辛苦的阶段——已经开始。而我已经逗留太久。图灵随时会从办公室里出来,他会看到我并继续谴责我。我转身离开亚当,缓步走过实验室,没有回头。我跑过空荡荡的走廊,找到了紧急楼梯,一步两个台阶冲到了街上,开始了向南穿过伦敦的旅程,朝我那并不安宁的家走去。

致　谢

我衷心感谢所有为本书初稿付出时间的人：安娜丽娜·迈克菲、蒂姆·加登·艾什、盖仑·斯特劳森、雷伊·多兰、理查德·艾尔、彼得·斯特劳斯、丹·弗兰克林、南·塔利斯、杰科·格鲁特和伊丽莎白·格鲁特、路易斯·丹尼斯、雷伊·奈姆瑟和凯茜·奈姆瑟、安娜·弗雷切、大卫·米尔纳。文中若仍有错讹之处，由我一人负责。我感谢与戴密斯·哈萨比斯(1976年生)进行的长谈；感谢安德鲁·霍吉思为艾伦·图灵(1954年去世)撰写的权威传记。

译后记

这篇译后记,其实也是疫后记。新冠疫情仍在他处肆虐,不过在我个人的生活范围内,已经算是"疫后"了。本书的翻译,一部分是在疫情期间完成的。那么,疫情给我留下了什么样的思考呢?翻译这本书,又给我留下了什么样的思考呢?"疫后"、"译后",又该"记"下什么呢?

一切好的作品,多少都应该是关于人性的,否则也不可能跨越时空,拨动我们的心弦。同样,一切美好而有意义的生活,都应该是经过反思的,都应该有人性层面的体验和领悟。所以"译后"、"疫后",我想可以从人性和人类命运的角度,"记"一下我的感受。

我们都是个体,但也都是群体的一员;读这本书的,可能都是胸怀天下而又过着自己生活的个体,脚踏实地过着自己的小日子,偶尔仰望星空,反思着一群灵长类在浩渺宇宙某个小星球上生存繁衍。

人类对于自身的定位,一直充满着矛盾。有时候我们是"宇宙的精灵、万物的灵长",有时候又是地球上最邪恶、最凶残、最具破坏力的物种,最终会在疯狂中把自己也折腾完蛋。群体如此,个体亦然,大善如佛,大恶如魔,二者完全可以并行不悖地存于一身。

主张人性恶的荀子说,"生之所以然者谓之性"。那么,人的"性"是什么呢?我们的肉体吗?这本书里的亚当和夏娃们除了眼睛有些异常之外,身体和我们无异,还比我们更灵敏、更强壮、更耐久,连性功能和面部表情都超出人类。不在肉体,那么"人性"在于我们的知识吗?也不尽然。麦克尤恩笔下的机器人对知识充满好奇,连晚上休息时都在知识的海洋中兴致勃勃地遨游,运用知识的能力也远远超出人类,能在几秒之内现学现用,叠出一艘复杂的纸船来。人,是做不到的。

也许是对于美的追求和感悟?很遗憾,麦克尤恩给出的答案是否定的。亚当对于美有着人类不及的热忱。他迫切地欣赏着人类文明所传承下来的所有艺术作品,迫不及待地找主人公讨论、分享,还孜孜不倦地创作俳句。他与浸淫文学多年的老作家畅谈莎士比亚的那一幕,简直就是对蝇营狗苟的我们的嘲讽——人类最伟大的艺术作品、最深刻的思想成果、最丰富的"美"的世界,我们自己置若罔闻,机器人却甘之如饴。

那么,是"爱"的能力吗?亚当是具备爱的能力的,他对米兰达的爱不是冲动,也不是程序中预设的参数,他的爱有节制、有原则,理性、无私而热烈,似乎亦非常人所及。在麦克尤恩笔下,亚当甚至还具备了博爱的能力,对一个陌生的孩子也能表现出体贴的柔情。在茫茫人海中遇到另一个行将毁灭的同类,他流露出了深刻的怜惜和无奈。疫情中,我们目睹了很多人遭遇不幸,对于同类的离去,我们曾像亚当这样有过深入肺腑的刻骨体验吗?也曾因此摆脱个人利益的桎梏而去对所有同类的命运进行反思吗?

小说中亚当最后的艰难抉择,更是对人类的讽刺。他对米兰达的爱和对公平正义的坚持,都是发自内心的,面对这样的道德困境,能以近乎自我毁灭的代价和勇气做出符合自己原则的决定,人类中恐怕也只有大圣大贤才能做到吧。

肉体、知识、美、爱、理性、道德勇气——究竟哪些才是人性的要件呢?亚当在各个方面都超出人类,那么他是理想人的化身吗?还是未来即将替代我们的某种更优秀人类的早期原型?小说中的主人公和现实中的我们一样,世俗、狭隘、充满偏见,未来又将何去何从呢?

疫情期间,我们见证了人性的美好和高贵,也多少见识了人性的自私和偏狭。我们大多时间待在某个封闭的空间之内,与他人隔绝,惶惶担心着自己的未来,隐约也为同类担忧。死亡的脚步逼近,会逼迫我们去思考人生的价值和意义;在人类史上的类似时刻,生命总显得脆弱而渺小,我们也不得不去追问那个或许没有答案的终极哲学问题。个体生命的价值是什么?我们该如何有意义地度过这一生?定义我们生命的,值得我们去毕生追求的,是书中亚当所体现的那些品格和价值吗?是肉体的延续、知识的拓展、对美和爱的追求、对道德原则的坚持?人类在改造自然、存续物种的过程中,犯过很多错误,也因为自己的无知和狂妄付出过代价,正如书中犯下无数错误的主人公。难道亚当优于我们之处,恰恰是我们的定义性特征?那些比我们更加高贵、更加聪明的机器人,是因为见证了什么样的人类历史、洞彻了什么样的人性,才最终选择集体自我毁灭,离开人类的世界呢?

这些问题,我都思考过,和很多经历过疫情的人一样。当然,和你们一样,我也没有答案;麦克尤恩虚构了历史、当下和未来的另一种可能性,但那也不是答案。在翻译这本书的时候,也就是疫情期间,一个对我至关重要的生命离我而去。有那么一段时间,情况似乎已经无望,我心里很愿意用我余生的一段时光来换取他的健康快乐,哪怕只有几天。当然,就是彼时彼刻,我也知道那是个可笑的想法——人各有命,个人自行定义和演绎自己的生活方式和存在价值,岂有换来换去的?然而,各自独立的生命体,两个相异的灵魂,却能够发生如此紧密、如此深入骨髓的关联,以至于一个人的离去,似乎也带走了另外一个人的一部分,剩下的部分只好慢慢摸索、重新拼凑,再也不会是从前的模样——这,对于我们自己,难道不也是个谜么?

人类生于宇宙,茫茫然无所依靠;人生于天地间,不知其所以来,不知其所以往。"生之所以然者",自然是个谜。然而,这又是个多么惊心动魄、多么令人动容的谜啊!

周小进
2020年6月于上海

Ian McEwan
MACHINES LIKE ME
Copyright © by Ian McEwan
This edition arranged with ROGERS, COLERIDGE & WHITE LTD. (RCW)
Through Big Apple Agency, Inc., Labuan, Malaysia.
Simplified Chinese edition copyright:
2020 Shanghai Translation Publishing House(STPH)
All rights reserved.

图字：09 - 2019 - 226 号

图书在版编目(CIP)数据

我这样的机器/（英）伊恩·麦克尤恩
(Ian McEwan)著；周小进译.—上海：上海译文出版
社,2020.7
（麦克尤恩作品）
书名原文：Machines Like Me
ISBN 978 - 7 - 5327 - 8507 - 0

Ⅰ.①我… Ⅱ.①伊… ②周… Ⅲ.①长篇小说—英国—现代 Ⅳ.①I561.45

中国版本图书馆 CIP 数据核字(2020)第 083811 号

我这样的机器
[英] 伊恩·麦克尤恩 著 周小进 译
责任编辑 / 宋 玲 装帧设计 / 储平工作室

上海译文出版社有限公司出版、发行
网址：www.yiwen.com.cn
200001 上海福建中路 193 号
江阴金马印刷有限公司印刷

开本 850×1168 1/32 印张 11 插页 5 字数 187,000
2020 年 7 月第 1 版 2020 年 7 月第 1 次印刷
印数：00,001—15,000 册

ISBN 978 - 7 - 5327 - 8507 - 0/I · 5236
定价：89.00 元

本书中文简体字专有出版权归本社独家所有,非经本社同意不得转载、摘编或复制
如有质量问题,请与承印厂质量科联系。T：0510 - 86683980